奔跑的蚂蚁

张中民　著

U0890632

“深扎”文丛

BENPAO DE MAYI

奔跑的蚂蚁

张中民　著

河南大学出版社
HENAN UNIVERSITY PRESS
·郑州·

图书在版编目(CIP)数据

奔跑的蚂蚁/张中民著. —郑州:河南大学出版社,2018.11

("深扎"文丛)

ISBN 978-7-5649-3565-8

Ⅰ.①奔… Ⅱ.①张… Ⅲ.①短篇小说—小说集—中国—当代 Ⅳ.①I247.7

中国版本图书馆 CIP 数据核字(2018)第 252621 号

项目总策划 侯若愚
责任编辑 任湘蕊
责任校对 时 娇
封面设计 侯一言
出版发行 河南大学出版社
地址:郑州市郑东新区商务外环中华大厦 2401 号 邮编:450046
电话:0371-86059701(营销部) 网址:http://hupress.henu.edu.cn
排 版 河南大学出版社设计排版部
印 刷 河南瑞之光印刷股份有限公司
版 次 2019 年 11 月第 1 版 印 次 2019 年 11 月第 1 次印刷
开 本 889 mm×1194 mm 1/32 印 张 7.5
字 数 208 千字 定 价 36.00 元

版权所有·侵权必究

本书如有印装质量问题,请与河南大学出版社营销部联系调换

这个时代的精神图景

——读张中民短篇小说集《奔跑的蚂蚁》

郑润良

当代作家应该以探究当代人的精神困境与疑难为主攻方向，这是我从事当代文学批评以来一直坚持的观点。新时期以来，经过伤痕文学、反思文学、寻根文学、先锋文学、新历史主义小说等创作潮流，当代作家在对八十年代以前的二十世纪历史的书写方面，已经取得了较为辉煌的成就，这种成就事实上也已经得到了世界文坛的某种认可，比如莫言的获奖。但在对于二十世纪八十年代以来的当代现实的正面强攻方面，我们的作家虽然取得了较大的突破，却也遇到了意想不到的困难。包括曾经创作出《活着》《许三观卖血记》等杰出作品的先锋派主力余华，他将视线转向当代后创作的作品《兄弟》《第七天》等，都遭遇了前所未有的批评声音。迄今为止，我个人认为，在总体性地书写当代现实方面比较成功的长篇作品寥寥可数（格非的《春尽江南》可算在内）。二十世纪八十年代以来的当代现实及其所包含的中国问题无疑非常复杂，这是国内外不同领域的学者所公认的。作家们面对现实发言的欲望空前高涨，都力图为急剧变化、转型中的中国提供自己的观察与思考。这是"五四"以来"文学为人生"的现实主义脉流的凸显，无疑是好事。但同时，作家们也面临着新的课题，正如青年评论家霍俊明所言，"吊诡的是我们看似对离我们更切近的'现实'要更为有把握，也看似真理在握，但是当这种'日常化的现实'被转换成文学现实时就会出现程度不同的问题。因为文学的现实感所要求的是作家一定程度上重新发现'现实'的能力，要求的甚至是超拔于'现实'的能力。"（《余华"现实叙事"的可能或不可能》）书写当代其实更需要历史感，从文学的角度书写当代现实，首先必须严肃面对和梳理当代社会的文化脉流的微妙变化，而不能做出笼而统之的概括，这样才能超拔于现实从而审视现实、洞察现实。

正是基于以上观点，张中民的短篇小说集《奔跑的蚂蚁》令我眼前一亮。很显然，这部作品集中的绝大多数作品都聚焦于当代社会中的各色人群，聚焦小人物的内心波澜与精神景深，为我们绘制了一幅幅斑驳陆离的时代精神图景。评论家刘宏志在《我们的生活质量问题》一文中对张中民的评价是颇为恳切的："作为一个小说家，张中民能够敏锐捕捉时代的精神困境，并通过形象的叙事将之表现出来，这显然是难能可贵的。小说家很重要的职责之一就是发现时代、社会的乖谬之处，并将之表现出来，由此来看，作为一个小说家的张中民显然是称职的。"刘宏志进一步指出张中民所发现的"时代、社会的乖谬之处"就是这个时代精神生活的贫乏。不管是生活在底层的《陈亮，快跑》中的主人公陈亮，还是《温暖的寒夜》中衣着光鲜、步入"上流社会"的"成功人士"刘宁，他们都因为主客观原因缺乏真正的精神追求，也缺乏真正的精神生活。如果说前者精神生活的匮乏更主要是由于外在的生存压力，那么后者的问题更多在于人物感染了这个时代的"时代病"，所有的人都在追求"成功"，却与真正的内心的充实与幸福南辕北辙。显然，张中民的小说触及了一个深刻的时代命题：对于今天的中国人而言，何谓真正的幸福？当代中国人的精神图景究竟是什么？

作为一个力图探究时代精神图景的作家，首先引起张中民关注的是各种容易被忽视的边缘人群的精神生活现状。《老人与狗》聚焦农村留守老人的精神困境，作品中的狗叫"花妮"，这个名字是老人给它起的，"花妮"也是老人最亲密的伙伴。老人自己姓甚名谁却从无提及，包括她的日常起居也无人关注。她的儿子虽然修建了高大的房子让她住在里面，却一年到头在外面忙。对于老人的儿子而言，建房子的目的也不是为了住得舒服，只是为了与村人攀比，他自己是没空住在里面的。老人最终在大房子里守着爱狗孤独而死。这就形成了这个时代的怪异景观：老人无法享受到亲情孤独而死，年轻人忙着赚钱，却不知道赚钱的真正目的是保障自己享有包括亲情在内的幸福生活。

在另一些篇什中，张中民对人物精神世界的探究采取了"曲径通幽"的手法，往往也取得了颇为动人的审美效果，比如在《在地图上旅行》一文中，直到结尾，我们才从"母亲"口中知道喜欢在众人面前夸耀自己一生游历经验丰富的"外公"，只是"在地图上旅行"，他终生没有出过县城，从中我们可以探知一个普通人梦想与现实的差距。

文学之路漫长，我们相信，作为一个对时代精神疑难有着浓厚兴趣，并有着自觉的叙述技术追求的青年作家而言，张中民定将为读者带来更美的文学风景！

（郑润良，厦门大学文学博士后，著名青年评论家，曾获多种文学评论奖，现为广东省某高校文艺理论研究者。）

目　　录

1　温暖的寒夜
18　陈亮，快跑
35　吴子濛的片段人生
50　奔跑的蚂蚁
66　天使的秘密
83　身体里的蛇
97　漂满时光的河流
114　雾·塔
129　大声哭泣
145　建别墅的人
170　在地图上旅行
178　老人与狗
197　返祖记
209　月光下的村庄
226　后记

温暖的寒夜

一

上午十点多钟，刘宁处理完手头工作，坐电梯到地下停车场把车子开出来，一拐上大街，看到满街都是购买年货的人，不由感慨起来。啊！时间过得真快，没想到今天已经是腊月二十九，再有一天就该过年了，看来得赶快回去看看乡下的母亲。想到这里，他开着车一头扎进缓缓行驶的车流里，半个多小时后，当他好不容易从堵车的重重包围中钻出来时，车子已经出了市区，他顾不上多想，急忙加大油门，跑过一段宽阔的柏油路后上了高速就往老家赶。

在高速上跑了不到半小时就进入老家地界。从高速上下来后，他并没有减速，而是继续加大油门往前开了二十多分钟，穿过沿途大大小小的村庄后，这才来到一个群山环抱的小山村。转过山嘴，村口一座孤零零的老房子出现在眼前。

马上就要见到母亲了！刘宁心里一阵激动，脚下用力一踩油门，汽车低吼一声，像只钻山豹似的往前飞去。

咦，奇怪，怎么没看到母亲呢？刘宁把车稳稳地停在大门外一棵落光了叶子的大槐树下，用目光粗略扫了下寂静的院子，便急忙从车里钻出来，绕到车子后边。他打开后备厢，搬出给母亲准备的年货，还没等他进院门，口袋里的手机响了。

是谁这时候给自己打电话？他急忙放下手里的东西，掏出手机看了下屏幕上的电话号码，发现是董局长打来的，不由怔住。董局长这时给自己打电话干什么？刘宁脑子里飞快地转着，一时也没能想明白，只好犹豫着按下了接通键。

“刘宁，你在哪里？”董局长在电话里压着嗓子着急地说，“你现在有时间吗？赶快来我办公室，我有事给你说！”董局长是刘宁过去的领导，也是他现在公司的大客户，对公司来说其重要性不言而喻，可是马上就该过年了，他这个时候给自己打电话干什么？难道有什么紧急情况？

“您好董局长，很抱歉，我现在不在市里，正在老家看望母亲。”刘宁充满歉意地说，“什么事情董局长？您能不能在电话里给我说一下？”

“事情紧急，电话里说不清，还是等你来我办公室再说吧！”

“好的董局长，我下午就回去，等我回到市里马上就去见您！”听着董局长在电话里说话时焦急的口气，刘宁急忙客套着解释。挂上电话，他不觉在心里叹起气来，咳！马上该过年了也不能轻松一下，看自己这公司老总当的，一年到头都不知道在忙什么，平时连回来看母亲的时间都没有。

院子里静悄悄的，只有院子一角的厨房里冒着烟，传来细微的声音，看来母亲此时正在里边忙碌着。刘宁正想进去叫她一下，就见母亲腰里束条蓝围裙，顶着一头花发，从厨房里端着一筐热气腾腾的蒸馍走出来。突然看见儿子搬着年货出现在院子里，她马上绽开笑脸冲儿子说：“宁儿回来了。怪不得今天一大早起床时，我就听见喜鹊在门前树上喳喳地叫，原来是儿子今天从城里回来看我了！”

“妈，你别忙活了，看我都给你带回来的啥。”刘宁搬着一箱箱给母亲买回来的饮料、糖果、糕点、水果等高档礼品，还有妻子前两天在商场给母亲挑选的一双棉皮鞋和两身过年穿的新衣服。

“我在家里啥都不缺，看你给我买这么多东西干啥？”母亲一边把儿子往堂屋里让一边埋怨，“现在城里东西贵得很，你说你花那冤枉钱买这些东西干啥？真是花钱不知道仔细！”

刘宁知道母亲一辈子生活俭朴才会说出这话，因此也不回答，只管一箱箱往屋子里搬。一眨眼的工夫，那些搬进来的东西很快就摞成了一座小山，本来还很空的屋子里现在一下子显得小了许多。看着儿子从城里给自己带回来的这些东西，母亲禁不住又埋怨了一番。

“宁啊，你跑了这么远的路，先坐着歇歇，我去给你做午饭！”母亲看了看挂在墙上的石英钟，知道快中午了，于是急忙从窗户下边的桌子上拿出新买的猪肉、粉条、豆腐，还有几种刚刚油炸过的丸子、鱼块，儿子一年难得回来几次，因此她决定去厨房给儿子做顿好吃的。

“妈，你别那么费事，随便做点吃的就行，下午我还要赶着回去。”

“赶着回去？你刚回来为啥那么急着走？”母亲僵住脸上的笑容看着儿子，“难道就不能在家里停一停？”

“不能啊妈，我回去还有许多事情要办……”

“马上要过年了，哪儿还有恁多事情要办？”母亲不相信地看着儿子，像是要从他的脸上揭穿谎言，“你长年在外，今天难得回来一次，我说啥也不让你走，我要让你在家里住一夜明天再走！”为了消除儿子的顾虑，母亲解释说：“我新套的被子、新洗过的床单，家里有铺的有盖的，虽说比不上城里，但是都很干净，难道你就不能在家过一夜？”

“妈，我知道，可是还有一大堆事情等着我回去办，所以吃过午饭就得走。”

“唉，要知道你这么急着下午赶回去，还不如不回来呢。”母亲拉下脸不高兴地说。

午饭很丰盛，全是儿子爱吃的菜：蒜薹炒鸡蛋、猪肉炖粉条、麻辣豆腐、蘑菇炖小鸡、两盘用油炸过后又在锅里馏了一下的鱼块和丸子，外加一锅香喷喷的大米饭……

坐在堂屋的饭桌前，母亲好像不是为了吃，而是为了看儿子怎么吃一样，不断往刘宁的碗里夹着菜，嘴里不停地劝道：“宁儿，你要多吃点，这都是妈专门为你做的，你看合不合口味？”

刘宁也不多说话，只顾低着头伏在那里吃，样子显得很贪婪。其实母亲做的饭菜并不可口，老年人口味淡，饭菜里的盐放得少，所以尽管面前的饭菜看上去放油很多，然而吃起来味道并不好。

为了不让母亲失望，他边吃边点头。

“看你闷着头儿不说话，是饭菜做得不好吃？要不我再去给你做两道？”

“不用不用，妈，你做的饭菜很好吃，你别忙活了，也赶快吃吧！”刘宁说着让了下母亲，然后急忙伸过筷子，夹起盘子里的一个丸子放进嘴里，大口大口地咀嚼起来。

看儿子吃得这么开心，坐在旁边的母亲绽开了笑容。

二

刘宁惦记着董局长上午的电话，吃过午饭，陪母亲说了会儿话，然后抓起桌上的车钥匙站起来就要走。母亲急忙站起来拦住他劝道：“宁儿，这是不是家？如果不认这个家，你现在就走，如果认，就听妈一句话，无论如何也得在家住一夜。”

“妈，我还要赶着回去办事呢。”

“再大的事也得在家里住一夜再走！”母亲语气坚定地说，“我一年都没见你的面了，难道你就不能在家里住一夜陪我说说话？”

“妈，等我以后有机会再说吧，现在我是真有急事要回去办，你没看刚才有人给我打电话吗？”

“我不管，反正就是不让你走！”母亲拦在门口，“除非你不认这个家，不认我是你娘！”

“唉，你叫我怎么办呢？”刘宁急得在屋里转着身子，“有人在那里等着，妈，我得赶快回去办事……”

“天大的事等你明天回去再办也不晚！”母亲拿出一副不讲理的样子说。

“明天就是大年三十，你叫我怎么回去办事？”

“是啊，既然明天是大年三十了，那你还有啥要紧事要办？我知道你平时工作忙，可是再忙也不差这一天。你还是在家里住一夜再走吧！”

“妈,我过几天再回来看你好不好?”

“不行,我要你今天在家里住一夜,哪怕你明年一年不回来都中!”

“那是为啥?”

“啥也不为,我就是想让你在家里住上一夜!”母亲像个孩子似的赌着气,“我知道你在城里的房子大,条件好,嫌在这里吃苦受罪,可这里毕竟是你的老家,难道你就不能在家里住上一夜陪我说说话? 你说你到底是嫌弃家里条件差不能住还是嫌啥?”

“不是不是都不是,我是真有事要赶着回去办……”

“那就等过了这一夜,你明天回去想怎么办都中!”母亲看儿子执意要走,最后只好无奈地找出理由说,“宁儿,不是妈非要留你在家里过夜,而是我有话要对你说。”

“妈,你要和我说啥? 你现在就说吧,我听着呢!”

“还是等到晚上再说吧!”母亲一看吊起了儿子的胃口,马上板着脸不再看他,而是望着挂在堂屋后墙上丈夫的遗像出神,许久才默默地说,“我现在先不给你说,免得说完你马上就走。”

看母亲说什么都不让自己走,刘宁急得出了一头汗。他倒不是嫌弃家里条件差,不想在家里住,而是急着赶回去办事。他明白自己现在的处境。公司的事情不去说,妻子也可以不管,甚至小蓉那里自己也可以不用去,但董局长那里却是不能不去的。董局长身份特殊,是自己和公司的大恩人和贵人,如果离了他,公司今后的业务怎么办?可母亲现在却不理解自己的心情,非要留自己在家里住一夜,这可怎么办?

时间一分一秒过去,眼看到了下午四点钟,由于天有些阴,看上去灰蒙蒙的,像是黑夜快要到来的样子,刘宁看了看站在门口像把门将军似的母亲丝毫没有放行的意思,他急得嗓子眼儿里冒火。正在这时他的手机响了。

“刘宁,你走到哪儿了?”又是董局长的电话,“你什么时候能到我的办公室?”

刘宁抱着手机看了看母亲,一时不知道该怎么回答,只好抱歉地说:“董局长,不好意思,我还没有回去,要不你再等一会儿,我一个小时左右就能赶到市里去见你。”

刘宁说这话是有依据的。他的车时速最高可达每小时200公里,从老家到市里不过百十公里的路程,只要母亲同意放行,自己开着车不到一小时完全可以赶到市里。可是母亲把着门,根本不给机会和时间,自己此时又怎么能回去见董局长呢?

“妈,你也听到刚才这个电话了,还是放我回去吧,不然会耽误事的……”

“你别给我说这些,我能不知道你是在找理由骗我?”母亲像是一眼看穿了儿子的伎俩,马上打断他说,“不中,说不叫你走就是不叫你走,你找啥理由也不中!”

唉,这可怎么办?看到母亲丝毫没有缓和的余地,刘宁不禁万分焦躁。

整个下午刘宁都是在焦躁不安中度过的。他清楚地记得上午从市里回来的路上,自己一共接了四个电话。第一个是妻子打来的,她问刘宁给母亲的东西带齐没有。母亲长年一个人在老家生活,地处偏僻,交通不便,加上她腿脚不好,生活上多有不便,再说回去一次不容易,所以只有把东西多带些才对。第二个电话是小蓉打的,她问刘宁在哪里,什么时候回去。小蓉是刘宁在外边包养的女人。快过年了,看着别人都在那里忙碌,可是她终日无所事事,心里空虚乏味,因此总想让刘宁抽出时间去陪她。第三个电话是公司行政部经理打来的,说是有份合同要他签字,今天是最后一天,不然合同会失效,影响公司业务。刘宁是公司老总,遇到重要合同时都要由他签字才能生效,这是公司的规章制度。刘宁在电话里简单问了下合同内容,然后仰起脸沉吟一下说:“我知道了,等我下午回去再签。”这第四个电话就是董局长打来的。

人还没到家一连接了四个电话,刘宁不知道对自己意味着什么。不过他心里清楚,这四个电话一个比一个重要,每一个都非同寻常。前两个属于私事,可以不用过多考虑,可是后两个就不同了,一个是公司的正常工作,一个直接关系到公司的前途和利益,哪一个都不容忽视，可是现在自己却被母亲“扣”在老家不能回去处理，这不是急人是什么？

三

时间过得飞快，已经是下午六点钟了，天很快暗了下来。看自己今天已经无法动身回到市里，刘宁只好掏出手机，抱歉地给董局长打电话解释说：“不好意思，董局长，因为家里有点事走不开，你看我能不能明天再去办公室找你？”

此时董局长从办公室出来正准备下班回家，听了刘宁的解释，皱起眉头不免有些奇怪：“刘宁，你过去可不是这样的，你以前很守时的嘛，怎么今天突然变得婆婆妈妈的？该不会是有意躲着不想见我吧！我今天是有重要事情找你，可你却推三阻四的不来见我，究竟什么意思啊？”

“不不不不，董局长，你千万不要误会。”董局长的不满让刘宁非常着急，他擦着头上的汗急忙解释，“我是真的在老家有事走不开……”

“你在老家能有什么事？难道连见我一面的时间都没有？”

他听出了董局长话里的不满，而自己一时又无法给他解释清楚，只好蹙着眉头随口编着理由搪塞：“董局长，快过年了，我本想回来看一下老母亲，给她送点年货，没想到老母亲身体不大舒服，我只好在家里陪陪她……”

“哦！既然你老母亲身体不舒服，那你为什么还不赶快把她送到市里的医院检查检查？”董局长显然有些不相信刘宁的话。

“谢谢董局长关心，”刘宁马上解释，“我妈的身体也没啥大问题，只是有些不舒服，马上过年了，她又不想出门去医院，所以我只有在家里多陪陪她。”

“噢——我知道了，刘宁，我本来是想和你商量一下明年咱们双方合作的事情，可你却左等不来右等不至，唉！”说到这里董局长叹了口气,“上午局里开了个碰头会,几个领导针对明年局里的工作安排做了些调整,其中有些情况牵涉我们双方合作的业务,我本来想给你说一下的,既然你不能来,那就算了。”

听董局长把话说得如此严重,刘宁马上紧张起来:“董局长,我今天实在走不开,要不,我明天一早就赶过去,你看怎么样?”

“明天就是大年三十,我们马上要放假,再说我明天还要赶到市里开会,没时间见你。”

“这可怎么办?我现在又回不去,总不能丢下老母亲不管啊!”

“陪母亲是大事,你自己看着办吧!”

电话被挂断了。刘宁一阵失落,不觉叹着气无奈地苦笑:“唉,我今天回来一次,看把事情给弄的……”

母亲是个要强人。父亲几年前去世后,就把她一个人留在这个世上。前几年,为了避免母亲一个人在家过于孤独悲伤,刘宁把她接到城里和自己生活。可是母亲在城里根本待不习惯,楼上楼下的那么高不说,出了门连个认识的人都没有,一个人整天孤孤单单地坐在家里的沙发上守着液晶大电视,那样子要多寂寞有多寂寞,经常一个人坐在那里自言自语。在农村住习惯的母亲受不了这种牢笼式的生活,勉强在城里住了两年,后来说什么也不想在那里待,整天嚷嚷着回老家。没办法,刘宁只好开车把她送回去。

说来奇怪,整天在城里愁眉苦脸的母亲一回到老家,马上像变了个人似的,精神头很快就来了,收拾完屋子,背着锄头就走出门去,刨地种菜,养鸡喂鸭,根本不像个七十多岁的老太太。刘宁每次带着东西回去看她,回程时都要带回不少母亲硬塞给他的土特产:红薯、芋头、玉米棒子、倭瓜、花生,甚至还有晒干的芝麻叶、萝卜条、干白菜等。刘宁是公司老板,手下管着百十号人,手里并不缺钱。何况现在市场上什么都有,怎么会缺这些东西?可他如果不带,母亲就会生气,一边往刘宁的车上塞,一边对儿子说:“这是自己地里种出来的东西,没污染,吃起来比城里市场上卖的放心。”对此,刘宁只有摇头苦笑。所以每次从老家回来,车的后备厢里都装得满满的。仿佛自己不收,就是拒绝母亲的热情,辜负了她的心意。当然每次回去时,刘宁都会在半道上把母亲硬塞给自己的这些土特产随手扔掉一些,这样回到家里才不会遭到妻子和女儿的反对。她们在城里生活多年,压根儿不喜欢吃这些从农村带来的东西,嫌这些东西土里土气的没有营养。

说起对母亲的照顾,刘宁是愧疚的。自从二十多年前,自己离开老家去省城读大学后就很少回来。不是他不回,而是没机会。特别是大学毕业分进机关后,自己就更没机会回来。在城里,刘宁有自己的家庭和生活,而且他在事业上也很顺,从科员到科长,几乎没受过什么挫折,仅仅几年时间,他就成了单位里升得最快的中层干部。可是刘宁不安分。每天面对单位里不是读书看报就是开会学习的平淡生活,他很快产生了厌烦。几年前,他开始利用工作之余做起了生意,起初只是小打小闹地搞,后来等到生意做大时单位要搞清理整顿,不允许公职人员下海经商。经过权衡利弊,刘宁毅然选择辞职做起了生意。可他怎么也没想到,后来的生意居然会这么难做。开始那几年,他的生意做得还挺顺,可是后来遇上严峻的经济形势,加上市场饱和等因素,他的生意开始举步维艰,困难重重。尽管做了各种努力,仍然没有太大起色,如果不是有董局长的照顾,他真不知道自己下一步该怎么办。

父亲理解儿子的难处,每次刘宁回到老家,他都劝儿子重新回单位上班。可是每次刘宁都没有按照父亲的意愿去做。他觉得父亲在山里生活了几十年,一辈子没见过多少世面,根本不了解外边的情况。父亲最朴素的观念是好好上班,为公家干事,千万不能干那些不着边际的事。即使临终前,他还拉住刘宁的手一再劝告说:"宁啊,你不是做生意的料,还是回单位上班吧!别在那里硬撑了……"

然而看着父亲弥留之际的表情,刘宁心里明白,事情到了这一步,此时自己无论如何是再也回不去了。这些年一直在外边做生意,尽管很难,可是如果回去的话,自己无论如何是不能适应单位那种按部就班、束手束脚的日子,因此他现在只想在生意场上打拼,希望有朝一日自己能把握住机遇,东山再起,趁势而上,在商场上叱咤风云一番，好好展示自己的才能。

四

吃过晚饭后，趁母亲去厨房里洗刷的机会，刘宁掏出手机给妻子打电话。他告诉妻子说，母亲不让自己回去，无论说啥也要留自己在家住一夜。听刘宁这么一说，贤惠的妻子非但没责备他，反而劝丈夫："你长年不在母亲身边，好不容易回去一次，也应该好好陪陪她才对。"听妻子说出这么通情达理的话，刘宁很欣慰，于是在电话中一再强调自己是迫不得已，仿佛只有这样解释才能取得妻子谅解。可是妻子并不想听他的解释，她现在已经习惯了丈夫的夜不归宿，便劝丈夫："你不用担心家里的事情，安心在家陪母亲吧，再说女儿明天才从北京回来呢，你不用那么着急赶回来，在老家住一晚也好。"

给妻子打完电话，刘宁犹豫着要不要给小蓉打个电话说一下，这时小蓉的电话不失时机地钻进来。

"刘宁，你什么时候回来啊？"

"我在老家呢，今晚怕是回不去了。"

"什么？你在老家？你不回来？"小蓉在电话里尖叫起来，"你说好今天晚上要过来陪我的，怎么能说话不算数？"

"我现在不是回不去吗？"刘宁在电话里解释，"再说我离家一百多里呢……"

"一百多里算啥，你开着车不到一个小时就能赶回来。"小蓉对刘宁的解释有些不相信，马上在电话里讥讽说，"刘宁，你骗谁呢？还不是在家里陪你老婆！哼，我不管，我就是要你现在就过来陪我！"说完不等刘宁回应，就把电话给挂了。

刘宁把手机慢慢从耳朵上拿下来，一时有种说不出的难受。小蓉今天怎么了，她怎么能这样说话？心里这样想着，嘴里不由嘀咕一句："看来还是孔老夫子说得好啊，世上唯女子与小人难养也!”

小蓉原是刘宁公司里的文秘,平时在办公室里搞接待。刚招进来时,由于她长得漂亮,说起话来柔声细语的,很快赢得了刘宁的好感。一年前,在公司举行的迎新年聚会上,喝醉了的刘宁一时冲动,无意中占有了她,从此这个漂亮的女孩儿就不再去公司上班,而是在外边被刘宁给包养了起来。

一开始刘宁对小蓉很有好感,但他很快就后悔起来。女儿都快大学毕业了,自己还在外边干这种偷偷摸摸养雏蓄小的事情,传出去别人会怎么看?这样一想,实在有些不耻,因此便想与她分手。谁知他刚提出这些话,小蓉马上像被捅了的马蜂窝似的爹了起来:“怎么?我是你的玩物啊,想玩就玩,不想玩就甩,你还是人不是?狼心狗肺的东西,真是个忘恩负义的家伙!不过我可告诉你刘宁,姑奶奶我可不是吃素的,如果把我惹急了,我一定饶不了你!”

“这有什么,常言说好聚好散,你又何必这样缠着我呢?再说你现在还年轻,什么样的男人找不到,干吗非要和我在一起?”

“刘宁,你别给我玩花样,我不会离开你的!”小蓉说完“哼”了一声,“老娘我这辈子跟定你了,想把我甩掉,没门儿!”

看着柳眉倒竖杏眼圆睁的小蓉,刘宁心里一颤,他没想到平时温柔如水的女人,说起狠话来会变得如此粗暴,不觉感到异常为难。后来想想自己的确做得对不住她,何况小蓉已经为自己堕过两次胎,一日夫妻百日恩,自己怎么能这样对待她呢?

其实小蓉对刘宁的要求并不高,只要有吃有喝有穿有玩的,其他什么也不想。如果说有什么不满足,那就是她曾经不止一次地提出要刘宁和老婆离婚,和自己名正言顺地生活在一起。刘宁对此坚决不同意:“我女儿都那么大了,我怎能做出对不起孩子的事情?再说我妻子又没有错,我怎能这样对待她?这对她太不公平!”看刘宁不答应自己提出的要求,后来小蓉每次打电话,都带着一副颐指气使的语气,好像只有这样做才能发泄心中的不满,因此经常把刘宁弄得哭笑不得无所适从,简直有种被放在火上烤的感觉。所以后来每次接她的电话,刘宁都得赔着小心,生怕惹恼她。一年下来,刘宁被她搞得筋疲力尽的,不知道下一步该怎么做。

刘宁这次回来看母亲,小蓉事先并不知道,不然她一定会冲刘宁大吵大闹。这个自私而又被宠坏的女孩儿总想让刘宁把自己带在身边,像伺候女皇一样对待她。所以当她听说刘宁独自一人驾车回去看望母亲而不带自己时,她马上变得很生气,口口声声地命令他赶快回来陪自己。她可不想一个人守着空荡荡的大房子,忍受这种过年的寂寞!

母亲洗刷完从厨房回来,母子俩坐在那里刚准备说话,这时小蓉的电话追了过来,她问刘宁走到哪里了,当刘宁告诉她自己今晚赶不回去,要在老家陪母亲时,电话里突然响起一阵嘹亮的尖叫:"好你个刘宁,你怎么能这么做?只知道在家陪你母亲,难道就不能回来陪陪我?"

"小蓉,你别再闹了好不好,我不是经常陪你嘛,"刘宁捂住手机的听筒在电话里和她低声分辩,"再说你怎么能和我母亲比呢?"

"怎么不能比?要知道我也是女人啊!"小蓉在电话里撒起娇,"我需要你回来陪我嘛,不然我今晚一个人会连觉都睡不好的。"

"那我就没办法了。"

"你、你怎么能这么自私?"小蓉马上又在电话里尖叫起来,"你这个忘恩负义的家伙,赶快回来陪我!"

刘宁翻着眼皮看了下旁边的母亲,知道自己不便冲小蓉发脾气,只好决定不再理她。为了避免小蓉的骚扰,他急忙挂了电话,然后一狠心,索性把手机给关掉了。

"宁儿,看你忙得,怎么到这个时候还有人给你打电话?"母亲不明白儿子在电话里说的什么内容,只好抱歉地对儿子说,"看来我是真不该留你在家里过夜。"

"妈,没事儿,一个朋友的电话,找我说点事儿,我刚才已经在电话里处理过了。"

"你怎么不给琪琪她妈打个电话呢?就说你今天晚上回不去,免得她惦记……"

“你放心吧妈，我刚才已经给她打过电话了。”

“琪琪今年回来过年吗？”母亲话题一转说，“那么大的女孩子，也不知道平时在外边吃得咋样。”

“她都长那么大了，还能在外边不知道照顾自己？你什么都不用为她操心，妈，你就安心在家过年吧！”

一说到女儿琪琪，刘宁又急忙打开手机。琪琪说过今天要给自己打电话的。他担心女儿打来电话时自己接不到，同时也免得关机后，妻子因找不到自己而引起不必要的猜疑，再说自己是商人，让手机保持畅通是职业性质所决定的，自己怎么能随便关机？关机是经商大忌。

“妈，你不是有话要对我说吗？”刘宁起身到大门外看了一下车子，看到自己的汽车像匹动物似的静卧在那里，这才回来坐在桌子边问母亲。

“其实也没啥好说的。”母亲怕儿子受冻，特意从院里抱来木柴在堂屋笼了堆火，等到火完全着起来后，她一边示意儿子往前挪着烤火，一边歉意地说，“宁儿，其实我今天把你留下来不让走，也没啥别的意思，就是想把你留下来住上一夜，好好歇一歇。”说这话时火光把母亲的脸映得一片通红，母亲看了眼瘦削的儿子，心疼地说：“自从你爹走后，我也没啥可牵挂的，就是老放心不下你。知道你在外面天天跑着做生意不容易，怕你累着，又怕你吃不好，你看你现在的脸瘦得跟刀条一样，妈看着心疼……”

“妈，你别为我担心，我在外面好着呢。”刘宁说着伸手摸了把自己的脸，安慰母亲说，“我比过去胖多了，你不知道那些年我在家里有多瘦吗？”

“你是我儿子，是我一手把你养大的，我咋能不知道呢，你那时正在上学，家里条件差，吃了上顿没下顿，经常叫你饿着肚子，因此你那时候当然瘦，瘦得像根麻秆似的，一阵风就能把你吹跑……”

“所以我现在生活得很好，不然怎么会住上大房子开起大汽车？”

“唉，可我还是心疼你啊！”儿子的宽慰并没有让母亲放心，她叹着气看着儿子，“看你身上负担那么大，又没人替你一下，一个人干可真够累的，琪琪她妈又天天忙着上班，平时也不知道多关心关心你，你说我能不操心你吗……”

“妈，没事儿，你别担心我，我倒是不放心你一个人在家。”

“你不用担心我，我在家里吃得好穿得好，身子骨也结实，你有啥不放心的？你还是在城里安心干工作吧，别为我担心！”

外面的夜黑漆漆的，像是掉进了一口深井。母子俩坐在那里边烤火边说着话，一直到深夜才睡觉。

五

山里的夜静得像一潭水，仿佛整个世界全都静止了。可是躺在床上的刘宁却毫无睡意，一直想着第二天的事情。母亲给自己铺的床既松软又暖和，像是让人睡进了一堆棉花里。身上盖着母亲套的新花被，下边铺着母亲亲手缝的新花褥子，褥子上的粗棉布床单也是母亲早年用织布机织出来的，枕头里填着母亲从后山采摘回来的野菊花，枕上去能闻见一缕缕沁人心脾的清香，让人神清气爽的，有种说不出的舒服。

女儿一直没打来电话，倒是妻子临睡前给自己打了个电话，她先在电话里问候一番母亲，接着又叮嘱刘宁早点休息，明天等他一大早回去后，两个人还要赶去火车站接从北京回来过年的女儿。刘宁一一应着。就在他挂了电话合上眼睛准备休息时，小蓉发来条微信：“休息了吗？我睡不着，一直在想你。老家条件差，你晚上睡觉要注意多加被褥。”看内容和她今天打电话的态度截然不同，充满了柔情蜜意，这让本来还生着她气的刘宁马上涌出一种欣慰。

得到刘宁的原谅后，小蓉马上变得温柔娇媚起来。她开始用手机在微信上和刘宁聊天。本来刘宁还嫌老家天冷夜长，正不知道该如何打发这难挨的时光，和小蓉的聊天让他变得心情愉快起来……

母亲躺在旁边床上，看着儿子的手机屏幕不时在那里一闪一闪的，就知道儿子没睡，还在那里忙着工作，便在旁边自言自语地感慨：“看宁儿多忙，连晚上睡觉的空都没有，这样下去，他的身体怎么能吃得消？”

听着母亲的叹息，刘宁也不说话，只顾趴在被窝里和小蓉聊天。其实都是些无关紧要的话，两个人就在那里翻来覆去地聊着，一直聊到深夜十二点，他才打着哈欠合上手机睡觉……

山里的夜格外冷。半夜时又刮起一场三四级的北风，北风过后，紧接着一场铺天盖地的大雪纷纷扬扬地飘下来，使整个山村的夜晚变得更加寒冷。可是刘宁睡进母亲为他铺好的被窝里怎么也不觉得冷，身上反而感到暖融融的，像小时候躺在母亲怀抱里的感觉。

母亲一夜都没怎么睡觉，她不时起来给儿子掖被子。她知道儿子小时候睡觉不老实，经常把被子蹬在一边，露着身子睡觉，把身子冻得像红萝卜似的，所以这天夜里她一直在旁边观察着儿子的睡姿，只要看见儿子躺在那里稍微动一下身子，她马上就会悄悄起床，披上衣服过来给儿子掖掖盖盖，生怕他受凉……

后半夜刘宁起来小解时，打开门看见外面下着大雪，他感到一股寒气直向自己扑来，身子不由跟着抖了起来。他知道山村的夜此时已经冷到极点，不由讨厌起这山村的夜。可是等他从外边回来时，发现自己的床铺上多了床厚厚的被子。咦，这是怎么回事？他奇怪地向母亲那里看了看，马上什么都明白了，原来是母亲趁自己熟睡后，悄悄给加上去的。怪不得自己睡在被窝里感到那么暖和。当他借着雪光再次打量起母亲的床铺时，突然发现母亲身上少了床被子，难道母亲把她的被子让给了自己？想到这里，刘宁突然感到自己的鼻子酸酸的……

刘宁拿起加盖在自己身上的那床被子就要去给母亲盖上，可他怎么也没想到母亲会突然从床上折起身子制止说：“宁儿，你别给我盖，妈不冷，我就是因为嫌热才把被子给你盖上去的。”原来母亲并没睡着，一直在关注着儿子。

“妈，我不冷，我真的不冷，你没看我身上穿着保暖内衣呢。”刘宁说着把被子盖在母亲身上，可是当他回过身刚钻进被窝，母亲又拿着那床被子走过来，关心地说：“看你身子骨瘦的，知道你冷，你还是赶快盖上吧！”母亲说着把被子盖在刘宁身上，然后又认真帮他掖了一圈，这才放心过去睡觉。

外面的大雪仍在纷纷扬扬地下着，借着窗外透进来的雪光，刘宁看见母亲瘦小的身子蜷缩在单薄的被子里不住发抖，他鼻子一酸，差点掉下泪来……

六

第二天天不亮母亲就早早起床了。她要给儿子做顿可口的早饭，好让他吃过后赶着上路回城。

由于头天晚上睡得迟，加上夜里没有休息好，结果刘宁睡过了头。等他醒来时，母亲已经把一大桌子饭菜做好了，只等自己起来吃。但此时自己的眼皮还很涩，他想躺在床上再眯一会儿。

看儿子躺在被窝里还没起床，为了不打扰他休息，母亲开始整理起家务，等做完这些看儿子还没起床，她便来到堂屋后墙，对着挂在那里的丈夫的遗像先鞠一躬，然后忏悔似的默默念叨起来：“老头子，唉，都怪我不好，昨天晚上不该把宁儿留在家里过夜……以前你活着时，经常跟我念叨说，儿子一个人在外面闯荡不容易，啥时候咱们能在一起过个团圆年就好了。可他在城里总是忙啊，一直没时间。昨天他回来时，我想起你过去说的话，于是就想让他留下来陪陪你，咱一家三口坐在一起说说话，提前过个年，也算圆了你的心愿。可是没想到大过年的，宁儿还是那么忙，忙得连休息的空都没有。就说昨天晚上吧，我看他一直在那里抠手机，就知道他在忙……唉，老头子，你说我这样做是不是不对？昨天晚上不该留他在家里过夜，现在想起来就后悔，可是事情已经过去了，你说我后悔又有啥办法？老头子，我说这些话你都听见没有，你能不能原谅我……”说到这里，她忽然发现丈夫站在墙上的相框里绷住脸严肃地看自己，马上变得不满起来：“老头子，你瞪我干啥？难道我说得不对？我既然把事情已经做下了，现在后悔也没用，不过我今天一大早就起来把早饭给他做好，单等宁儿起来吃过后往城里赶……”看丈夫仍然冷着脸不说话，母亲好像看出他不原谅自己，只好垂着头继续在那里辩解：“再说我这样做也不是为了我自己，说白了，还不是因为你？我说这些你别有意见好不好？放心吧老头子，等宁儿走后，今年还是咱俩在一块儿过年，虽说这里冷清，但只要和你在一起，我心里就感到踏实……”母亲说着擦了把眼眶，弯腰对着墙上的丈夫歉疚地鞠了一躬……

刘宁睡觉的床铺就在旁边不远的窗户下，看着母亲刚才所做的一切，现在又听她絮絮叨叨说的这番话，他心里不由颤抖起来，多好的母亲啊，为了自己，为了父亲，她这辈子付出的实在太多，因此她是世界上最伟大的母亲！也是在这时，他才突然明白母亲昨天晚上执意要把自己留在家里过夜的用意，心里一阵内疚。“妈，我过去太自私了，我怎么就不理解你和我爸的心愿呢？唉，怪我平时太忙，忽视了你一个人在老家的感受。马上要过年了，在这万家团圆的时候，我应该留下来陪你才是！什么公司合同，什么董局长，什么小蓉，所有这些统统都没有我在老家陪你重要！”想到这里，他突然临时做出一个决定：

今天不回城，留下来陪母亲过年！

（2016 年 6 月 10 日修改稿）

陈亮，快跑

一

陈亮是被手机闹铃惊醒的。凌晨时分，他躺在床上睡得正香，枕旁突然响起一阵刺耳的闹铃声。陈亮打开床头灯，摸过手机眯着眼看了下屏幕，2:30，知道自己该起床了。陈亮歪头看了眼睡在身边的妻子，此时妻子也被手机闹铃给惊醒了。她没好气地白了眼丈夫，翻过身子继续搂着半岁大的儿子沉沉睡去。陈亮知道妻子白天带孩子很累，为了不影响她休息，他苦笑着悄悄从床上折起身子穿衣下地，去洗手间简单洗漱一番，顺手从门口墙壁的粘钩上取了件外套披在身上，这才轻轻带上门，从出租房里出来，在门口楼洞里推过那辆公司给他配的专用送报自行车，翻身骑上去就往大门外奔。几分钟后，他从员村羊肠般狭窄的小胡同里七弯八拐钻出来，这才鱼入大海似的加快速度往大街上飞奔。

午夜的广州一片静谧，除个别街头大排档上还有人在那里卖夜宵外，四周都是一片沉寂。陈亮撇着两只鸭蹼似的双脚一路往前骑着。

每天都起这么早去上班，想想真不是个味！陈亮看了眼街边唰唰向后退去的霓虹灯，心里不觉涌出一种感叹。除了环卫工人，谁会像自己这样半夜三更起来去上班？哦，对了，那些专门在夜里上街张贴小广告的也会这么干。不过如果再往深处想，还有那些夜里行窃的小偷。可是陈亮不愿多往小偷身上想，毕竟自己没做过贼，自然就对这些蟊贼嗤之以鼻。至于贴小广告他倒是干过。

十多年前，陈亮刚刚初中毕业就出来打工了。那时他家里条件不好，七十多岁的奶奶长年卧病在床，母亲患有类风湿，一年四季都干不了活，哥哥正在郑州上大学，恰恰就在这时，父亲帮人盖房时没踩稳，从房顶上滚下来摔坏了腰，从此不能再干重活儿，只靠姐姐独自一人在外面打工挣钱显然不能维持，没办法，陈亮只好放弃读书的机会出来打工了。按说陈亮的学习成绩不错，如果继续读下去，完全有可能像哥哥那样去省城读大学，然而命运偏偏就是这么捉弄人。

陈亮刚出来时，经同村人介绍，他很快进入东莞一家电子厂上班了。

厂里的活儿并不重，都是流水线作业，只需按照工长要求，跟着熟练工学两天就能正式上岗。可是陈亮很快发现这个电子厂的工作量很大，不说平时加班，除去中间吃饭和上厕所，一天差不多要工作十四五个小时，这谁能受得了？工作量这么大，可是大家得到的报酬却很低——扣掉伙食费和住宿费等杂七杂八的费用，每月拿到手的工资只有几百块，这不是太少了吗？于是干了不到两年，他便辞工而去，独自一人闯到了广州。

都说广州城市大，活儿好找，钱好挣，可是陈亮在这里却四处碰壁，找不到合适的工作不说，还把自己在东莞打工时挣的钱给贴了进去。直到此时他才明白现实有多么残酷。一没文凭二没特长，自己又怎能在这个大得无边的城市找到一份好工作？那段时间，陈亮像个流浪汉一样，整天在大街上游荡。正在走投无路时，一个朋友悄悄对他说："陈亮，现在有个能挣钱的活儿你干不干？""既然能挣钱，我为啥不干？"就这样，他被那个朋友介绍到一个湖北人开的小"公司"，干起贴小广告的活儿。

由于这种活儿是见光死，因此只能晚上干。那段时间，只要一过夜里十二点，陈亮就在老板要求下，和几个同伙手提糨糊、刷子、油漆和喷枪，趁着夜色来到大街上，看四周无人，像做贼似的对着那些广告牌、桥头护栏、建筑物墙面和商店门口等一些显眼处，偷偷留下自己的"墨宝"。虽说干这活儿每天可以拿到几十块钱报酬，但是每天都像老鼠一样昼伏夜出，终究不是长久之计，陈亮便有些倦怠。有一天早上凌晨三点多钟，他和一个同伙正在天河城斜对面的图书大厦门口“工作”时，没想到被正在此处值班的巡逻队给逮个正着。工具被没收不说，还被罚了一笔钱。

从派出所出来，陈亮踟蹰在街头，一时不知道自己该何去何从。路过一家报亭，他顺手买了份当天的报纸，在招聘栏里看到一家发行公司招聘发行员的信息，便抱着试试看的心态去应聘，没想到居然应聘成功。他就这样成了一名报纸发行员。

二

送报车显然已经来过。此时发行站里灯火通明，看样子值班室早有人上班了。陈亮在门口扎好车子推门进去时，几个先到的同事正蹲在那里忙着套报。所谓套报就是除了把主报和副报套在一起，还要往报纸里放进一些广告单等宣传品夹带物——这是发行站为增加收入对外承揽的投递业务。虽说套报不是什么力气活儿，但是干起来很繁琐。它需要两手并用地把分到自己头上的近千份夹带物一一夹进每份所要投递的报纸中，此外再加上套主报和副报，这样下来，每份报纸差不多需要翻腾上两三遍才算完事。因此完成这项工作差不多需要一个小时。

陈亮进去时，发现需要由自己投递的报纸和宣传品已被站里的值班员堆在一边。看着其他同事都在那里忙碌，他来不及多想，急忙蹲下去加入到套报的行列。大概是有人来得比较早，陈亮刚蹲下去套了不到一半，就看到有人已经套完报开始抱着往邮袋里装。看到这里陈亮一着急，不由加快了手上的速度。等他匆匆忙忙套完手里的报纸时，有的同事已经推着载有几百斤重报纸的自行车开始往外走。陈亮不敢怠慢，赶快直起腰抱着套好的报纸就往邮袋里装，忙完这些，他又急忙跟在大家身后，推着自行车往外走。

每个发行员的投递任务都不轻，平均每人每天的发行任务都在一千份左右，差不多要投送五六百斤重的报纸。每天一大早都要把这么多报纸准确无误地一一投递到订户手里并不是件轻松活儿,可是公司领导仍不满意,继续想方设法给每个人的头上加任务,不是采取减员增效的办法节约开支,就是在社会上广泛承揽其他配送任务,以此来提高公司的人力利用率。因此每次带着几百斤重的报纸和配送物出门时,大家就会在背后骂公司领导是黑心肝,把自己当牛一样使。可骂有什么用?如果不把手里的报纸和配送物送出去,怎么会有工资和奖金可拿?何况现在工作不好找,别说自己没文凭,就是那些刚走出校门的大学生不照样没活儿干?一想到这些,大家沮丧的心情才会有所好转。

"干什么都不容易,唉,谁让咱们没本事呢!"

"还是好好干吧,不然连这种活儿也找不到……"

同事们边叹气边给自己鼓劲。现在大家已经在繁重的体力劳动中学会了自我安慰。所以尽管每天半夜就要从床上爬起来赶到站里领报纸,然后再把它们一一投递到订户手里的工作很累,可是大家仍然干得不亦乐乎。不过好在每天送完报纸时才上午十一点钟,如果不做兼职,整个下午都可以回家睡觉了。早上起得那么早,如果不回去好好补一觉,身体会吃不消的。所以每天中午一送完报,大家便急急忙忙赶回自己的出租房,随便吃点东西,冲个凉后直接往床上一倒,便呼呼大睡起来,然后在第二天凌晨又早早从床上爬起来接着去上班干活。工作虽然累,不过报酬还可以,每月连工资带奖金加起来差不多能拿到两千多块钱,除去吃喝花销和房租等其他费用,还能余下一部分。这对一个在广州打工的外地人来说已经很不错了,因此陈亮起初对这份工作还是比较满意的。

发行站离黄埔大道不到五十米,从胡同里出来后,大家相互操着方言或者蹩脚的普通话开始调侃着互道珍重,然后分道扬镳,往自己投递的区域赶。

陈亮负责的是越秀区东山口一带的投递任务。这地方位于广州市偏西,基本属于市中心,点多面广,发行任务比较重。为了赶在订户每天早上起床后或出门前第一时间看到报纸,这就要求发行员不得不快马加鞭,早早赶着去上门投递。陈亮为此常常忙得连早饭都顾不上吃，驮着两大袋报纸匆匆忙忙跑着去给订户送。可是不吃早饭根本不行，工作量那么大，干不到半晌就会觉得手脚酸软，四肢无力，影响工作效率，如果因此耽误投递，订户就会向公司投诉，到那时就不单是扣工资和奖金的问题。为了做到投递、吃饭两不误，陈亮只好利用送报间隙，在街边小摊上买两个包子外加一杯豆浆，边吃边送把问题给解决掉，等上午十一点钟送完报纸后，他又赶着去干下一份工。

陈亮干的下一份工是送外卖。这是他背着公司私下找的一份兼职，目的是多赚一份钱，不然单靠自己那点工资怎么养活老婆孩子？这份工一般从中午十一点开始，一直到下午两点钟左右才结束。陈亮干的这份工并不怎么赚钱，以小时计，一个小时十五块钱，每天三个小时能拿到四十五块钱。不做这份工时，他就去街上给人派发广告宣传单，一份一毛钱。他常常从客户手里领到两三千份广告宣传单，然后跑到人流量比较集中的十字路口，见人发上一份就算完事。这样下来，陈亮每天的工作日程表都排得满满的，而他自己简直像个被抽打的陀螺那样，根本没有半点休息时间。

过去没成家之前，陈亮的日子过得相当潇洒。那时中午只要一送完报纸，他就乐得像撒欢的兔子一样，天天什么也不想，只想着怎么自由怎么玩。一般他送完报纸就回出租房睡觉，午饭是在路边小店里解决的，回到出租房里先冲个凉，然后一头扎在床上睡大觉。一觉睡到傍晚六七点，起来再到街上找家小饭馆吃碗面，或者叫上一份盖浇饭，三两下就把肚子问题解决了，剩下的时间是去找老乡耍。当然中午送完报纸如果不想回去睡觉，他会直接去找老乡。大家聚在一起嘻嘻哈哈地抽烟喝酒打牌聊天儿，或者几个人一起去爬火炉山，去珠江边看风景，到天河城附近逛街，买不买东西无所谓，主要是在那里转转图个消遣。陈亮最爱去的地方是天河体育中心门前那个大广场，要么就是去广州最繁华的“上下九”、状元坊和北京路。这些地方人流量大，各种商品齐全，可以让人开眼界。不过在这里逛街时，他经常会生出无穷的烦恼，每当看到那些大款们挥金如土的样子，他心里就会生气地骂娘。

那时陈亮年轻，没什么负担，更不考虑结婚成家的事儿，一个人自由自在的，过得挺潇洒。可是随着年龄增长，问题马上来了。哥哥大学毕业留在省城一家行政单位工作，姐姐也结束打工生活，回到老家嫁了邻村一个男人，生儿育女过起自己的日子。眼看自己马上也是快三十岁的人了，却连个对象都没有，这让他不禁有些失落。

“亮啊，你都这么大了，啥时候才能给我领回来个儿媳妇？”

每次听着母亲电话里的抱怨，陈亮心里都是酸溜溜的，不知道说什么好，只有采取“拖”的战术安慰母亲：“妈，你就放心吧，早晚有一天，我一定给你带回去个漂亮儿媳妇！”

“你就哄我吧，我看你究竟啥时候才能给我领回来……”

“快了快了，你就在家好好等着吧，妈！”陈亮不想听母亲唠叨，说着就把电话给挂了。

出门在外这些年，陈亮也谈过几次恋爱，但都带有逢场作戏的成分。那时陈亮还小，根本没把心思放到这上边，总觉得自己漂在外边一事无成，就这么匆匆忙忙和别人谈婚论嫁太不切合实际，再说平时只顾潇洒，根本没把结婚成家当回事，结果机会被他一次次错过。等后来意识到自己的想法过于偏执时已经晚了。再看同龄人个个都娶妻生子，有的孩子都会打酱油了，他才着急起来。托老乡介绍，请同事帮忙，希望能赶快解决自己的终身大事。可是这种事情可遇不可求，不是着急就能解决的，所以忙活了一番却没什么结果，不是人家嫌他工作差收入低，就是说他家庭负担重，总之原因种种，纷纷给他说“拜拜”，这让他不免有些丧气。就这样，婚姻大事再度被搁浅。

唉，一切听天由命吧，谁让自己是属马的，天生就是个劳碌奔波的命！

三

广州昼夜温差大。尽管是三月，白天气温最高可达三十度，但是到了夜里气温则又会降到十多度。由于早晨起得早，加上一直在大街上骑着车子到处跑，此时陈亮感到身上凉飕飕的，为了保暖，他把头上的红色棒球帽往下拉了拉，又把罩在短袖外边的外套往身上裹了裹，这才弯腰低头，像只大虾似的骑着自行车穿行在东山口一带的大街小巷里。

陈亮是个麻利人，干起活来动作也快，从早上四点多钟开始出班到六七点钟天快亮时，他已把报纸送出去了三分之一。看看再有三四个小时就可以把报纸全部送完，他不由兴奋起来，正当他准备松口气时，马上听到肚子咕噜咕噜地叫起来，这才意识到从早上到现在，自己只顾送报纸连早饭都没吃。见前边不远处有个早餐点，他赶快把车子骑过去，递上三块钱买了两个包子一杯豆浆。为了赶时间送报，他连自行车都没下，两腿夹着横梁，双脚点着地，把身子伏在那里吃起来。

这时大街上的行人开始多起来，陈亮狼吞虎咽地吃着手里的包子，用眼扫了下周围，发现不少人和自己一样，挎着包也在那里边走边吃，赶着去上班。看着他们行色匆匆的样子，陈亮心里无端生出几分感慨。手里的早点还没吃完，这时口袋里的手机响起来，他掏出来一看，是妻子打来的。

“阿亮，报纸送得怎么样了嘛！”妻子的广东话像鸟叫似的从里边钻出来。

“还没有送完。”陈亮嘴里嚼着包子，用不太标准的普通话回答，“干了差不多有三分之一，估计要到中午十一点钟左右才能送完。怎么了，你给我打电话有什么事情吗？”

“呃，也没什么大事，我就是想打电话问问你，关心你一下子嘛。怎么了，难道不可以呀？”

“怎么不可以？当然可以了，我的好老婆！”

“哎，阿亮，我给你说件事情好不好？”听丈夫的口气这么暧昧，妻子在电话里趁热打铁，“你回来的时候，能不能到超市给孩子买桶奶粉？”

“可以呀！要什么牌子的？”

"米高，美国出的那种桶装奶粉。"

"米高奶粉那么贵，你能不能给孩子换个国产牌子的？"

"不行啊！孩子一直喝这个牌子的，你怎么可能突然一下子给换掉呢？"妻子在电话里解释，为了让丈夫答应自己的要求，她撒起娇说，"阿亮，你就狠狠心好啦，为了咱的小宝宝健康成长，再贵也得给他买啊，要不然，孩子的营养会跟不上的。"

"好好好，听你这么一说，那就买米高。"妻子的话让陈亮刚刚硬起来的心肠立马软下来。他知道妻子的个性柔中带刚，自己是根本无法去改变的，于是只好连声答应。不过考虑到自己回家的时间会晚一些，他马上便对妻子说："不过我要告诉你，送完报纸，我中午还要赶着去给人家送午餐外卖。另外，我下午已经和别人约好，要去一个客户那里派发广告，这样一来，等我回去时大概要到晚上七八点了，孩子等不等得及？"

"等得及等得及的，"妻子在电话里连连说，"家里的奶粉还够孩子喝到今天晚上，不过明天早上就没得喝了，所以你只要晚上回来时记得买回来，不耽误孩子明天喝就行。"

"那好，我晚上回去就给孩子买。"

"你一定要记得，千万不要忘记喽！"

"好的好的，你放心，我一定忘不了的。"说到后来，陈亮几乎是用拖长声调的语气在宽慰妻子。

挂上电话，陈亮不觉在心里叹气，唉，一桶米高奶粉二三百元，孩子一星期差不多就要喝掉一桶，这样下来一年得喝掉多少钱？想到这里，他长叹一声，不由留恋起自己过去的单身生活，那时多自在啊，无牵无挂的，一人吃饱全家不饿，哪有这么多烦恼！没想到从结婚到现在，特别是有了孩子后，家里的开支突然加大，无论自己怎么努力都填不满这个无底洞，这可怎么是好？

四

陈亮的妻子是广州人。

两年前，他在东山口一栋家属楼里送报时，无意中认识了一个六十多岁的退休老太太。老太太脾气古怪，每天早上有看报习惯，而且爱看陈亮送的那份报。每天天不亮她就早早起来去门口报箱里取报纸，然后再去卫生间洗漱，去厨房做早饭，等吃完早餐，这才拿过报纸坐在沙发上看起来。就这样，每天早上，当别人还没起床时，报纸上的大小新闻和生活常识已经被她浏览一遍，然后她摘下老花镜揉揉眼睛，简单收拾一下去外边晨练。从退休到现在，十多年来她一直保持着这个生活习惯，几乎成了雷打不动的规律。为满足她早上起床后第一时间能取到当天报纸，凡是跑这条线的发行员，每天一大早就得赶快把报纸塞到她挂在门口的报箱里，不然就会遭到她的指责。

那天早上，陈亮在给另一栋家属楼送报时耽误了几分钟，结果当他气喘吁吁爬上这栋楼的九楼把报纸送上来时，老太太已经在家门口等得不耐烦了，看见陈亮手里拿着报纸爬上来的一刹那，她气就不打一处来："你这个送报的，今天怎么送得这么晚？害得我在这里等了半天！"

"不好意思阿姨，今天让你久等了。"看老太太生气，陈亮急忙向她解释，可她哪里肯依，依然在那里指责陈亮的不是。

大概是那天的心情不够好，看老太太不依不饶地说了自己那么多，陈亮听得心烦，于是说话的语气里便带了些不满："谁让你住得这么高？按说我们只把报纸送到三四楼就不再往上送，可你现在居然这样要求我们，不送来得晚才怪！"

"订户就是上帝，你怎么能这么和我说话？"老太太显然被陈亮的话给激怒了，不由生气地说，"亏你们还是做服务行业的，难道就不能满足我们订户的需求？"

"需求我们可以满足，但是我们不能满足你们的无理需求，"陈亮对她抱怨，"你现在住九楼，如果你住的是十五楼，难道也要我们发行员每天一大早就爬上来给你送报纸？"

"那当然，因为我们是订户，所以就要求你们把报纸送到我们手里，不然怎么能兑现你们'电话一打，送报到家'的承诺？"

“阿姨，你这楼层不是太高了嘛！再说你们这幢楼又没装电梯，如果有电梯，别说你住九楼，就是住十九楼、二十九楼我都会把报纸按时送到你手里……”

“好了好了，你不要再和我说这些，我不想和你纠缠，”大概是陈亮的话伤了她的自尊心，老太太突然生气地说，“你个投机取巧偷懒耍滑的家伙，明明是你自己没尽到责任，反而埋怨我们住得太高！听听你说的这是什么话？分明是强词夺理嘛！再说我们住得高也比你好，起码我们有自己的房子，你有什么？不就一个打工仔，有什么资格和我说这些？”

“你有房子怎么了？不就是栋鸽子楼吗？有什么可神气的，有本事你去住珠江新城高层，或者锦江花园别墅，还有碧桂园小区，那才叫本事，你个住九楼的老太太还好意思和我说这些，也不怕小你身份？”陈亮毫不示弱地和她争吵起来，“出来打工怎么了，我们靠劳动挣钱吃饭，有啥可丢人的，我倒觉得你作为一个广州人，却说出这些没修养的话，反叫人瞧不起……”

“好啊，你这个蛮横无理的北方佬！”老太太把手里的报纸往地上一摔，双手把腰一叉，突然冲陈亮吼起来，“你居然敢污辱我？我看你是不想干了，我要向你们公司投诉，投诉你工作不尽职！”

“好呀，你投诉吧！大不了我这个月不拿奖金，”陈亮针锋相对，“不就是耽误你晚看了会儿报纸嘛，值得你这样抓住我不放？”

两人的争吵很快引起同楼住户的围观，听了老太太的陈述，大家纷纷指责陈亮的不是，这让陈亮那天早上的心情坏到了极点。

从那以后，陈亮每次来这栋楼送报纸，都带着一种说不出的厌恶。尽管心里有气，但他还是每天按时按点把报纸早早送上来，免得老太太找自己麻烦。不过说来也怪，自从那件事情发生后，他再没见过这个老太太。难道她不在家，还是更改了自己的作息时间？不过陈亮每次把报纸往门口的报箱里一塞，还是赶快闪人离开，以免和她照面。

过了段时间，发行公司又开始实施新的改革方案给大家压任务，大概是担心自己完不成任务受罚，同时也觉得送报纸太累又没什么前途，这时陈亮萌生出辞工的念头。可是辞工后自己去哪里，回河南老家吗？一想到家乡贫穷落后的样子和家里的条件，他很快打消了这个念头。出来闯荡几年，怎能两手空空地回去？那样不惹人耻笑才怪，可是如果继续留在这里还有什么意义？于是他便给在郑州工作的哥哥打电话，看能不能在那里给自己找个活儿干。哥哥说自己在单位里只是个普通员工，根本没本事给他找什么活儿，至于打工的事情他倒是可以帮忙找一找，不过一说起那里的工资待遇问题，陈亮就犹豫了，同样是打工，可是那里的工资显然要比广州低了许多，他便觉得没有去那里打工的必要。正在他犹豫不决时，突然有人给他介绍起对象。

那天早上，当陈亮骑着自行车像往常那样早早来到老太太所在的家属楼，气喘吁吁地背着挎包爬上九楼，刚要把报纸往她门口的报箱里塞，这时旁边那扇天蓝色的防盗门突然被打开，接着老太太从里边走了出来。一看躲不过，陈亮只好硬着头皮上前给她打起招呼："阿姨早上好！"说着把报纸恭恭敬敬地递过去，转身便要下楼，没想到老太太拿到报纸后并没有急于回房，而是站在门口异常和气地叫住了他："小伙子先别急着走，我有话给你说。"

"说什么？是不是还说送报纸的事儿？"

"不是不是，我要和你说点别的事情。"

看老太太的表情不像有什么恶意，陈亮这才转身返了回来。

"小陈，我看你人不错，给你介绍个对象好不好？"谈话中当老太太得知陈亮年近三十还没对象时，便笑着对他说。

"那当然好！"看老太太突然变得对自己这么热心肠，陈亮不由认真打量了她一眼，确认她不是在骗自己，便用略带生硬的普通话问道，"阿姨，请问你给我介绍的这个对象什么样？"

"该怎么给你说呢，我给你介绍的这个对象包管你满意，"老太太继续温和地笑着，"这姑娘要人有人要样有样，而且还有广州户口，是个地地道道的广州人，怎么样，她的条件不错吧！"

"条件是不错，可你为什么要把她介绍给我这个外地人？"

"这有啥？"老太太看陈亮不信，脸一偏，瞥了他一眼趋上来低声解释说，“现在这社会还有什么本地人外地人的，只要有缘分就能走到一起。俗话说，千里姻缘一线牵。你没看现在那些跨国婚姻有多少？我给你介绍的这个对象是我一个亲戚，除了年龄大点，其他方面没有任何问题，你只管相信我好了。再说事情成不成要等你们见面后才能定，你说是不是？”

“是呀，只要阿姨觉得没什么问题，我就乐意和她见见面。”

“好，咱就这么说定了，至于你们什么时候见面，等我消息好了。”

和老太太分手后，陈亮那天的心情特别好，就像走路时突然捡了块狗头金一样，不过他脑子里同时也在想，老太太说的话是真的吗？难道自己要交桃花运了？

五

在老太太的安排下，三天后的一个下午，陈亮和那个姑娘在火炉山公园见了面。

那天天气有点热。下午三点钟，陈亮送完报纸在街上吃过饭又溜达了一圈，然后早早来到约会地点。当他坐在公园深处的一条长椅上，扭过脸认真打量坐在身边的姑娘时，惊奇地发现老太太给自己介绍的这个对象居然长得很漂亮，身材高挑，面孔白皙，加上她那天穿了条浅绿色的裙子，给人一种亭亭玉立的感觉，不由在心里说，这么漂亮的女人，自己不同意才怪。陈亮当即对她产生了好感。

事后他才知道，原来这姑娘是老太太的女儿。

老太太是湖北潜江人，早年跟随在铁路上工作的丈夫到广州安家落户，本以为在这里就可以过上幸福生活，可是没想到丈夫早早就因病去世，她只好独自一人拉扯着两个孩子生活。儿子长大后进了一家国有企业，女儿中学毕业后也在一家私企上了班。由于家里经济条件不好，儿子成家后没地方住，只好和母亲挤在一起。女儿小琴尽管长相漂亮，可始终没找到合适对象。总是高不成低不就的，没想到年龄越拖越大，很快变成了一个嫁不出去的“老闺女”，直到这时老太太才着了慌，四处托人给女儿介绍对象。可当男方一听说小琴三十多岁还没有正儿八经谈过恋爱，就觉得她精神不正常，于是一个个吓得落荒而逃，再没人愿意和她处下去。看着如花似玉的女儿嫁不出去，老太太愁得头发都白了。

看着身边的朋友一个个结婚成家有了孩子，小琴也开始变得抑郁起来，每天吊着一张瓜子脸，下了班连去逛街的心情都没有，整天把自己关在房间里生闷气。后来听说母亲要把自己介绍给一个外地人，心里更是不满，但她禁不住母亲的劝说，这才勉强同意和陈亮见面。其实陈亮长得并不丑，浓眉大眼，五官端正，除了一米七五的个头有点矮，其他是挑不出什么毛病的。简单了解他的一些情况后，她很快就下了嫁给他的决心。

由于没钱买房，陈亮和小琴结婚后，就在员村租了套两居室，开始过起自己的小日子。

说来也怪，自从和陈亮结婚后，小琴突然像变了个人似的，不仅心情开朗爱说爱笑，而且对陈亮表现得温柔体贴，细心周到，这让他简直有种掉进蜜罐子的感觉。一年后儿子出生，这使陈亮更加兴奋不已。那段时间，他心里乐滋滋的，天天脸上挂着笑。白得一个广州媳妇不说，还给自己生了个大胖小子，这不是自己时来运转是什么？从此就可以过上老婆孩子热炕头的幸福生活了！

然而让陈亮没想到的是烦恼很快来了：妻子产后身体虚弱需要补充营养，襁褓中的儿子更需要营养。都说母乳喂养好，可妻子自从生下儿子后连滴奶水都没有。为此陈亮想尽了一切办法都不管用，没办法，他只好一咬牙，决定用奶粉来喂养儿子。哼，自己堂堂一个大男人，难道就养活不了自己的老婆孩子！为了赚钱养家糊口，他每天在送报之外，不得不去多兼了几份工。

去年冬天，八十多岁的奶奶去世时，哥哥和姐姐都赶回去奔丧，一家人难得团聚在一起。那天晚上，大家围着火盆烤火时，说起陈亮在广州的生活情况，上大学时一直得到弟弟资助的哥哥，表示愿意支援弟弟一些钱帮帮他，谁知话还没说完，就被坐在他身边的妻子给踢了一下，只好急忙缄了口。看到这里，知道哥哥的日子过得并不顺心，陈亮叹了口气，只觉得心里更加悲凉。哥嫂工作忙，假期有限，不等三天孝期结束就匆匆赶着回去上班了，留下陈亮带着老婆孩子守在家里。这时他发现母亲的风湿性关节炎又严重了，疼得连路都不会走，看母亲躺在床上一副痛苦不堪的样子，陈亮心疼得眼泪都快掉下来了。那一刻，他真想留下来照顾母亲，可是一直在南方大都市生活的妻子却不同意，因为哥嫂的事情已经让她很不满，所以她这时抱着孩子站在旁边小声地对陈亮说："看看你家现在的情况像个什么样子嘛，根本就不是人待的地方，连你哥哥都扔下不管，你还留在这里干吗？咱们还是赶快回广州吧！我在这里一天也待不下去……"

"待不下去也得待，谁叫你是我们陈家的媳妇！"陈亮生气地冲她吼道。

"反正我不想在这里待！"一看丈夫生气，妻子只好嘟着嘴埋怨，"你看儿子被冻得都流鼻涕了，再这样待下去他非感冒不可，如果孩子再由感冒引起肺炎，我看你怎么办！"

正值隆冬，天冷得像是要把水缸冻裂，听着门外呼呼刮着的西北风，陈亮抱着膀子一言不发地站在那里，像是在和谁赌气。看小两口在那里闹别扭，父亲看不下去，他弯着被砸坏的腰过来把儿子拉到一边低声劝道："亮，还是听小琴的话，别在家里待了，再说天这么冷，再待下去孩子会受不了，你们还是收拾收拾赶快回广州吧！"

"爸，我们走了，剩下你和我妈咋办？"

"你不用操心这个，家里不是还有我嘛，"父亲喘着粗气安慰他，"再说你姐住得又不远，她会经常回来照顾你妈，你们就放心走吧，别在家里受罪了，孩子小，冻坏了咋办？你们还是赶快回去吧，都快回去！"

看着父亲挥着手像赶小鸡一样轰赶自己，陈亮哽着嗓子，看了看躺在床上的母亲和满头白发的父亲，只好流着泪和妻子抱着儿个月大的儿子坐车离开了老家。

刚从老家回到广州那几天，陈亮心里一直很堵，他觉得不该在父母最需要自己照顾的时候跑回来，这不是逃避是什么？那毕竟是自己的亲生父母啊！每次想到这里，他都难过得直掉眼泪……

大概是这次跟着丈夫的老家之行，让妻子认识到了眼前的处境。她决心要在广州买房，于是给陈亮下达了死命令："不管你想什么办法，我们一定要在广州买房。我可不愿离开广州跟着你再回老家。我不想看见你们老家那贫穷落后的样子，更不希望我的孩子也生活在那里，你明白吗，阿亮？"

"听你这话不是要把人往绝路上逼吗？再说我就这么点工资，你又不是不知道？"陈亮生气地和妻子争辩，"平时除了日常花销还要养孩子，你说我该怎么办？难道你要我去抢银行啊？！"

"我不管！反正我不会离开广州的。我要在这里拥有自己的房子，永远做一个广州人！"

其实不用妻子说，陈亮也明白自己现在的处境，他曾动过要在广州买房的念头，可是眼看广州的房价像火箭一样往上蹿，一平方米已经涨到两万多元时，他不由叹起气来，房价这么高，这哪是让自己买的，分明是让看的！照自己现在这点收入，什么时候才能在广州买得起房子？

可是妻子却不管这些，仍然经常在背后给他施加压力。看着妻子执拗的样子，陈亮很生气，遇到心情不好的时候，他真想撂挑子走人，不管不顾地一个人回河南老家生活。然而这可能吗？一想到老家的情况，想到父母那期待的眼神，他的心不由抖起来。唉，为了老婆孩子，看来自己只有就这么拼下去，等将来在这里买了房子，说什么也要把父母从老家接过来，也让他们在大城市里享受到幸福的晚年生活，想到这里，陈亮浑身充满了用不完的力气。

六

从文德西路一栋居民楼里出来，送完手里最后一份报纸，陈亮感到浑身轻松。直到此时他才意识到，从凌晨两点多到现在，自己已经连续工作了将近九个小时，只顾忙着送报纸，累得连喘口气的工夫都没有。马上到中午了，随着气温升高，这时他感到浑身燥热，于是急忙扯下裹在身上的外套，往车子后边的邮袋里一塞，顺便从口袋里摸出一包被挤扁的“红双喜”抽出一根点上，刚吸两口，这时口袋里的手机响了。

“陈亮，你在哪里？”电话里传来一个朋友的声音，“如果不忙的话，下午和我一块去逛街吧！”

“不行啊老兄，”陈亮拒绝，“虽说手里报纸送完了，可我马上要去上另一份工，没时间陪你玩，要不你还是去找别人吧！”

“哎，陈亮，为了养活老婆孩子，看把你折腾成什么样了！”朋友揶揄他，“简直跟头驴差不多，光知道拉磨，连休息的空都没有，活得这么累，难道你就不觉得自己的生活太没意思？”

“唉，我有啥办法？一头驴就一头驴吧，只要能赚钱就行！”

“咳，听你说得这么惨，算了，你赶快忙着去挣钱吧，我再去找别人！”对方说着就把电话给挂了。

这家伙，时间这么宝贵，他居然还有心思去逛街？真不可思议！陈亮摇摇头苦笑起来，不过就在挂机时，他无意中瞥见手机屏幕上的时间已经到了十点五十。“哎呀，糟了，马上就到下份工的上班时间了，这可怎么办？”陈亮惊叫着，脑子里马上闪出外卖店老板那张因自己迟到而吊起来的猪腰子脸，心里不由着急起来，于是连烟也顾不上抽，往脚下一丢，急忙骑着车子就往大街上冲去。

陈亮要去的那家店在广州市第十二人民医院附近。从自己现在所处的位置赶过去差不多需要半个小时。为了赶时间不让自己迟到，陈亮发疯似的在大街上快速向前飞奔着。

就在这个过程中，陈亮也没忘记自己的时间安排，干完这份工，下午三点钟，自己还要赶到国防大厦旁边一个客户那里领广告单，然后再根据客户要求，到天河城附近的交通要道处派发。当然，他更没忘记妻子叮嘱他晚上回去给儿子买奶粉的事情……

广州的汽车就是多，刚到中午十一点，黄埔大道上便开始车流云集，出现拥堵现象。看着那些品牌不一大小不同的车子像泡沫似的堵在那里的情景，陈亮心里突然涌出一种说不出的快感，他像哪吒踩着两只风火轮一样，把那辆自行车骑得飞了起来。此时他脑子里只有一个念头：快些再快些，不然自己就要迟到了。

可是谁也没想到，就在陈亮穿过立交桥刚转过一个十字路口，一辆银灰色的汽车从旁边的边道上冲过来，与他迎面相撞……

"嘭"的一声闷响，正在骑车的陈亮突然被撞飞，就在飞离地面那一刻，他的脑子里出现一片空白，紧接着便什么都不知道了……

（2016年10月20日修改稿）

吴子濛的片段人生

来到地面上的人
进了冰的摇篮
进到坟墓里的人
却看到了你代表的是什么……

——卡尔德隆《世界大戏剧》

A

天上下着大雨。

一大早,吴子濛就带着一把红色的雨伞出门了。他要去的地方是自己的办公室。吴子濛在市里有家规模很小的文化公司,从单位辞职后,他就开了这么一个公司,希望能实现自己的理想,可是公司效益并不好,也许是市场不景气,也许是经营思路有问题,总而言之,他的生意做得异常艰难。经过几年艰苦卓绝的打拼之后,现在已经到了岌岌可危濒临倒闭的地步。今天是星期一,他在机关里待过,所以明白每周一的特殊意义:开例会,安排本周工作等等,这是时下许多企事业单位相沿成习的惯例。因而吴子濛知道,公司里的几名员工这时一定在等着自己去布置任务,所以一大早他就起来了。吴子濛有便秘的毛病,起床后,他照例先去洗手间蹲了将近一个小时的马桶,在这个过程中,他差不多看了二三十页书,直到两腿酸麻,屁股蹲得生疼时,这才意犹未尽地从马桶上站起来,然后洗漱一番,等他出来时再看时候已经不早了,于是只好叹着气换上衣服,连妻子准备好的早饭都顾不上吃,就匆匆忙忙地出了门。

吴子濛住的房子位于这座城市郊区的一幢老式筒子楼的六楼。这样一来，性格内向的他基本就不用和地面上那些所谓的俗人打什么交道，他就可以像个不食人间烟火的神仙一样，只需待在高高的空中楼阁里，把自己像鸟一样囚起来，过着深居简出的生活即可。

那天早上，吴子濛出门时习惯地和妻子打了声招呼，然后左手提着一个包（他的这个包有点大，既不是时尚的公文包，也不是很潮的牛皮包，而是一个黑色的尼龙电脑包，这种包的好处是里边空间大，夹层多，可以分门别类地装下各种文件、笔记本、名片、签字笔以及其他杂七杂八的东西），右手拿着一把红色的天堂伞急匆匆地打开房门走了出去。可是当他关上门从楼梯上下来，听到身后传来声音很大的关门声时，他突然觉得自己就像离家出走的流浪者一样走在一片虚空里，不禁有种不知身在何处的感觉。他扭过身子刚迈下一个台阶，就觉得自己的头突然一晕，紧接着就什么都不知道了。

不知过了多久，等他睁开眼睛时，发现自己正斜着身子歪坐在一幢楼房顶端的天台上。

由于刚下过一场雨，天还没有完全放晴，四周的天空看上去灰蒙蒙的，像一块巨大的湿漉漉的毛玻璃。他为此惊疑不已，出现在自己面前的情景怎么会是这个样子？正在这时，他突然听到有人在楼下或是在家属院外边的马路上说话的声音，仔细听了听，他发现那是孩子们在楼下空地上来回奔跑着大喊大叫的喧闹声，间或夹杂着一些家庭妇女在那里大声说笑的声音。大概因为连日下雨，她们在房子里被捂得太久，现在她们站在那里，一边带着释放后的快感埋怨烦人的天气，一边大声交谈着自己的生活琐事和永远也干不完的家务。听着这些杂乱无章的声音，吴子濛突然有种不知所措的感觉。他眨了眨酸涩而又困顿的眼睛，一时怎么也弄不明白自己是怎么来到这里的。

正在吴子濛打量着周围的一切百思不得其解时，旁边天台出口的铁门一响，走出来一对年轻夫妇，他们身后跟着一个七八岁的小男孩。吴子濛睁大双眼打量着他们,根据他们上来时轻车熟路而又从容不迫的样子,可以判断出他们是这幢楼房的住户。小男孩穿了身印有卡通人物图案的天蓝色牛仔装,里边套了件横条纹的海魂衫,又白又胖的圆脸上忽闪着一双大眼睛,看上去很顽皮的样子。

果然,小男孩一冲上来就显示出顽劣的天性,在楼顶上来回奔跑着大喊大叫,像只刚从笼子里被放出来的小兽。为了表达自己的欢快心情,小男孩有时还冲到楼顶半米高的护栏边向下探着身子,不时做出一些惊险动作,吓得跟在他后边的男人急忙冲他吼叫着大声呵斥。而女人此时倒显得异常镇静,一直站在楼顶出口的不远处,微微仰起脸,抱着膀子像在那里欣赏这雨后的风景。看了一会儿,一扭头,她突然发现吴子濛一个人跌坐在旁边湿漉漉的防晒水泥砖上,显出一副很颓唐的样子。年轻女人不动声色地看着他皱了下眉,心想这个男人怎么了,看起来又好像不是这幢楼上的居民,他来这里干什么……脑子里一连串的疑问,使她不由忽闪起一双大眼睛认真打量着他。

女人面孔白皙,额前留排细碎的刘海儿,身材微胖,穿了身很休闲的两件套便装,一双质地不错的高跟鞋更衬托出她挺拔的身材。此时她双臂交叉抱在胸前,看上去很悠闲的样子。很显然女人不认识吴子濛,吴子濛也不认识她。正在他们两人相互打量对方的时候,刚呵斥完儿子的男人一扭头,也发现了吴子濛。他看着吴子濛扬了扬下巴,有心想冲他打个招呼,大概是没有考虑好该说些什么,所以他最终闭着嘴巴什么也没说,只略微看了他一眼,很快便在楼顶踱起步来。

此时,吴子濛头脑昏沉地坐在那里,除了睁大眼睛呆愣愣地看着周围的一切,也不知道自己该做些什么,怎么和他们打招呼,更不知道自己该和他们聊些什么内容。

时间过去了约有十几分钟的样子,可是不知怎么回事,吴子濛的神志仍然没有清醒过来。不行,不能这样,应该变得主动些才好。万般无奈中,他只好睁着迷惘的眼睛,口吃似的问站在旁边的女人："你好，请问这是什么地方？"

"这是市纺织厂家属院三号楼顶层上的天台，"年轻女人看着他，轻启朱唇吐出一串话问道，"你是从哪里来的，怎么跑到这上边来了？"

"哦——是啊，我怎么跑到这里来了？"吴子濛不知所以地喃喃，"我从家里出来本要去办公室的，可是不知道怎么回事，竟然来到了这里，连我都弄不清什么原因，再说我从来没到过这个地方，怎么会上到这楼顶？"吴子濛半坐在那里打量着四周，发现这里的一切对自己来说都是陌生的。

"不行，我得马上离开这里。"他挣扎着站起来。看他身子摇摇晃晃的样子，真让人疑心他身上还有多少力气，能不能顺利走下楼去。

"哎，看样子，你好像病了，"年轻女人担心地看着他，"要不要我帮你叫一下家里人，让他们把你带回去？"

"不，不用，谢谢！"吴子濛冲她摆摆手，嘴里含糊不清地说，"我自己能行，我应该能找到自己要去的地方。"

吴子濛摇晃着身子，踉跄着向楼顶的出口处走去。走进门洞后，等他弯着腰从楼顶上一步跨进去时，展现在面前的是另一幅情景，看着眼前的一切，他不由大吃一惊——这哪是什么居民楼，分明是一幢废弃多年无人居住的旧楼。吴子濛抬头打量着周围的一切，他发现眼前到处都是残垣断壁，就像刚建起还没来得及粉刷就丢在那里废弃不用的烂尾楼一样，到处裸露出白灰、水泥和暗红的砖块，所有这些都像怪物一样面目狰狞地瞪着自己……

"哎，这是怎么回事？我怎么来到了这里？"

吴子濛疑惑着，两手扒着出口处的碎砖块从里边钻出来，接着像醉汉似的，顺着破损的楼梯一步一步往梦境似的楼下走去……

B

这可真是一件奇怪的事情——

就像刚从梦中醒来一样，当吴子濛再次睁开眼睛时，他发现自己并没有走下楼，也没有像他想象的那样出现在自己的办公室，而是莫名其妙地又来到了另一幢楼的楼顶。

咦——这是怎么回事？

吴子濛不由惊讶起来，与此同时，他还发现自己的手里居然拿着几本书：卡夫卡的《变形记》、福克纳的《喧哗与骚动》、胡安·鲁尔福的《佩德罗·巴拉莫》还有马尔克斯的《百年孤独》和富恩斯特的《阿尔特米奥·克鲁斯之死》、君特·格拉斯的《铁皮鼓》、萨拉马戈的《失明症漫记》等等，都是他平时爱不释手的西方现代派小说。说到这里，你大概已经明白，这篇小说的主人公吴子濛是个文学爱好者，而且平时喜欢读西方意识流小说和拉美魔幻现实主义作品，因此他脑子里经常装着一些不切实际的怪东西，诸如人怎么会变成猴子，长满树叶的枝条上怎么能结出鱼，牛头上长出奇怪的鹿角，狗嘴里吐出长长的象牙，猫会像人一样说话等等，所有这些都塞满了脑子，以致他疑心自己的脑袋里是不是装满了别人无法理解的东西。如今这些封面花花绿绿的书本就拿在手上，他感到每一本书都沉甸甸的，像质地良好的宝石在那里闪闪发光。这些书都是他平时爱不释手的宝贝，只要一有时间，他就会打开它们看上两眼，感受西方文学的迷人魅力。然而他此时已经无心翻阅它们，因为一连串的经历让他感到自己正身陷囹圄。所以现在他脑子里装的不是稀奇古怪的小说内容，而是在认真考虑着眼前的处境。正是在这种情况下，他才觉得自己此时应该考虑的不是怎样去到自己的办公室，而是如何才能尽快回到自己的家。因为他发现自己的身体状况很不好，脑袋晕乎乎的，神情也跟着恍恍惚惚，像心脏病患者突然犯病似的，随时都有晕厥过去的可能，回家成了他此时此刻最迫切的需要。

“我今天怎么了？怎么会出现这种状况？平时我的身体可是很棒的呀！”吴子濛在心里问着自己，他头脑混沌，思维不清，而且浑身疲惫不堪，简直像是到了自己的末日……

正在吴子濛暗自发问，思考这一问题时，一个身穿白底碎花连衣裙的五六岁小女孩,甩着两条小辫子蹦蹦跳跳地从旁边跑过来,然后站在他面前,一边瞪大眼睛打量着这个突然从天而降的大男人,一边歪着脑袋好奇地问:“叔叔,你是从哪里来的,要到哪里去呀?”

“我也不知道自己是从哪里来的。”吴子濛看着这个长相俊秀的小女孩如此可爱,脑子里突然出现了西方油画中天使的影子。那一刻,他觉得自己就像马尔克斯在《巨翅老人》中描写的那个来历不明的怪老头一样,在小女孩的注视下只好如实回答说:“不过我现在要回自己的家。”

“你的家在哪里呀?”

“我家在市工商局家属院三号楼三单元六楼东户。”

“哦——”小女孩拉长声调,眨着眼睛想了想,“我知道你说的那个地方,这么说你家离这里不远呀。”小女孩好像知道吴子濛所说的地方,急忙兴奋地抬起胳膊向前指了指:“喏,它就在那边不远处的另一个家属院里。”

“可我现在不知道自己该怎么走回去。”这句话是吴子濛低声说出来的。自己一个四十多岁的大男人,又不是白痴和神经病,怎么能在一个小女孩面前说自己找不到回家的路呢?所以他表现得十分害羞和尴尬。

大概是吴子濛的话说得太过荒唐,小女孩不再和他计较这个问题,而是站在那里抿着嘴轻轻笑了笑,扑闪着两只明亮的大眼睛上上下下地打量着他。当目光落在吴子濛手里拿着的几本书上时,小女孩好像突然一下子明白了他的身份,不由好奇地说:“叔叔,你是不是老师呀?我看你手里拿着那么多书,你一定会讲很多故事,要不你给我讲几个童话故事吧!”可是吴子濛却摇摇头告诉她:“对不起,小朋友,你误会了,其实叔叔不是老师,更不会给你讲童话故事。”为了证明自己,他晃了晃手里的书给小女孩解释:“你看错了,我手里拿的根本不是什么童话故事书,而是成年人看的西方小说,如果我按照这些书上的内容给你讲,你肯定会不爱听,因为这些书里讲的不是人变成大甲虫,就是人鬼不分,要么就是傻子的故事……”

“我不信，叔叔你骗人！”小女孩并不相信吴子濛的话，突然一本正经地板起小脸冲他叫道，“你手里拿的明明是童话故事书，我都看见书皮上画的那些花花绿绿的图案了，你为什么不给我讲？你肯定是不想给我讲对不对？你一定认为我什么都不懂是不是？可是你错了，我知道很多童话故事，《白雪公主和七个小矮人》《青蛙王子和漂亮公主》《丑小鸭》《长腿叔叔》等等，我特别喜欢看童话故事，如果你不给我讲，我就自己拿过来看好了。”

“你怎么能这样做呢？”看小女孩伸手要抢自己手里的书，吴子濛突然变得紧张起来。那一刻，他不知出于什么心理，并没有把书给她，而是胳膊一拐，急忙把这些书抱进怀里，生怕被她抢走似的。

“小朋友，这些书你看不懂的，”吴子濛担心她做出过激行为，一边保护自己的书一边劝她，“我看你聪明伶俐、活泼可爱，我建议你让爸爸妈妈带着，去看《安徒生童话》，或者《格林童话》《伊索寓言》等等，最起码也应该去看杨红缨和郑渊洁写的童话故事，怎么会喜欢看我这些成年人的书……”

“我不看我不看你给我推荐的那些书，我现在就想看你手里的书！”小女孩打断吴子濛，撒娇似的冲他叫起来。

吴子濛看她如此执拗，一时感到很无奈，只好把书抱得更紧了。他越表现得这样，小女孩的好奇心越强。为了得到吴子濛手里的书，她冲上来就抢，同时带着几分不讲理的语气说：“叔叔，我真的想看童话故事，你赶快给我看看好不好？”

“不行不行，这是我们大人看的书，怎么能轻易让你看？”为了不让她夺走自己心爱的书，吴子濛看着冲到面前的小女孩，急忙把书从怀里拿出来，左手托着往后躲避，同时伸出右手进行阻挡。谁知小女孩并不示弱，她像个跳高运动员似的蹦起来伸着手抢。看情况危急，吴子濛不禁有些担心，为了保护自己的书，他站在那里扭着身子左躲右闪，和小女孩玩起猫捉老鼠的游戏。就在他们争夺过程中，随着吴子濛的左手失去平衡，这些摞在一起的书在他手里挣扎一会儿，很快便像小鸟一样飞了出去，然后噼噼啪啪地落在与这幢楼毗邻的另一座楼的楼顶。

“我的书——”吴子濛望着那些散落的书突然惊叫起来，接着便后悔莫及地对着那些书说，“哎呀，我的好朋友，你们哪里不能掉，怎么偏偏掉在那里？这可怎么办？”看着那些散落在别人家楼顶上的书，吴子濛不由在那里捶胸顿足。

“谁叫你不让我看你的书呢！哼，活该！”小女孩站在旁边看了看吴子濛，又看了看那些散落的书本，幸灾乐祸地噘起嘴巴说。

吴子濛顾不上和小女孩分辩，急忙弯下腰伸出胳膊去够。可是手臂太短，根本够不到那些书，尽管他反复努力，但是都没有成功。

这可怎么办？

吴子濛抬头向四周看去，希望能找到楼梯，好赶快下去爬上那幢楼的楼顶取回自己的书。他看见对面离自己四五米远的地方有道楼梯，于是急忙跑过去，可是当他抬起脚刚要踏上去时，却意外地发现那道明明出现在眼前的楼梯瞬间神奇地消失了，取而代之的是一堵墙。这是怎么回事？吴子濛不由感到一阵疑惑。当他再一扭头，突然发现刚才消失的楼梯就在对面自己刚刚站过的地方。他来不及多想，急忙奔过去，可是当他走过去时，那架生满绿苔而又带着雨后潮湿的水泥台楼梯，又像变魔术似的消失了。

咦，这是怎么回事？望着和自己捉迷藏似的楼梯，吴子濛茫然不知所措。

拿不到自己的书，又找不到回家的路，困在楼顶的吴子濛显得十分焦躁。万般无奈中，他只好掏出手机给妻子打电话求援。然而让他感到更加奇怪的是，当他从口袋里掏出手机准备打电话时，却怎么也记不得妻子的电话号码。

这是怎么回事？真是太奇怪了。吴子濛站在那里皱着眉头想了好一会儿也没有结果，最后只好调出手机里的通讯录查找。可是让他奇怪的是，手机通讯录里一片空白，本来存有几百个电话号码的，这时上边却连一个电话号码都没有。吴子濛拿着手机一时有种找不到北的感觉。

大概是看吴子濛对自己不够友好，小女孩像个不辞而别的小天使那样一转身就不见了，只留下一个空荡荡的楼顶，一片虚无缥缈的时空……

小女孩呢？她怎么来无影去无踪……吴子濛独自站在空无一人的楼顶，像个傻子一样茫然四顾，想问却找不到人，想喊却发不出声音，想动一动身子，却又感到浑身困倦，四肢无力，一种恶心的感觉让他觉得自己很快就要死掉似的，而且思维混乱，让他一直弄不清自己身在何处，又该何去何从。直到此时，他才真正意识到自己已经找不到回家的路了。

这可怎么办啊？吴子濛仰面望着铅一样灰蒙蒙的天空，像是在向上苍发出无奈的呼喊……

C

妻子是什么时候找到这里，又是怎么来到楼顶的，吴子濛已经不知道了，他只知道当自己又一次从房顶上醒来的时候，发现身材苗条的妻子穿着他们刚刚结婚时买的那身红色的双排扣大闪领大衣，正迈着稳健的步子从楼顶的出口处走过来。

"吴子濛，你是怎么回事？不是说要去办公室吗，怎么跑到这里来了？"

"我也不知道怎么回事。"吴子濛看着走过来的妻子无精打采地说，"反正我醒来时，就发现自己已经坐在这里了。"

"你连自己是怎么来到这里的都不知道，看来是你的神经出毛病了。"妻子走过来提醒他，"既然这样，说明你的身体有问题，走，我带你去医院检查检查，看是怎么回事。"

"我的头一不疼二不晕，身上又没有哪里不对劲，为什么要去医院？"吴子濛摇着头对妻子解释，"去医院要花很多钱的，别说去看病，就是去检查一番我也受不了，咱家经济条件那么差，我看还是别去医院了，再说我也没什么毛病，现在只需找个地方，好好休息一下就会好的。”

“既然这样，那你为什么还不赶快回家？”妻子说着就要过来拉他，“走，赶快站起来和我一起回去！”

“不，我不回家！”就在妻子走过来快要抓住他的手时，吴子濛突然发现这个脸上长着几粒雀斑的女人并不是自己的妻子，而是一个自己从来没有见过的女人，不由疑窦丛生：“这个和妻子相似的女人是谁？为什么要让我和她一起回家？既然她不是我的妻子，我为什么要和一个陌生女人回家，这不是太荒唐了吗？连自己的老婆都认不出来，这事如果传出去，别人会怎么看自己？”于是他挣脱女人的手疑惑地问：“你是谁？我干吗要和你一块回家？你走吧，我不认识你！”

“什么？你说你不认识我？”女人突然瞪大眼睛生气地说，“你这个疯子，难道连我都不认识了？真是个神经病！要知道我是你的妻子呀！我和你在一起生活了二十多年，咱的孩子都去北京读大学了，怎么，现在你居然说你不认识我？吴子濛，连自己的老婆都不认识，看来你疯得真够可以。都病到这种程度了，还说自己好好的，这不是自欺欺人吗？走，赶快和我一块回去！”

看到女人气急败坏的样子，吴子濛心里突然生出一种说不出的恐惧，就像老鼠见了猫，走夜路撞见鬼一样，他急忙惊恐地向后退去，可是就在他向后退的过程中，强悍的女人像个强盗似的压着沉重的步子向他逼过来。看着越来越近的陌生女人，吴子濛吓出一身冷汗，不由快速向后退去。可是楼顶天台的面积毕竟有限，吴子濛从左边退到右边，接着又从右边退到了左边，就这么来来回回退了几次之后，他的身子退到了楼顶的女儿墙边，他知道自己已经无路可退了。

然而面目狰狞得像个女巫似的女人并没有止步不前的意思，而是像头暴怒的狮子一样在一步步向前逼近。就在她伸出双手快要抓住自己时，无路可退的吴子濛无奈地扭头向后看了一眼，他看到自己的身后就是悬崖绝壁，深深的山谷里飘浮着一层雾霭……此时他想，如果自己不跳下去，就得面对眼前这个陌生的女人，可是看到女人凶神恶煞的样子，说不清为什么，他突然觉得与其在这么一个陌生的女人面前束手就擒，还不如纵身一跃。罢罢罢，既然事情到了这一步，还有什么选择的，也许只有跳楼求死才算是一种解脱……

“吴子濛，你为什么不愿和我一起回家？”女人大概看出了他的心思，突然收回胳膊，像在看一只即将到手的猎物似的，冲他大声喝道，“我看你真是鬼迷心窍，居然还想跳楼逃避我？我有什么可怕的，再说我是你的妻子，你为什么不和我一起回家？别在这里和我玩游戏了，走，赶快和我回家！”

“不，我不跟你走！”面对这个咄咄逼人的陌生女人，吴子濛恐惧地说，“我根本不认识你，我为什么要跟你走？”

“你这个丧心病狂的家伙，连家都不知道回，连自己的老婆都不认识，我看你已经离死不远了。”

“就是死我也不愿和你一起走！”

“哼，你不走，我看你能躲到哪里去！”女人说着再次伸出双手逼到眼前。就在女人伸出双手快要抓到自己的一刹那，吴子濛一着急，突然抓住背后女儿墙上的钢筋，像个体操运动员似的，身子往上一翻纵身跳了下去。然而就在跳下去的时候，他才发现自己原来身轻如燕，完全是一个没有重量的纸片。在他的意识中，此时自己正像鸟儿一样飘在空中。

飞在空中的吴子濛向下边看了一眼，他看到一个平整的灰色城市，用钢筋和水泥搭成的楼房正硕大无边地向四周扩展着……

在空中飘飞的过程中，吴子濛也没有弄清自己此时究竟身在何处，他只是看见这个丛林一样耸立着无数楼房的城市，于一片雾蒙蒙的阴霾下，正在自己的目光中变得越来越远，越来越远，直到变成一幅模糊的画面……

D

让人奇怪的事情仍然在继续——

这次醒来后，吴子濛并没有出现在城市的某幢楼的楼顶，而是来到了一座人迹罕至的原始森林。森林很大，大得超出了他的想象，他在这里看到了一个奇怪的世界。这里山峰巍巍，溪流淙淙，流泉飞瀑，鸟兽出没……完全不是城市公园里的那种人造景观，一切都呈现出原始状态：古木参天，不见天日的野草在林间开出各种各样的花，看上去既妖冶又充满某种说不出的魅惑，成群的野兔在林子里跳跃着奔跑，还有身形庞大的大象在那里慢悠悠地散步，猴子则在头顶的树丛间来回荡起秋千，长颈鹿像绅士一样迈着优雅的步子在那里漫步……

自己怎么到了这里？吴子濛吃惊地打量着这个谜一样的世界，看到一幅幅只有在电影《侏罗纪公园》《森林王国》里看到的画面，除了各种各样的植物和一些在电视中看到的动物在那里奔跑、觅食，此外他什么都看不到，不过他觉得处在这种环境里，尽管到处充满了凶险，但丝毫没有感到什么不适和恐惧，相反在这个缺少同类的世界里，他真有一种融入大自然的解脱与放松。

吴子濛打量着眼前的世界，迈着鹭鸶一样的双腿在森林中走着，同时还要闪避随时可能袭击过来的动物。大概是物以类聚人以群分的缘故，他很希望能在这个大得无边的森林里找到自己的同类，哪怕找到一两间象征人类生存和居住的房屋也好，毕竟自己还没有沦落到鲁滨孙四处漂流的地步，自己毕竟是经历过人间烟火的人，他对自己过去的生活还抱有一种说不出的依恋之情。也是在这个时候，吴子濛想起了自己过去单位里的同事、生意上的伙伴、公司里的员工、家里的妻子、在外地读书的儿子和远方的亲戚朋友……尽管有时他觉得这些人那么不合自己的心意，但是现在看来，他们对自己都显得那么亲切，所以他非常渴望自己能赶快重返人类世界，尽管在人满为患的社会上，自己在做生意过程中，遍尝了人与人之间的勾心斗角和尔虞我诈，日子过得索然无味，但他仍然希望能回到这个世界中四处奔波，哪怕四处碰壁，头破血流……

蹚过一条河流，又翻过一架山梁，吴子濛继续迈着探索的步子向前走去。大概是原始森林的缘故，一路上的见闻可真够让他惊心动魄的：在整个行走过程中，他看到过毒蛇出没的山谷，鳄鱼在水里游来游去的河流，一群狮子在围攻一头高大健壮的野牛，经过一番殊死搏斗后，野牛终因寡不敌众被咬伤，然后再被这群狮子活生生地一口口给吃掉……

吴子濛像电影中的男主角那样，手里拿着一根从树上折下来用于防身的橡木棍，边走边观察着身边不断变化的一切，他就这样在无边无际的森林中艰难地跋涉，他走得又累又渴又饥又饿，直到流尽最后一滴汗水，口干舌燥，饥肠辘辘，筋疲力尽地歪倒在一棵高大的杉树下。就在倒下的那一刻，他绝望地抬头看了看从树叶间漏下来的阳光，再低头看看脚下湿漉漉的地面，他觉得自己快要死了，接着头一歪便昏睡过去……

E

…………

F

最后一次醒来时，吴子濛发现自己其实哪里都没去，既不在楼顶，也不在自己的办公室，更不在原始森林，而是左手支着脑袋，侧卧在自家客厅的布艺沙发上，慵懒的样子像个憨态可掬的弥勒佛似的，在笑看滚滚红尘，又似在审视自己的人生……

此时是夏日午后两点半钟左右的光景，外面静悄悄的，静得能听见阳光在窗外曝晒时发出的噼噼啪啪的声音……

"这是怎么回事？我不是去办公室了吗，怎么会在家里？"吴子濛回想起梦中的男孩和年轻的夫妻，天使一样的小女孩，和妻子长得十分相像的陌生女人，森林里的猴子、大象、黑熊、野兔、长颈鹿等等，不由奇怪地说，"难道我刚才做的是梦里套梦的连环梦？"

“你以为你在哪儿？在自己的办公室啊！”此时坐在沙发一边的妻子，正前倾着身子，双眼紧盯住电视屏幕上的韩剧，听吴子濛说出这番不着边际的话，不由白了他一眼，鄙夷地讽刺他，“吴子濛，你发的什么神经？你明明在自己家里睡觉，怎么说去了办公室？你什么时候说去办公室了？你的办公室在哪儿？”

“是啊，我的办公室在哪儿？我什么时候说去自己的办公室了？”

“看来你可真够糊涂的，”妻子再次不满地白了他一眼，提醒他，“你的公司不是早就垮了吗？你怎么还在惦记着自己的公司？要知道，你什么都没有了，你现在简直就是一个孤家寡人，没有一个员工的光杆司令，你说你还要去哪里？”

“是啊，现在我又该去往哪里？”吴子濛眨了眨迷茫的眼睛不解地说，“我的文化公司呢？它经营得好好的，怎么就垮掉了呢？我的黑色电脑包、红色雨伞呢？它们怎么统统都不见了？书，还有那些我喜欢的书怎么一本也看不见？”吴子濛举起手看了看，他发现自己的手里空空如也，别说书，连书的影子都没有。他不相信地望了望窗外蓝得没有任何杂色的天空，不由喃喃地说：“我记得早上出门时，天上明明下着大雨，怎么现在看上去这么晴朗？真是太奇怪了……”

“吴子濛，我看你简直是在白日做梦！你怎么会出现这种幻觉呢？别在那里胡思乱想了好不好？还是接着睡你的觉吧！”妻子甩过来这句话后，拿起遥控器手指一按关掉了电视，站起来伸个懒腰，开始去卧室换衣服，做起去单位上班的准备，再懒得理他。

“哦，看来我的脑子还是没有清醒过来！”吴子濛把目光从窗外撤回来，意味深长地看了看有些破败的客厅，无奈地叹出一口气。

妻子换好衣服，去洗手间照了下镜子，出来背上挎包走出门去，留下吴子濛独自一人躺在沙发上消磨时间。吴子濛无事可做，只好重又慵懒地躺在那里，本来经过一番梦游后，他的脑子刚刚清醒，结果被妻子刚才的这番话批驳得体无完肤，顿时感到无比沮丧起来。与此同时，他脑子里一迷糊，神志马上跟着又变得模糊起来，于是他干脆眼睛一闭，很快又进入到另一个梦境中去了……

只是这一次，吴子濛不知道自己能梦到什么，又会在什么地方醒来，醒来后又将会看到什么……

奔跑的蚂蚁

一

十多年前，我在一所乡镇中学教书时，陈建华经常来找我玩。说经常只是相对而言，其实那时他已在市保安公司当了保安。你可别小看这保安，在当时，可是份相当体面的工作，大檐帽、绿制服，腰束武装带，雄赳赳气昂昂的，往那里一站，不怒自威，怎么看都像公安干警那样威武。一个高考落榜生非但没落在农村，反而跳到城里找了份体面工作，想想都让人觉得不可思议。大概正是这个原因，我们一些老同学经常私下感叹世道不公，像我们这些当年刻苦学习者，尽管发扬头悬梁、锥刺股的精神，终于挤过高考的独木桥好不容易才考上大学，结果毕业后却被发配到这等偏远地方做老师，实在让人想不通。

陈建华家在农村，当我们还在大学校园的时候，他就结婚成家了，等我们毕业参加工作时，他已是两个孩子的父亲，老婆孩子热炕头。陈建华人虽在市里当差，可他经常借星期天或节假日往乡下老家跑。他老家在我任教的镇子南边，小镇是他从市里回乡下老家的必经之路。就这样，他把我所在乡镇中学的宿舍当成了半路歇脚的驿站。

说句公道话，陈建华是那种喜欢炫耀的家伙。每次从市里回来，他都会给我带来一些城里的见闻：市里新修了几条大马路，哪里建了栋标志性高楼，另外还有街头轶闻、单位趣事、大领导的人事更迭和八卦等等。说到兴奋处，陈建华眉飞色舞，常露得意之色。看他这个样子，我心里愤恨难平，就连说出的话也带着几分嫉妒：“还是城里好。哎呀，看你现在混得人模狗样的，真让人羡慕！”

听我把话说得酸溜溜的，陈建华居然毫不谦虚地张大嘴巴笑话我："看看你们这些当年天天抱着书本努力考大学的，到头来不还是窝在这种小地方吃苦受累？你说这和我们没考上大学早早就踏入社会的有什么区别？"

谁说不是！

陈建华的话让我好不郁闷。想当年我们一起读书时，何曾见他有飞黄腾达的迹象？可他现在愣是成了大家称羡的对象。

那时陈建华是我们班里的活跃分子，吹拉弹唱样样都会，很有几分文艺青年的范儿。受当时条件限制，许多有艺术爱好的考生只好望洋兴叹，被隔离在艺术院校的门外，特别是像我们这些穷苦人家出身的农家子弟又哪里有学艺术专业的机会？所以陈建华的这些爱好在我们那个时代根本没有什么用场。如果说有，也就是一年一度庆祝元旦或"五四"时，学校在一些热心者的张罗下搞联欢晚会的时候。只有此时，才是陈建华最为风光之时。他晃着尖瘦的脑袋，迈着小碎步在教室讲台上跑上跑下，像个赶场救火的大明星似的，手里抱着乐器，一会儿吹笛，一会儿拉琴，要么就是背着一把不知从哪里找来的吉他，穿身牛仔装，屈着一条腿站在讲台上，摇头晃脑地演唱当时的流行歌曲，什么《北国之春》《军港之夜》《小城故事》《外婆的澎湖湾》《酒干倘卖无》等等。尽管不是太专业，但他声情并茂的演唱也能博得同学们的好感。可是联欢会一结束，陈建华又变成一个无人注意的小人物。都是高中生，前边有高考任务压头，谁还有心去玩浪漫？可这时陈建华却不，整天沉浸其中不能自拔。

有人刻苦学习，有人随波逐流，还有人及时行乐，这就是当时我们那代高中生的真实写照。随着时间推移，结果很快便见了分晓：刻苦学习者把自己奋斗成了跃入龙门的大学生；随波逐流者或上或下，完全靠命运安排；只有那些及时行乐者，很不幸，沦落到名落孙山的地步。陈建华就属于最后一种。

不过和他相比，我的结果也没好到哪里去。我因高考成绩不理想，最后被市师范院校录取。三年师范毕业，就在我极不情愿地被分回乡镇中学教书时,没想到陈建华此时已经捷足先登地来到市里,当上了人人羡慕的保安。这不是世道不公是什么?每次看到陈建华头戴一顶大檐帽,身穿一身酷酷的保安服,趁着从市里回乡下的机会拐到学校,风风光光地来找我玩时,我的自尊心便受到极大伤害:看看人家陈建华,别看没上大学,不照样混到了市里?落魄凤凰不如鸡。我尽管读了师范,可最后却沦落到如此地步,想想就不是味儿。

唉!我怎么这么窝囊呢?

二

大概是陈建华那身军绿色的保安服引起了人们注意,学校的几个青年教师悄悄过来打探情况。当得知陈建华是我高中同学时,他们不由大发感慨:“看看你的老同学多风光,哪像你,虽说读了大学,到头来还不如人家呢!”听到这话我气得吐血。所以每次陈建华只要一离开,我立马就会在背后气呼呼地骂世道不公,叹自己命运不济,被人瞧不起。

不行,我一天也不想在这里待,我要想办法把自己调走。即使去不了好单位,只要能进城,随便去哪里都行,哪怕不让我教中学,到小学当老师也行!

就在我苦思冥想着怎样才能实现自己的愿望时,脑海里突然蹦出一个女同学来。女同学是我在师范读书时的校友,我们同系不同班,大二时她开始主动和我接触,可我那时清高孤傲,哪里把她往眼里拾?尽管知道她父亲在市里某局委当领导,家庭背景不错,但我还是看不上她的相貌。想我一个好不容易才跳出农门的大学生,怎会甘心屈就在她的手里?所以我几乎没怎么考虑就拒绝了她的热情。不过她好像并不死心,对我的拒绝不以为然,反而一厢情愿地在暗中喜欢我。其实她哪里知道,当时我正在暗恋着另外一个漂亮的同班女同学,结果等毕业分配时,一看我没留在城里，漂亮的女同学便绝情地与我“拜拜”了。正是受了这个打击，从师范毕业到现在，我都没谈过女朋友。掰着指头算算，现在都过去两年多了，也不知道那位过去一直喜欢我的女同学情况如何，找对象没有，结婚成家了没有。

管她现在情况怎样，先试试再说。我于是翻开同学通讯录，很快找到了这个女同学的联系方式。那天上午，当我把电话打过去报出自己的名字时，女同学激动得差点儿叫出来。后来当我寒暄一番，向她叙过旧后问到她现在的情况时，她突然变得神情黯然起来。得知她谈了几个男朋友先后告吹，现在仍然待字闺中时，我心里不由暗自狂喜。

“怎么样老同学，你有没有考虑过我啊？”

“什么？你说什么？”女同学不相信地冲着话筒对我说，“你是说叫我考虑你？”

“怎么？难道不行啊？”我调侃起来。

“不是不行，而是你说得太突然……”

“有什么突然的，再说我们是老同学，你还有什么可犹豫的？”

“我不是犹豫，你总得给我考虑的时间吧！”

得，事情在我以守为攻下很快出现转机。后来当我在电话里做了一番表白，希望能与她冰释前嫌重修旧好时，女同学只短暂地犹豫一下，很快便表示愿意和我确定恋爱关系。

“唉！可惜咱俩离得太远，如果能在一起就好了！”听女同学答应得如此干脆利落，我突然有种找不到北的感觉，于是急忙抖出自己的意图发起感慨。

“这有什么可为难的？”女同学听了我的话，几乎没怎么犹豫就满口答应，“没关系，只要你同意，我来想办法。”

毕竟两人以后要在一起生活，我想只要我们俩的事一成，她不可能把我单独扔在离她一百多里外的乡镇不管，不然这成什么事了？

女同学在市里一家事业单位上班。为了表示诚意，我趁星期天和节假日去看过她几次后，她也回报似的到我所在的乡镇中学来看了我两次。每次来，她都为我的工作环境皱着眉头，深感不满："看看这哪是人待的地方？要啥没啥，还到处脏得没个下脚地方。不行，我一定让我爸想办法尽快把你调走，好让你脱离这人间苦海！"

女同学说到做到。在她父亲的努力下，我的工作调动很快办成了。两个月后的一天，当她在电话里兴奋地向我报告这个好消息时，我激动地挥起拳头用力捶着面前的办公桌，不知道该如何表达自己的心情。

拿到调令那天晚上，我在镇里最有名的饭店大宴宾朋，邀请学校领导和一些要好同事参加，感谢他们在我人生最灰暗的日子里给我的帮助和鼓励。

那天晚上我喝高了，至于喝了多少酒连我自己都不知道。反正当我夜里醒来找水喝时，发现自己躺在宿舍的单人床上，床前被我吐得一塌糊涂，房间里到处弥漫着一股令人作呕的腥臭味儿。事后我才知道，因为兴奋，那天晚上我喝了至少有一斤白酒，是几个同事连抬带架地把我送回学校的。

离开乡镇中学那天上午，全校老师都跑来送我。他们围住我叮嘱说："吴迪，你小子可真行，别看你平时不哼不哈的，没想到还有这一手。不过你今后到市里可不能把大家给忘了，有机会还要回来看我们啊！"听着这些话，我连忙回答："大家放心，我一定不会忘记你们，只要有机会，我一定还会回来看你们。不过我也希望你们今后有机会去市里找我。到那时，我就在全市最高级的饭店里请大家！"

我的话很快博得在场者的一片欢呼。

其实自从离开那所中学后我就知道，自己这辈子说什么都不会再回去。我好不容易才实现了成功逃离，又怎么可能再回到那个让人伤心的地方？

三

调到市里不久，我就进了一所中学继续当老师。一年后我就毫无选择地和那个女同学结了婚。我知道自己尽管并不喜欢她，但不能出尔反尔地做出对不起她的事情，我要为自己的行为负责，不然我成什么人了？我可不想让自己背上忘恩负义的恶名。

都说婚姻是爱情的坟墓，结了婚的人不再烦躁，欲望少了，懒惰多了，这话一点不假。

我们婚后的生活一开始还过得挺浪漫，可是蜜月期一过，日子便开始变得像白开水一样乏味起来。

由于刚调来时错过了单位福利分房的机会，我和妻子只好暂时先住在岳父母家。然而我们很快发现两代人在一起生活有多么不便，饮食不同，起居不同，就连一些难以启齿的生活习惯也不尽相同，由此引发的问题一直在困扰着我们。没办法，后来我们只好咬着牙在外面租房子住，才算免去了一些尴尬。

陈建华就是在这时才又开始出现在我的生活中的。

其实我调到市里不久就知道，陈建华已经不在那家保安公司干了。他生性放浪形骸，与周围的人和环境格格不入，加上他天天吊儿郎当的，经常迟到或旷工。领导找他谈话，他不以为然，反而找出各种理由为自己申辩，闹得领导对他意见很大。而且谈话过后，陈建华丝毫没有改正的意思，依然我行我素。有时领导看不过批评他两句，他倒好，不但不听反而还顶撞。

在保安公司待不下去，陈建华又找了几家单位，可他在每个单位都待不长。刚开始去上班时还珍惜来之不易的工作，天天早出晚归，可是过了一段时间之后他便旧病复发，所有的坏习惯很快涌出来。他工作不上进，满脑子都是不切实际的幻想，还经常在单位里骂骂咧咧发牢骚，这使领导对他极为不满，结果只有让他卷铺盖走人。

就在陈建华频繁更换工作的过程中，我的生活也过得很灰暗——一个靠吃软饭换来一切的男人，你说我的心情会是什么样子？

应该说我还算是个模范丈夫，除了在单位里干好工作外，平时我不打牌不喝酒不抽烟，不和社会上那些不三不四的人交往，当然更不与吃喝嫖赌沾边。大概因为在师范读书时念过几年中文系，所以唯一的爱好就是写写画画舞文弄墨，在文章里发发牢骚，借以抒发自己对生活的不满。这有什么可奇怪的？工作是岳父帮助调动的，生活是妻子安排的，像我这样百无一用的书生又怎敢在妻子面前奓刺？何况来到市里成家立业后，经过一番努力，我发现自己根本不是干大事的料，只好垂头丧气，天天小心翼翼地生活在妻子的阴影下，又怎么能过得开心愉快？只有当陈建华来我家时，我们才会坐在一起说说笑笑的，谈些过往之事。

当然这种情况下，我们是免不了要喝上两杯的。

我说过陈建华是个容易得意忘形之人。别看他人在市里，但他老婆孩子还在乡下老家，算是孤身一人在外面闯荡江湖打天下。由于他不安心工作，又没有其他门路，虽然来市里多年，却一直没有自己的房子，至今还在城中村租来的小房子里孤军奋战。别看他现在的日子过得不怎么样，可是只要两杯小酒下肚，他就忘掉了一切，坐在那里跷起二郎腿，趾高气扬的样子很容易让人想起《红楼梦》里的焦大，说出的话大得简直可以把天给吞掉。说到高兴处，他激动得手舞足蹈的，常常惹得在旁边看电视的妻子不时皱起眉头盯着看他两眼。我想如果不是因为有我在旁边坐着，她真会冲上来把他赶走。可陈建华根本没有察觉到这些，而是继续在那里纵声大笑，唾沫横飞，简直把我们家客厅当成了他的跑马场。除了喝酒，陈建华还喜欢抽烟。他每次来都把我家当成抽烟室，屋里云遮雾罩的，呛得人直咳嗽。妻子为此不得不生气地冲过去打开门窗透气。

每次只要陈建华前脚刚走，妻子马上就从卫生间里拿来扫帚、撮斗和拖把打扫起卫生。看着满地烟蒂和涂满地板的痰迹，妻子经常边干边冲我不满地发牢骚:“看看你交的都是什么人?连点起码的道德素质都没有,进门不换拖鞋不说还随地吐痰,到处丢烟头,他以为他是谁呀?难道把这里当成了自己的家?”

“快别说了好不好?不都是老同学嘛!”我在旁边打圆场,“他生性就是这个样子,既然他到家里来玩,咱就不能说人家不是,不然传出去别人会怎么看?”

“老同学也不行!难道老同学就可以在别人家里为所欲为?”

听妻子的话越说越多,我知道再争辩下去两人准得吵架,于是我只好高挂免战牌,坐在旁边生闷气。

四

妻子的能干是在婚后体现出来的。平时除了上班,她还暗中炒股,在市中心步行街租了间门面雇人卖服装,天天早出晚归的没个休息时间,我则担负起去幼儿园接送孩子的任务。

岳父母曾经放出风来,说如果想有房住,就得和他们老老实实待在一起,但是如果我们要买房,他们是根本不可能支持的。言下之意,一切只有靠我们自己打拼。我和妻子都听出这话里的弦外之音,又不好和他们计较,只有咬紧牙自己想办法。

为了买房,我把自己的爱好也停了。那两年,我像个金盆洗手的江湖人士那样,再不去鼓捣那些劳神费力的东西,而是效仿同事,私下在校外办了个辅导班,偷偷干起捞外快的事情。

你别说,办辅导班比写文章来钱快。一个学生一个月三百块钱辅导费,招上一二十个,每月就有五六千块钱的额外收入,这是多大的诱惑啊!

我的胆子越来越大,等到辅导班有了名声后,我便扩大规模,在一个位置相对优越的写字楼里租了十多间房子当教室。后来看没人过问,我就开始悄悄在学生中间宣传自己的辅导班如何如何,以图扩大招生,增加收入。

那几年我们两口子省吃俭用,压缩掉日常生活需要之外的所有开支,把钱全都攒起来用于买房子。

功夫不负有心人,我和妻子的"励精图治"很快有了结果。不到五年时间,我们就实现了买房梦,在市里有名的花园小区买了套两居室。

搬家那天,陈建华也来帮忙。由于是为老同学做事,他那天显得很卖力,一直跑前跑后的,忙得连头上的汗都顾不上擦。等搬完家,一切安排停当坐下来休息时,陈建华站在我们的新房子里,环视着摆满房间的家具和家电不禁感慨万端:"哎呀,我要是有套这样的房子就好了,可惜呀可惜,唉,看来我这辈子是指望不上喽!"

听他叹气,我急忙递过一瓶果汁安慰他:"陈建华,你别灰心好不好,努力一把,你也会有新房的。"

"我?"陈建华看我一眼,目光忽地一暗,如熄掉的灯泡一样,苦笑着说,"吴迪,你别取笑我了,再说我现在的情况你又不是不知道,老婆没工作,俩孩子又在上学,加上父母又体弱多病,就这条件我指啥买房?做梦去吧!"

听他说得如此凄惶,又知道他现在的处境确实不佳,我禁不住跟着叹气。看来我们都是被生活所迫的人啊!

"越是在这种情况下我们越要努力,不然我们靠什么养活自己和一家人?"

"算了,不说这些。"陈建华仰起脸,一口喝干手里的果汁,自我安慰道,"无所谓,无所谓。我这辈子也不想那么多,还是先过好眼前的日子吧!"

五

大概是看我生活得不错,陈建华开始找我借起钱来。

我记得清清楚楚,就在我搬家后不久的一个晚上,他找到我家让我借给他五千块钱,说是家里急用。问他什么事,陈建华一脸苦相，说是母亲生病住院，钱不够，想从我这里打打饥荒。可我刚刚买过房子，手里也没多少钱，这可怎么办？

“吴迪，我知道你比我有办法，要不我也不会来找你帮忙。”陈建华大概看出了我的心思，只好皱着眉头央求，“用不了多长时间，只要家里粮食一卖，我就把钱还你。”

看他低着头愁眉不展的样子，我只好咬着牙让妻子给我凑了三千块钱，递给他时我安慰他说：“建华，啥都别说，我手里钱不多，你先拿去用吧！”

陈建华拿着钱显得很不好意思，一再表示感谢：“吴迪，你放心，只要我家里粮食一卖，马上把钱还你！”

“快别这么说，给你母亲看病要紧，你还是赶快去医院吧！”

陈建华走后，我心里突然生出一种说不出的悲哀。看看他过的都是什么日子！生活都到这一步了，整天还在好高骛远，真是个执迷不悟的家伙，看他什么时候才能挣到钱！

陈建华第二次来找我借钱是为了他儿子上学。他大儿子读高中，二儿子读初中，两个孩子的费用加起来不是个小数。

“吴迪，帮帮老同学吧！”陈建华找到我可怜巴巴地说，“我现在已经走投无路，俩孩子要上学，我总不能因为手里没钱就让他们两个辍学吧！”

“孩子上学是大事，不能耽误。”我皱起眉头说，“可我实在帮不了你，要不你再去别处想想办法。”

“吴迪，我是实在没办法啊，你看能不能再帮我一把？”陈建华坐在我家新买的沙发上，抽着烟眼巴巴地望着我，“我家的两头猪快该卖了，等卖了猪我马上还你……”

“我不是那意思。你知道我现在的情况吗？因为买房欠下的钱还没还，怎么会有钱借给你？”

“我需要的不多，两千块钱就够了。你看能不能……再紧紧手帮我一把？”

听他把话说到这个份上，我知道自己没有退路，只好坐在那里低头不语。

说句老实话，我真不想借给他钱。常言说，有借有还，再借不难。可他先前借的三千元到现在连提都不提，我怎么可能再借钱给他？他上次说等卖完家里粮食就还我的，可是半年的时间都过去了，也没见他把钱还上。他这次又说等卖完猪后再还，天知道他说的究竟是真是假。说实话，我现在都开始怀疑他借钱的理由能不能成立。

“吴迪，你再帮我一把吧！真的，如果你不帮我，我就只有眼睁睁看着两个孩子辍学……”

“唉！叫我怎么说你呢？”我翻起眼皮看着他，“看你把话都说到这一步了，我怎么能说不借给你？只是我手里实在没那么多钱，要不这样好不好，我先借给你一千块钱，你先拿回去给孩子用，怎么样？”

“看来也只好这样了。”陈建华叹着气，“唉，我怎么把日子过成了这个样子？现在看来还是你们考上大学好，有稳定工作有固定工资，要什么有什么，哪像我现在，过得人不人鬼不鬼的。”

“快别这么说，其实都不容易。”我跟着叹气，“你没看我现在的日子，过得都快跟要饭的一样了，难啊！谁让我们生活在这个世上呢？生活生活，生下来就是要我们活的，可是这个活并不容易！”

“是啊，都不容易！”听我把话说得如此悲观，陈建华也坐在那里陪着我感叹一番，这才拿起我借给他的一千块钱匆匆忙忙地离开了。

等陈建华第三次来我家借钱时，我已经记不清是什么理由了。只记得他说得可怜巴巴的叫人无法拒绝。我这人心软，加上念及他是我老同学，只好又借给他两千块钱。

陈建华拿着钱前脚刚走，妻子就在背后不满地发牢骚：“看你交的都是啥人？过去是来家里蹭饭蹭烟蹭酒的，没想到现在又向咱借起钱来，而且每次都是有借无还的，世上哪有这种人？”

“你别再说了好不好？再说都是老同学，他一个人在这里闯荡，既要养活一大家子，又要供两个孩子上学，要说他可真够不容易的……”

“你说谁容易?”妻子气呼呼地反驳我,“他不容易,咱们容易吗? 为了买房我们下了多大劲儿,他知道吗?”

“咱买房子他怎么会知道? 再说他也没必要知道这些……”

“你别什么事都护着他,老同学怎么了? 老同学就不懂得人情世故了? 老同学更应该懂得相互帮忙顾及别人! 怎么能像他这样来一次借一次钱,他把咱家当成什么了,慈善机构呀,开银行啊! 要知道我的钱也不是大风刮来的,不是从树上掉下来的,那是我没日没夜辛辛苦苦赚来的血汗钱,怎么能说借就借,而且借了不还,世界上哪有这种人? 如果他下次再来借钱,我说啥也不会再给他,不但我不给,你也不许给,听见没有吴迪?”

“听见了——老婆大人。”看老婆一副气呼呼的样子,我故意拉长声调回答说。

六

妻子买房上了瘾。看房价一个劲儿往上涨,她早就坐不住了,经常在家里开导我:“吴迪,你别整天蔫蔫儿的,咱得好好干! 没看现在人们为了赚钱都快疯了一样。”

“谁说我蔫儿了? 谁说我不挣钱? 我不是在办辅导班吗?”

“哼,就凭你收那俩辅导费,别说赚钱,连日常生活都维持不了。”

“我还没有那么差吧!”

“你以为自己挺有能耐啊? 有能耐怎么会在乡镇中学里窝了那么久?”

一听妻子说到这儿,我就感到羞愧难当无地自容:“那你说怎么办? 我总不能为了钱去抢银行吧!”

“谁叫你去抢银行了?”妻子白了我一眼,“难道不去抢银行就不能挣钱?”

“我不是没那本事嘛,不然我怎么会这样窝在家里吃软饭?”

“哼，既然没本事，你就老老实实把自己的事干好，别天天在家里和我顶着牛，充大老爷儿们。”

“是，老婆！”我马上双脚一并，“啪”地对她敬了个军礼，“今后保证完全执行你的命令，决不再顶撞领导，一定做一个安分守己的好士兵！”

看我表现得这么滑稽，妻子一下子被我逗笑了。

在妻子的努力下，我们利用自己赚来的钱，很快又在市区黄金地段的揽月城市佳苑小区，以按揭形式买了套一百五十多平方米的高层住宅。

我们买这套房的目的不是居住，而是炒房，让它升值，变成我们的财富之源。那段时间我们的心情好极了，仿佛自己摇身一变成了千万富翁似的。然而谁也没想到，就在我们花去全部积蓄贷款买下这套房子不久，局势便急转而下——

先是妻子购买的股票一落千丈，跌得血本无归，再是她的生意也出了问题。她进了批假货，被人告发后，不但那批货被全部查封，而且还被工商局狠狠罚了笔款。不到一个月的时间，一连遭受双重打击，妻子承受不住，几乎都快疯掉了。

按说妻子那边出了问题，我这边应该没什么事儿的。可是屋漏偏遭连阴雨，就像多米诺骨牌起了连锁反应似的，妻子那边刚出问题不久，我这边也跟着倒了霉——我利用工作之便私下办的辅导班被人给捅到媒体上了。校方得知后，勒令我停止工作在家休息，等待处理结果。

按说家里接连出现这些灾难性事件，应该要我那位有能量的岳父出面搞定才对，可他半年前就因患脑血栓瘫在床上，面对这些接二连三的变故根本无力回天。

面对这种局面，我和妻子难以招架，整天处在胆战心惊的状态中，根本不知道下一步该怎么办。

妻子的生意关门后，她除了天天上班外，还要时不时去看望瘫痪在床的岳父，整个人很快变得憔悴不堪起来。看到妻子这种样子，赋闲在家的我，除了接送孩子、辅导功课，还担负起处理家务的任务。

由于家庭变故，加上心情不好，我现在已经没有心思写稿了。把孩子送进学校后，只要妻子不在家里，等干完家务活后，我就坐在二十六层高的房子里，天天对着窗外的蓝天白云发呆。

七

陈建华那天下午来我家时，我正斜靠在沙发上眯着眼睛打盹，是陈建华一阵急促的敲门声把我惊醒的。

陈建华这次又是来找我借钱的。

刚一进门，陈建华连凳子也不坐，就站在那里愁眉苦脸地对我说，他妻子肚子里长了瘤，急需去医院做手术，由于手里没钱，只好向我求救，希望我能给他帮帮忙……

听到这里，我吓了一跳，一个挺健康的农村妇女怎么可能患上这种病呢？可是看陈建华那愁眉不展的样子，就知道这事不会有假，不然他不可能把这么大的事往自己老婆身上揽。可我现在是泥菩萨过河，正处在水深火热之中，又哪里有钱借给他？

"吴迪，我知道你有难处，可你也不能见死不救啊！"陈建华灰着脸小声央求说，"我实在没办法，总不能眼睁睁看着我老婆在那里等死吧……"

"你说说你在外面都干的什么？怎么就挣不到钱呢？"我没有回答他的问题，而是埋怨起他来。我看到他那张瘦得刀条似的脸上此时已经长出了皱纹，不由有些生气。

"我天天在外面帮人干零工，你说我又能挣到什么钱？"

"既然你在这里挣不到钱，那你为啥不回乡下去呢？听说现在农村收入也不低，凭你两只手应该不会没钱花。"

"不行啊吴迪，你知道我现在已经回不去了。"陈建华向我摊着手低声说，"来市里这么多年，就这么灰溜溜地回去，你说我的脸往哪里搁？"

“都到这个时候了你还要考虑这些?”我没好气地说,“那你也不能就这么死要面子活受罪,赖在城里不回去！毕竟那是你的家。再说现在过日子靠的是真金白银,来不得半点虚假!”

“我知道,我知道！可我现在实在没办法啊。”陈建华说着抽起鼻子,像是要哭出声来,“你说我在市里混了这么多年,说回去就回去,别人会怎么看我?”

“那也不能就这么一直混在城市里！再说你这样做什么时候是个头?”

“唉,先这么着吧,”陈建华抹了把脸,仰面看着我家的天花板叹着气说,“混一天算一天,什么时候混不下去了再说。”

听陈建华说得如此凄惨,我知道自己没法再劝他,只好陪着他叹气:“想当初我们大家都很羡慕你,没想到你现在竟然过到了这一步,真让人想不通!”

“可我又有什么办法……”陈建华说这话时整个身子都在跟着发抖。

我的叹息没能挡住陈建华继续向我借钱。半个月后的一天,当他又来到我家提出借钱为他妻子化疗时,我实在无法满足他向我提出的借两千块钱的要求,只勉强给他凑了五百块钱。

妻子曾经给我算过一笔账,这几年,陈建华前前后后从我这里借走的钱已经超过了一万元,可他一次也没还过。非但没还,甚至连提都没提。他每次来总是以种种理由向我诉苦,搞得我也跟着他难受,这让妻子极为不满。她经常在背后骂我是没成色的货,交友不慎,引火烧身！可我又有什么办法？作为老同学,面对陈建华提出的各种理由和借口,我又怎么能拒绝？总不能见死不救吧！

那天下午,陈建华拿着我借给他的五百块钱离开时,看着他晃着单薄的身子走路时摇摇欲坠的样子,我就知道他已经走到了崩溃的边缘,同时我也知道他的心情一定糟透了。根据他现在的情况,我想,陈建华之后再也不会来找我了,我不由感到一阵悲哀……

想到这里,我快步来到窗前,看着陈建华从电梯里出来离开我住的这栋楼，很快消失在小区大门口时，我心里突然一动，想到自己和陈建华一样，从早到晚，在这个城市里忙忙碌碌地打拼多年，最终却一无所获时，不由一阵伤感，于是急忙跑进书房打开电脑，手指在键盘上“啪啪”地按着，很快在屏幕上敲出几行文字：

我们都是这茫茫人海中的蚂蚁
没有人知道我们将何去何从
奔跑、挣扎、折腾
都留不下安静的身影
看烟花散尽，转头是空
走在这漫漫的世界上
哪里才是我们最后的归程？

（2014年10月4日夜修改稿）

天使的秘密

一

“欧阳从美国回来了！”丹丹说。丹丹和欧阳是闺密，因此有关欧阳的行踪她总是最先知道。

“她怎么这个时候回来？”旁边的欣欣惊讶地问，“不会是要办什么事吧！”

“听说她这次是带着美国老公回来探亲的，顺便处理一些家庭问题。”

说这话时，丹丹正在电视台的更衣室里化着妆。丹丹是电视台的漂亮女主播，其实以她的相貌根本不用化妆，天生一张明星脸，谁看了都会怦然心动，何况长得亭亭玉立的，走到哪里都是回头率极高的“万人迷”。可她并不满足，还要把自己的脸化得更漂亮一些。“把自己打扮得这么漂亮，不是要把自己嫁到国外去吧！”面对同事们的调侃和取笑，丹丹总是不急不恼地自我解嘲：“我是播音员，总得对得起全市人民吧，我可不能把脸丢在观众面前！”丹丹说这些是有依据的。以她的才貌和她主持的节目，完全可以担当得起电视台这个“国”字号栏目的形象。可是欧阳就不行，欧阳原是电视台综艺节目“谁最有才”栏目的主持人。虽说两个人同在一个台里共事，被人戏称为台里的台柱子，论起出镜率两个人也差不了多少，不过和丹丹相比，欧阳虽然也漂亮，但个头稍微矮了些，而且身材偏胖，自然在台里的影响就稍逊一筹。不过欧阳活泼，说学逗唱样样拿得起放得下，所以她主持的节目广受好评。丹丹主持的是一档黄金时段的新闻节目，活泼不足，严肃有余。也许是职业习惯，丹丹经常绷着脸，于是就给自己换来一个“冷美人”的雅称，而欧阳则成了另一种美的代言人。可是和她俩相比，欣欣就不一样，她是介于丹丹和欧阳之间的那种美女，论才不及欧阳，论貌则又不如丹丹，但她从来都没甘心过，总想在其他方面超过她俩，然而总是不能如愿，这就让她心里很纠结，既生瑜何生亮，唉，谁让自己生不逢时呢！

“欧阳的美国老公长得什么样，你见过吗？”刚下节目的欣欣从直播间里回来，听了丹丹的话，一脸不解地问。

“没见过，不过欧阳曾给我发过微信，”说着丹丹从包里翻出手机，手指在屏幕上迅速滑动着，然后递过来说，“喏，就是这个样子！”

“哦，看上去长得挺壮的！”欣欣拿过丹丹的手机端详着里边的照片，不由惊讶地叫起来，“你看这个身体像牛似的家伙长得多壮，看来欧阳是在美国开洋荤了。”说着不由咯咯笑起来。

“你笑什么？再接着往后翻。”丹丹说着拿过手机又在上边滑了几下，屏幕上立即又出现几张照片，都是欧阳和她美国老公的合影，身边不是一座花园洋房，就是旁边泊着一辆银灰色的法拉利跑车，要么背景就是远处的一片农场。农场很大，大得让人想起辽阔的草原，而在这个被蓝天白云笼罩下的农场里，还有一座高大漂亮的庄园……

“呵，欧阳找的老公这么有钱？”欣欣惊呼起来，“难怪她这次要带着洋老公回来探亲，敢情是想回来炫耀啊！”

“这有什么可炫耀的？本来人家就该嘛！”丹丹把粉扑在脸颊上，然后用粉饼在那里轻轻地擦拭着，马上要进直播间录新闻，所以她不敢把妆化得太浓，只好在那里蜻蜓点水似的装扮着，“你看她过去在咱这里受排挤的样子，不是被这个吐槽，就是被那个‘拍砖头’，而且还被闹得绯闻不断，结果整个人都被搞得声名狼藉、灰头土脸的，当初如果不是被逼无奈出了国，她怎么会有今天？现在从美国回来了，换了谁都应该扬眉吐气才对！”

“说得是，”欣欣止住笑，白皙的脸上不由红了一下，“不过我总觉得欧阳这次出国后的变化让人有些不可思议。”

“有什么不可思议的，事实在那里摆着，你还有什么可疑惑的？你是不是觉得有些羡慕和嫉妒？不过对欧阳的变化我一点都不感到奇怪。谁让她的命好，因祸得福呢！”说到这里，丹丹故意停顿一下，半开玩笑地说，“欣欣，如果有本事的话，你也可以从国外带回来个洋老公给我们看看！”

“我——我可没她那么大胆，”欣欣夸张地撇了下嘴，“说走就走，出国时竟然连个招呼都不打，就一个人偷偷跑出去了，还一个台里的同事呢，没一点情义！”

“你不要计较这些，她当初还不是被人给逼的，要不然也不会这么做。”丹丹叹了口气，“欧阳当初也是无奈啊！如果不是到了山穷水尽的地步，谁会这么做？再说如果不是有陈亮这个心胸狭窄疑心重重的老公在那里逼她，她能走得那么匆忙吗？本以为她是灰溜溜跑出去躲避的，可是谁也没想到欧阳的命会这么好，不但因祸得福，而且生活过得这么潇洒，这不是上天对她的回报和馈赠是什么？”

“唉，这大概就是人们常说的‘人挪活树挪死’。如果她不出国，说不定还和咱们一样在台里继续做自己的节目当主持人。”

“哎，我问你，欣欣，你说在咱台里当主持人有意思吗？天天说着那些言不由衷的话，连自己都觉得脸红，再说台里又是个尔虞我诈的是非圈，在这里又能混出个什么名堂？一想到咱们平时过的日子，简直没意思透了。”

“谁说不是！”说过这话，欣欣突然转了个话题，“丹丹，你说欧阳这次带着洋老公回来会怎么对待陈亮？毕竟他们还没有办离婚手续。”

“谁知道呢，还是等她回来再说吧！再说这是人家的私事，我又怎么能知道那么多！好了，不和你耍贫嘴，我该去上节目了。”丹丹扣上化妆盒放进自己的挎包里，然后在穿衣镜前晃着脑袋左右细看一下自己的脸和发型，直到认为完美无缺时，这才匆匆忙忙地转身走了出去。

二

欧阳和她美国老公是头天上午乘坐飞机从美国回来的。

回来后的第二天晚上，她顾不上倒时差，就开始忙着宴请电视台的同事。为了证明自己这次回来得非同寻常，她把那天的晚宴安排在了佳田国际大酒店。这是一座五星级酒店，也是目前P市最高档的酒店，集吃住娱乐为一体，每个房间的价位都高得吓人。现在欧阳就把她的美国老公安排在这座大酒店十六楼的一个房间里入住。

晚宴设在三楼燕鲍翅厅的清风阁。这是一个漂亮雅致的包房，里边有两个服务生，一个布菜，一个服务。从进来那一刻起，大家就觉得今天的晚宴有些过于隆重。

到场的差不多都是欧阳在台里时要好的同事，除了丹丹和欣欣，还有另外两个女主播。还有三个男同事，他们过去都和欧阳在一起合作过节目。外加综艺部主任和主管业务的副台长，带上欧阳和她美国老公，十多个人围桌而坐，整个房间里顿时显得热闹起来。

那天晚上的饭菜是丰盛的，有鲍鱼、辽参和大龙虾，还有大闸蟹，林林总总上了一大桌。酒是两瓶价格不菲的拉菲尔红酒，外带两瓶五粮液，一切都显得尊贵而奢华。璀璨的灯光下，每个人的脸看上去都是明亮的。欧阳变了，三年不见，她现在看上去洋气了许多，头上蒙着一块明黄色带金线的饰巾，两条卷起来的麻花辫从耳后垂下来，显得别有异国风情，一看就是从海外归来的样子。一身得体合身的衣服也是簇新的，浑身散发出一股法国香水的味道，此外她身上的项链、戒指和耳环也在那里晃着，一副光彩照人的样子。

“来，朋友们，我给大家介绍一下，”欧阳拉了一把身边的美国老公，用标准的普通话开了场，“这是我的男朋友迈克尔，美国纽约大学的博士，搞量子力学的，目前在德克萨斯州一家公司科研机构里做工程师，拥有多项科技发明，他的科研项目……”

“别说这些没用的，欧阳，你该给我们介绍一下他的社会背景和家庭情况才对。”这时一名同事打断她的话。

“不好意思让大家误会了，你们可能不知道，在美国是不讲这些的。不像国内，一说到某某，就是社会背景和家庭出身什么的，美国人讲究的是自己的生存状态和生活方式。既然大家对他的社会地位和家庭这么感兴趣，我不妨给你们简单介绍一下。迈克尔的家族很大，在他们那个州也算是有身份的，至于家庭情况也比较简单，有栋私家别墅，上下三层，大概有六百多平方米，家里有两辆车，一辆法拉利，一辆奔驰，另外还有一个两千多亩的农场……”

“嗬！听你这么一说，他简直就是亿万富翁！”欣欣在旁边夸张地叫起来，“不说别的，光那辆法拉利跑车得多少钱？最少也得几百万吧！”

“没有多少，也就一千多万吧，”欧阳轻描淡写地说，“如果说值钱，应该是他家那个农场，据评估，那个农场在美国大概值两三千万美元……”

“啊，有那么多？”

“这算什么，”欧阳笑起来，“在美国，有些人家的农场带庄园算下来差不多值上亿美元呢。”

听欧阳这么一说，大家都沉默下来，一个个低着头坐在那里，仿佛自尊心被欧阳这番话给打垮了似的。

“嗨，你讲的这些我们不太关心，欧阳，你还是给我们讲讲你和你美国老公是怎么认识的吧！”这时综艺部主任打破了沉默。于是大家都把目光集中在欧阳的美国老公身上。迈克尔相貌奇特，个头高大，身材魁梧，脸形四四方方的，蓝眼睛，高鼻子，看人的目光里带着一种说不出的温和。大概发现大家在打量自己，他不时扫视着大家，一时不知道这些人为什么对自己这么感兴趣，只好不知所措地坐在那里，不时扭过头看看身边的妻子。

“你别紧张迈克尔，他们都是我过去的同事。”欧阳安慰丈夫，然后笑着向大家介绍，“说起我们的相识其实挺简单，去年我在美国德克萨斯州立大学进修时认识了他。当时迈克尔是一家公司科研部门的工程师，一次他到我们学校做学术报告，我就坐在教室最前排，他大概发现我是全班唯一的华人女生，不免有些好奇，于是课间休息时开始主动接近我，我们就这样认识了。”

“听你说得这么简单，不会是故意隐瞒吧？”

“刘主任，这有什么好奇怪的，我觉得这很正常啊！”欧阳望着谢了顶的老上司笑起来，“其实美国人就是这样，只要他对你有好感，就会不顾一切地想办法接近你，直到达到自己的目的。”欧阳说着拉起丈夫的胳膊，歪过脑袋把脸贴上去，一脸幸福的样子。

迈克尔可能听不懂汉语，看妻子在旁边和大家有说有笑的样子，只能像个局外人一样惘然地坐在那里。过了一会儿，他看大家都不怎么理自己了，便从牛仔装的上衣口袋里掏出打火机，点上一支雪茄自顾自地抽起来。不过就在抽烟过程中，他的目光仍然不时在每个人的脸上扫视着，像在观看一场无声的话剧。

“迈克尔，他们都是我的好朋友。过去我在这里工作时他们没少帮我，现在我从美国回来，应该答谢他们才是。”说着她示意美国老公把放在旁边的一只背包拿过来，接着开始从里边往外掏东西，然后分别给在座的每位同事送了件小礼物。一块装饰手表、一支水写钢笔、一条花花公子皮带、一盒雅诗兰黛化妆品、一条乔其纱丝巾，还有一只美国当地加工生产的墨绿色手镯……大家拿着欧阳送给自己的礼物，一个个欢呼雀跃着，纷纷表示感谢说：“欧阳，你在国外真是混发了，看给我们带的这些礼物就知道，你在美国过得不错嘛！什么时候也把我们带出去开开眼。”这时有人在那里开玩笑说：“男同胞们说不定还能带个美国媳妇回来。”

“不就是想出去转转嘛，这有什么可难的，我热情欢迎你们到美国看看，说不定你们会有新的发现。”欧阳笑着开起玩笑，“不过你们去了可不要花心哟，不然带着美国媳妇回来，看老婆怎么收拾你们，不给你脖子上抓条‘项链’，也得给你挖上一脸‘萝卜丝’。”欧阳的话把大家逗得哈哈大笑。

三

欧阳带着美国老公回来的消息成了台里的重要新闻。大家纷纷议论说,欧阳真不简单,不仅跑到国外,而且还嫁了个有钱的美国老公。看她这次回来的样子,简直就是衣锦还乡,荣归故里,想想都让人羡慕!特别是参加过那天晚宴的同事,更是把欧阳夸成一朵花。这使那些本来就对欧阳恨之入骨的人,现在更是恨得牙根发痒,不由愤恨地说,这个欧阳,她的命咋就这么好?她过去在这里出尽风头,现在出了国,仍然过得这么好,想想就让人心里生气!唉,真是邪了门,上天为什么如此不公,什么好事都向着她?

自从参加过那天的晚宴,见过欧阳和她的美国老公后,欣欣变得格外敏感起来。要知道她当初对欧阳可是最不感冒的。按说两人主持的节目不同,本是井水不犯河水,可是为了压制欧阳,欣欣处处故意刁难她,背后说她坏话,造谣生事,结果让台里的其他女主持都对欧阳有意见。

"丹丹,欧阳那么漂亮,怎么可能会看上这么一个老男人,不会是她神经出了毛病吧!"无人时,上完节目的欣欣坐在办公室问丹丹,她知道丹丹和欧阳是闺密,因此她希望能从丹丹嘴里打探到一些有关欧阳的情况。

"你才神经出毛病呢!"丹丹好像看出了欣欣的心思,故意不满地纠正她,"欣欣,你也太小看欧阳,再怎么说她也不是没眼光的人,怎么能像你说的那么糊涂?我想她能找这么一个美国老公肯定有她自己的道理。不过她找的这个老公不但有钱,而且还有地位,有这些就够了,难道你还指望她能怎么选择?也许我们看着老,其实人家并不老,你没听人家说,在国外还是老男人吃香,哪像我们国内的小姑娘找对象,除了追求金钱和地位,就喜欢那种小白脸。"

"不过我总觉得欧阳的美国老公比她大许多,"欣欣没有听出丹丹话里的不满，仍然坚持自己的看法，“你看他眼袋和皱纹都出来了，怎么看都不像三四十岁，起码五十岁靠上。”

“只要欧阳觉得幸福，你管这么多干吗？再说他又不是和你在一起生活，还是由她去吧！”

“陈亮怎么办？他们离婚了吗？”

“不知道，不过我想快了，”丹丹说，“欧阳不可能不考虑这个问题，毕竟她要面对现实，不可能让自己背着重婚的罪名，其实她是个很传统的人。”

“她儿子怎么办？如果离了婚，孩子会跟谁，欧阳不会把他带到国外吧？”

“谁知道呢！我只知道欧阳对她儿子不错，这次回来没少给他带礼物，并且还常带着儿子和父母去饭店吃饭。”

“看来欧阳在美国混得真是不错，”欣欣叹着气，“哪像我们这些凡夫俗子，天天泡在这里，哪儿像她那么浪漫。”

“哦，我想起来了，我好像听欧阳说，她这次回来准备把儿子带到美国去。”

“唉，还是嫁到美国好啊！”丹丹的话让欣欣更加气馁，“你看人家欧阳，过去和我们在一起时什么都不是，现在摇身一变，生活得那么幸福，简直把日子过到了天上，真让人羡慕！”

“这就是人与人的不同。”丹丹听出了欣欣的含意，故意刺激她，“欣欣，你没看那天晚上欧阳介绍她老公的情况，家里不但有别墅，还有两辆私家车，此外还有一座上千亩的农场，看看她想想自己，难道你心里就平衡啊！”

“嗨，不平衡又能怎样？难道也要让我跑出去嫁个外国人？”

“对啊，有本事你也去，”丹丹揶揄她，“就凭你的条件，一点不比欧阳差，你干吗不去试一试？”

“我——我可没那个胆量。”欣欣气馁下来，“再说我在这里过得好好的，还没到山穷水尽的地步，怎么可能丢掉这里的一切往国外跑？”

“这有什么，你不是一直羡慕欧阳吗？干脆跑出去试一试好了！”

“看你说的，我也就这么一说，你怎么认真起来了！哎，丹丹，不过我觉得你倒是可以去试试，以你的才貌，保不齐还能在美国嫁个大学教授呢！”

“大学教授有什么稀罕？要嫁就嫁给美国总统！那才叫刺激！”

欣欣听出丹丹在和自己开玩笑，于是也不当真，两人躲在那里哈哈笑起来。

四

已是夜里十二点钟，可是欧阳躺在床上怎么也无法入睡，脑海里不时浮现自己出国前的情景。

十年前来到电视台时，自己还是一个刚走出校门的大学生，对什么都不懂。起初在文艺部里也没什么具体工作，就是根据领导安排，跟在别人的屁股后边打杂，只有当人手不够时，她才允许跟着上去跑跑龙套。就这样过了两年，直到后来和陈亮结婚有了孩子，她才开始认识到自己的价值。欧阳内心很要强，那时她一心想着怎样才能出人头地，把台里的节目搞好，不枉自己到电视台工作的愿望，好让自己在艺术院校学到的专业知识派上用场。那时她心中的偶像是湖南卫视的李湘，再后来是央视的周涛和王小丫，最起码也得是董卿，她梦想着自己有朝一日能成为全台的明星主持，于是便主动请缨，希望能在台里办一档有影响的文艺节目。部主任听了她的意见，没怎么犹豫便同意了她的请求。接下来，欧阳开始忙碌起来，结合当时的实际情况，经过一番筹划，很快在台里搞了个《谁最有才》的娱乐节目表演秀。没想到她独特的创意和精心包装，使这档每周一期的综艺节目首场播出就火爆荧屏，在社会上引起不小的轰动，观众纷纷称赞这档综艺节目有创意，做得好。

节目成功后，很快引起广告商的注意，他们纷纷向欧阳伸出橄榄枝，希望能冠名播出或者提供广告赞助。众多商家的加盟，很快使广告收入并不景气的电视台成了香饽饽。

欧阳主持的《谁最有才》成了全台的吸金器。在这档节目的带动下，台里的广告收入开始连续出现翻番现象，很快创了纪录。看到欧阳主持的节目这么火爆，台领导也对她刮目相看，除了把她树为学习标兵，还对她进行了一些物质奖励，并有意把她往台里重要岗位引，希望能把她提到领导位置上。眼看她马上就要得到重用，然而谁也没有想到，就在这个时候，有关欧阳生活作风问题的流言蜚语开始传了出来，很快闹得沸沸扬扬的，使刚刚红起来的欧阳马上被卷入到一场满城风雨的绯闻之中。

起初，有关欧阳的各种传闻并没有引起丈夫陈亮的重视。妻子长得漂亮，而且又是社会名人，她不可能不被人嚼舌头，自然不用把此事放在心上，但是后来架不住医院里一些同事也跟着在背后议论，说什么欧阳不但和他们部里领导说不清，而且还和台里领导有关系，传到后来，甚至还有人说欧阳和市里一位主要领导有一腿，要不然她现在怎么会这么火？听到这里，陈亮终于忍不住，于是回家审起了妻子。

“说，你是不是和你们台里的一些领导说不清？”

“没有的事，陈亮，你怎么能听信那些谣言？”看着瞪起眼睛的丈夫，刚从台里下班回来的欧阳疲惫地和他解释，“我只不过是做了自己该做的事情，没想到会引起一些人的嫉妒，所以才会有这些传言，难道你也相信他们的话？再说咱们结婚这么长时间，我是什么人，你心里应该很清楚！”

“人言可畏，我清楚又有什么用？”陈亮大声叫起来，“那么多人都在议论，你说我能捂住谁的嘴？常言说，无风不起浪，既然大家都在传，你又该怎么和我解释？”

“哼，身正不怕影子斜。既然你不相信，我有什么办法？”看着丈夫恼怒的样子，欧阳不再和他解释，而是坐在沙发上不再理他。

“你怎么能这样回答我？”看妻子对自己这么冷淡，陈亮冲她发着脾气，“你要给我一个说法，不然我和你没完！”

陈亮是市人民医院的外科大夫，医术高明，在社会上有一定名气，日久天长，养成了清高孤傲的个性，因此面对各种绯闻已经到了街谈巷议的妻子，他已经到了忍无可忍的地步。

陈亮看妻子坐在那里一言不发的样子，觉得她显然是心里有鬼，不然她怎么不和自己解释清楚？既然解释不清，那就说明里边一定有问题。陈亮的目光落在妻子脸上，想到就是这个女人让自己暗中戴了那么多顶绿帽子，而自己却浑然不觉，这不是丢人现眼是什么？与其和这样一个绯闻满天飞的女人在一起，还不如和她离婚后躲得远远的，把自己撇清。想到这里，他生气地说："欧阳，既然你和我解释不清，咱们还是分手吧，这样对你对我都好……"

"什么？你说要和我离婚？"欧阳吃惊地盯住丈夫，"难道就因为这些谣传？你怎么能这么做？真是太不像个男子汉了！"

"这有什么？"陈亮一字一顿地说，"因为我不想和你这个生活作风有问题绯闻满天飞的女人在一起生活，我觉得太丢人！"

"如果你这么认为我也没办法，"欧阳淡下口气，"不过你总得给我一个考虑的时间，因为你提得太突然，我不可能马上回答你。"

"好，既然你不能马上答复我，那就好好在家里考虑吧！"陈亮拉开房门，头也不回地甩门而去，留下欧阳一个人坐在那里发呆……

直到这时欧阳才明白自己的婚姻走到了头，可是一想到离婚会对儿子不利，她不禁犹豫起来。毕竟儿子才四岁，她不想在孩子幼小的心灵里埋下不幸的种子。想到这里，她的心都要碎了……

陈亮失踪了。自从那天离开家后，他已经一个多星期没有回来过，直到此时欧阳才彻底失望。她知道陈亮爱面子，既然做出了决定，是很不容易改变的，既然如此，自己再和他生活下去已经没有任何意义，与其这样，不如赶快离了的好。过了几天，就在欧阳主动找到陈亮说同意和他离婚时，谁也没想到，陈亮这时突然反悔，非但不同意离婚，反而教唆儿子向妻子发难。事后欧阳才知道，原来医院正在对陈亮进行考核，有意把他从科主任提拔为副院长，一心想在事业上有所作为的陈亮，为了抓住这个千载难逢的机会,不想在这个节骨眼上出现任何闪失,更不能让自己的婚姻亮起红灯。得知这一情况后,已经对他失去了信心的欧阳,此时对他更加鄙视起来:“陈亮,我没想到你竟然会是这种人,没用时落井下石,看到有利用价值时立马捞上一把,你怎么能这么做?”流言蜚语仍在继续,眼看离婚无望,在万般无奈中,实在无法忍受的欧阳这时正好利用一个亲戚的关系去美国留学,把儿子留给了自己的父母。

如今儿子已经长到七岁,马上该读小学了,再不解决婚姻问题就会耽误孩子的一生,于是欧阳这才决定带着美国老公回来,一是探亲,二是办理离婚手续,走时顺便把儿子带上,从此自己就可以无牵无挂地在国外生活。

儿子睡得很香,蜷在怀里像只温顺的小猫,看着儿子睡觉时翕动的鼻翼,欧阳心里不由一动,想到解决好婚姻问题后,自己很快就可以和他一起去国外生活了,她紧紧搂住怀里的儿子,嘴里喃喃地说:“东东,你是妈妈的心头肉,这次我说什么也不会丢下你不管,我一定要把你带走,让你和妈妈永远生活在一起,快快乐乐地健康成长……”

五

欧阳和陈亮离婚的事情进展得并不顺利。

陈亮的提拔问题至今没有得到解决。就在欧阳出国留学这三年时间里,他的提拔问题悬而未决,一直处于考察阶段。大概是为了考验他的耐性,市卫生局和医院领导都对他的提拔按住不动,不说理由,也没定具体时间,就那么不上不下地挂着,这使陈亮心里很不痛快,不就是个正常的干部提拔嘛,上面怎么会按住不动?难道里面有什么问题?他私下找人打探情况,传出的消息说,陈亮目前正在闹离婚,如果这时提拔,就是姑息迁就和纵容包庇。再说提拔干部是很慎重的事情,怎么可能这么草率?言下之意,如果陈亮离婚，毫无疑问，就是他的人生观出了问题；如果不离，则说明他是一个认真负责的人，自然符合提拔干部的条件。听到这里，陈亮马上明白了自己的处境，为了保住这个机会，他把全部希望寄托在欧阳身上，认为只要自己一天不和她离，就仍有提拔的希望。

欧阳出国三年，陈亮在家里等了三年。经过时间的淘洗和过滤，他现在已经相信妻子是清白的，当初之所以传出妻子的绯闻，完全是台里有人无中生有造谣生事，现在随着欧阳离开，一切都烟消云散，水落石出。各种迹象表明，妻子是无辜的，她是被人嫉妒，受到排挤后才离开的。弄清事实真相后，陈亮急切盼望妻子能尽快回来和自己破镜重圆，同时也好早日结束上面对自己的考察，尽快落实自己的提拔问题。可是远在美国的妻子却不给他机会，总以各种理由拒绝他。毕竟两个人天各一方，相离太远，不要说见面，就是平时打个越洋电话都不容易。每次听到妻子在美国过着快乐的生活时，他都有种如鲠在喉的感觉。

然而陈亮怎么也没有想到，自己好不容易把妻子盼了回来，却没料到她的身边突然多了一个美国老公。这不等于是给了自己当头一棒吗？

陈亮是那天下午去幼儿园看儿子时，无意中遇见欧阳和她美国老公的。看见欧阳和她的美国老公带着儿子从幼儿园出来后，直接去了旁边的肯德基，他心里突然疼了一下。当时如果不是院领导突然打电话叫他回医院说事，陈亮真想跟上去看个究竟。那天晚上，陈亮一夜没有合眼，满脑子都在考虑欧阳和她美国老公以及自己提拔的事。等天快亮时，他突然做出一个决定，他要跟踪欧阳，看看她和这个外国人之间究竟是什么关系。

第二天上午，刚做完一台手术的陈亮顾不上休息，从医院出来后，开着车去悄悄跟踪妻子。

上午十点多钟，当陈亮开着车在购物中心门口，看见欧阳挎着迈克尔的胳膊亲昵地出现在自己面前时，他简直有些不敢相信自己的眼睛。已经完全西化的欧阳穿着一身洋装，看上去时尚漂亮，气质高雅，完全不像已经三十多岁的女人。可是再看她旁边那个顶着一头稀疏灰白头发的美国人却不年轻,如果没有猜错,他的年龄应该在五十岁开外。

“欧阳,看你给自己找的这个男人,论年龄,他和你父亲差不了多少。你怎么给自己找了这么一个老男人?”陈亮心里很生气,“难道我不比他年轻?你这样做的目的是什么?难道就图他是个美国人吗?”陈亮正在沉思,只见欧阳搂着那个美国人的腰,站在大街上当着那么多人的面,居然毫无顾忌地吻了一下,这让他的心里突然像被针刺了一样难受。

“罢罢罢,看她现在这样,哪里还有淑女的样子?她不是我的妻子,她分明就是一个恬不知耻的贱货!没想到出国三年,她现在居然沦落到这种地步,既然如此,我还操她什么心?算了,天要下雨,娘要嫁人,这是没办法的事情,一切还是随她去吧!等我和她办完离婚手续,从此我们就是路人,我又何必这么折磨自己。”想到这里,陈亮心里骂道,“去他的爱情和婚姻,去他的提拔,既然事情到了这一步,我什么都无所谓了!”

“离,我马上就离,妻子把绿帽子都给我戴到国外了,事情闹到这一步,谁不离才是傻蛋!”坐在车里的陈亮愤怒地在方向盘上拍了一下,当即做出马上和欧阳离婚的决定。

第二天上午八点多钟,陈亮早早来到民政局婚姻登记处,等待着和欧阳办理离婚手续。由于事先没有什么纠葛,所以离婚的事情办得很顺利,几乎没费什么周折,两个人分别很快从工作人员手里接过了离婚证。从民政局大厅出来时,陈亮发现欧阳的美国老公就等在大门口,看到欧阳办完事出来,他站在门口的梧桐树下急忙向她招了下手,于是欧阳像只欢快的燕子一样快步跑过去,接着他们两个搂在一起,旁若无人地吻了一番,这才挽着手走到路边,拦了辆出租车绝尘而去。

“真是一对不知羞耻的狗男女!”陈亮在背后看着眼前的一切,不由骂了一句,然后开着车发疯似的向大街上冲去。

六

和陈亮办完离婚手续后，一连几日，一身轻松的欧阳天天带着美国老公到处跑着游玩。哪里人多往哪里去，越是人多的地方欧阳越兴奋，尤其是见到熟人时，她就像服了兴奋剂一样，拉着美国老公向他们介绍，仿佛自己找个美国老公多光荣一样，引得大家个个称赞她，说她是个有本事的女人。看到他们这么羡慕自己，欧阳显得很开心，脸上笑着仿佛在说："这就是我上辈子积的德，不然在国内那些年，被人排挤得抬不起头，现在我到国外发展了，这次回来就是要让你们看看，我在国外的日子过得就是比你们好！"

在家停了半个多月，直到觉得自己风光够了，欧阳这才决定打道回府，飞回那个人人向往的美国。

临走前一天的晚上，她和美国老公在润泽园大酒店宴请几个好友。席间，欧阳端起一杯红酒说："姐妹们，我欧阳能有今天，全靠大家过去对我的帮助，我这一走不知道什么时候才能回来，不过不管我今后到了哪里，我这辈子都不会忘记你们的情义。来，为我们的友谊，干杯！"

看到欧阳说话时一副神情黯然的样子，大家都把杯子举起来，纷纷劝她说："欧阳，你不要把话说得这么伤感，其实这里就是你的家，什么时候想回来，我们随时欢迎你和你的美国老公！"接着只听一阵叮叮当当玻璃杯的碰撞声，每个人的心情都达到了高潮。

"你们什么时候走？"丹丹放下杯子问身边的欧阳，"时间定下来后，我们好去机场送送你。"

"不必了，丹丹，我知道你们都很忙，再说我回来这些天没少打扰大家，又让你们陪着浪费了那么多时间，已经很过意不去了，哪敢再劳烦你们。再说我们明天上午十点的飞机，由于时间紧，因此我们一大早就要往机场赶。感谢你们这些天来一直陪着我们，回到美国后，我会给你们写信的。"说到这里，欧阳哽咽着别过脸去，看样子像是有泪要掉下来，于是她急忙抬手去擦，就在这时，有人突然发现她擦泪的手皮肤皲裂，上边绷着无数条蛛网似的伤口，粗糙得像块砂布。

难道欧阳在美国生活得很艰辛吗？因为他们心里明白，只有饭店里的刷碗工才会有这种手，那是长期被水和洗涤剂浸泡的结果，想到这里，他们不由一阵愕然。

七

一个星期后，丹丹收到一封欧阳从美国发来的电子邮件。

丹丹：

我这次回国比较匆忙，没有好好和你在一起聊聊，不过我现在要告诉你的是，迈克尔并不是我的丈夫，他只是我在美国租来的一个男友。说来你可能不信，我这样做的目的不是怀着什么阴谋，我就是想让陈亮看看，我不想让他再拖我的后腿，只想早早解除那段无爱的婚姻。现在我已经达到了目的，我为此感到很欣慰。另外我想说的是，关于我过去的事情想必你知道的已经很多，不是说我非要到美国来逃避什么，而是因为我已经厌倦了国内的生活，与其在那里勾心斗角，尔虞我诈，把名利看得高于一切，不如躲得远远的，来到这美国的小城里过得舒心。我这样说你可能已经明白了，其实迈克尔的别墅、跑车和私人农场也就和我没什么关系了。

我和陈亮的婚姻终于结束了，目前我还没有再婚的打算，只想单独一个人过段时间。不过现在我和儿子生活在一起，我在一家饭馆里打工，他在一家私立学校读书，这里的生活非常宁静，一切都相安无事。也许是我出国这几年的感受让我悟出了许多，所以我现在只想告诉你，人生就是一个寻找的过程，只有当你找到自己心灵归宿的时候，你才会发现，其实一切不用去争，还是顺其自然的好！

说来你也许不会相信，我这次回国花了两万美金，这是我三年来在美国打工的全部积蓄，尽管我现在一无所有，但我并不后悔，因为我用自己的劳动所得换来了大家的尊重！请原谅我，丹丹，我说这些你可能会认为我虚荣心太重，其实不是，我只是想让陈亮看看，我已经不属于他了，同时我也想让所有过去熟悉我的人知道，我欧阳是个什么样的人。呵，一切都过去了，现在我在美国尽管生活得很清贫，但是我无怨无悔。虽然我是一个物质上的乞丐，但在心里，我却是个精神上的富翁，因为我明白了许多道理，收获了许多我过去没有悟出的东西，同时我也明白了自己今后该怎么做……

欢迎你有机会到美国来，到时候我会请你在家里喝正宗的意大利咖啡，还有我自己酿造的红葡萄酒，味道很不错的。哦，对了，还有，我想让你看看我在这里的家，相信看过之后，你会有所收获的……

文字下边附了张照片，欧阳蹲下身子搂着站在怀里的儿子，脸上堆着恬静的笑容，儿子则是一副天真活泼的样子。母子俩身后就是欧阳信里所说的那个家，一座木质结构的房子就坐落在一条河边，周围绿树掩映，溪流淙淙，鸟语花香，画面上好像还有一只背上带着花斑点的狗站在他们旁边，如果不仔细观察，你会觉得这个地方，其实和国内的乡村没有什么明显的差别……

看到这里，丹丹的眼泪无声地滚出来。她禁不住在心里轻轻叫了一句“欧阳”，便哽咽着说不出话来……

身体里的蛇

我的寂寞是一条蛇，
静静地没有言语。
你万一梦到它时，
千万啊，不要悚惧！

——冯至《蛇》

一

每次进卫生间方便，孙亮的脑子里都会出现一条蛇，与此同时，他的耳朵里也会习惯性地发出一种类似机器轰鸣的响声。这是一条身上布满花纹、通身呈现土黄色的蛇，俗称“黄杆蛇”，此刻正呈螺旋状蜷伏在卫生间的马桶里，高昂着头，做出一副随时准备攻击的样子，这个情景让他很是恐惧。

马桶里怎么会有蛇呢？孙亮胆战心惊地想。

每次当他探着身子往马桶里观察时，干干净净的马桶里什么也没有，只有一小洼积存在那里没有泄尽的水，一个拳头大小的出水口。孙亮知道这个位于马桶底部的出水口连着这座楼房的下水管道，因此，所有的排泄物都是顺着这个洞口涌入这座城市的下水道，一直流向城市暗河，最后再以前进的方式流向远方……

是呀，马桶里怎么会有蛇呢？直到确认里边没有自己想象中的蛇时，孙亮这才小心翼翼地坐上去方便。不过在方便的过程中，他脑子里的那条蛇一刻也没有离开过，反而就像雕刻在那里似的，挥之不去，一直盘旋在下边的马桶里，随时都有冲出来咬自己一口的可能……所以每次方便，孙亮差不多都是恐惧的心态，战战兢兢的，不敢久待，也因此往往不等排泄结束，他就匆匆忙忙站起来草草了事。

由于是在匆匆忙忙中结束的“战斗”，所以孙亮总感觉自己的肚子就像没有排空的容器那样，残留着一些清除不掉的东西，害得他不得不抽时间再来上一次。

“不行，我还得去方便。”这样想着的时候，孙亮不自觉地又走进了卫生间。结果这样一来，他一天差不多要往卫生间跑上三四次，才能把积存在肠子里的东西排泄掉。

孙亮是市里一家文化单位的资深小职员，平时不用去单位里上班，只需坐在家里批改一下文稿，然后抽出一天或半天时间到单位里把文稿交上去，接着再领回一些需要批改的文稿，拿回家里继续进行批改，他的工作就这样周而复始地进行下去。由于不用考虑上班的事情，因此他有的是时间，这给他创造了每天可以花费一定时间在卫生间里度过的条件。当然闲暇之余，孙亮也会拿起笔写写文章，附庸风雅一下，纯脆属于业余爱好的那种。这种独特的工作方式，使他养成了自由散漫的生活习惯，久而久之，他就变成了另外一种样子。

其实孙亮的担心纯属多余，他家在五楼，而且又处在小区的中心位置，房子里怎么可能有蛇呢？因此关于家里有蛇的说法根本站不住脚。如果说有可能，那也是毗邻着一片开阔绿地的缘故，所以偶尔有条蛇爬进来并非没有可能，不过这根本不值得大惊小怪。

可是孙亮偏偏就大惊小怪了。

孙亮天生怕蛇。无论什么蛇，哪怕体形再小，在他眼里都是一头异常凶猛的怪物，说不定什么时候就会张开血盆大口咬人一口，那可就是要命的事情。想想吧，这种长着扁平脑袋的丑陋家伙，总是高昂着头，瞪起一双犀利而又异常凶恶的眼睛，不时示威似的张开嘴巴，吐出一条红信子，露出一口尖利的牙齿，这种怪物不吓人才怪呢！

至今孙亮都记得清清楚楚，自己第一次与蛇近距离接触是在他八岁那年的春夏之交。那天下午放学后，在母亲的吩咐下，孙亮和几个小伙伴一起挎着篮子到田边给家里的猪割草。当他们找到一片茂盛的草地时，走在最前边的孙亮正要弯腰割草，突然发觉草丛里盘着一条蛇，自己差点踩上，吓得不由发出一声怪叫。这是一条黄杆蛇，通身都是黄鳝的那种颜色，只不过样子比黄鳝要凶恶得多。本来那条蛇把自己紧紧地盘成螺旋状，做出一种静卧的样子，根本不想与人为敌。孙亮大概正是看到了这一点，于是随手从旁边拿起一根小棍子，上前轻轻挑了它一下，然而那蛇并没有动，继续静卧在那里。看到这里，孙亮又大着胆子用棍子敲了敲蛇的脑袋，不料那蛇受到侵扰后，直溜溜地竖起身子，把宽大的嘴巴一张，吐出一条红信子向他发起了攻击。孙亮吓得一屁股坐在地上，把手里的棍子、篮子和镰刀扔出去老远。后来尽管那条蛇被几个一拥而上的小伙伴用手里的镰刀连砍带削地给打死了，可是却在孙亮的心里留下了一道深深的阴影。他从此变得格外胆小起来，再出去割草时，就格外留心这种让人担惊受怕的怪物，生怕自己会突然遭遇不测。

当然也是出于这个原因，每年夏天，和小伙伴们一起下河洗澡时，孙亮总是怀疑水里有蛇。在他看来，静水深流，那些蛇不是像鱼似的在水里游动，就是伏在水底，随时做出袭击的样子，所以每次下水前，孙亮总是表现出迟疑不决的样子。一直等到小伙伴们在水里尽情嬉戏的时候，他才会把身子小心翼翼地探进水里。至于在水里和别人玩扎猛子这种比赛游戏，他更是尽量不做。他担心一旦把头埋进水里，自己就会遭到那些蛇的攻击，于是不少小伙伴都嘲笑他是胆小鬼。

“胆小鬼就胆小鬼吧！反正我是不会在水里扎猛子的。”

如果说孙亮想离开农村到城里工作是一种上进表现，毋宁说也有在农村怕蛇的因素。现在好了，通过努力，孙亮终于离开农村，来到城市，大学毕业后，又如愿以偿地到一家文化单位工作，从此再也不用担心那些恼人的蛇了……

十几年后，就在孙亮认为自己终于过上无忧无虑的安静生活时，他怎么也没有想到，自己的脑子里突然会产生这种想法。

“哎呀，我怎么总是怀疑咱们家卫生间的马桶里有条蛇呢？”一次，孙亮从卫生间里出来时，带着忧心忡忡的神情说，“这条蛇实在太可怕了，它就盘旋在马桶里，经常做出袭击的样子，害得我都不敢坐上去方便了，这可怎么办呢？”

“哪有什么蛇呀！天天疑神疑鬼的……”妻子听到丈夫多次向自己描述的情景，这时又看到丈夫谈蛇色变的样子，鄙夷地冲他说，“什么马桶里有蛇，我看你是心里有鬼，不然为什么天天总会有这个想法？神经病！”

妻子生性泼辣，过去她本来就对丈夫懦弱的性格多有不满，经常指责嘲笑他，现在又常听他说自己家卫生间的马桶里有蛇，这不是胡说八道吗？如果不是丈夫的脑子出了问题，那他为什么总是疑神疑鬼的？

孙亮的妻子在郊区一家企业上班，因为要赶着到小区门口坐通勤车，所以每天早上都要早早起床，掐着点进行洗脸刷牙。按照她的生活习惯，先喝上一大杯温开水，然后蹲在卫生间的马桶上，全神贯注地进行着速战速决的排泄工作。在孙亮看来，自己每次需要半小时甚至一个小时才能结束的排泄工作，在妻子那里只消三五分钟便可结束战斗。每次看到妻子走进卫生间，还没等他考虑好自己进卫生间方便要看什么书，妻子就已经从从容容地从卫生间里出来了。这个时候，孙亮的脑子里一直在想，难道妻子肚子里的肠子是一根内壁光滑的下水道管子？所有的排泄物只要一进入排泄程序，便随着她周而复始的腹式深呼吸，顷刻间就像沉渣泛起似的，轰轰隆隆地离开管壁，摧枯拉朽似的向着下面的出口喷薄而出，最后被排空的管子里内壁光滑，干干净净，要不然她怎么会这么快就能结束战斗呢？

孙亮曾经认真观察过妻子早上的洗刷过程。他发现包括梳洗在内，加上排泄方便，妻子在卫生间里所有的时间加起来不会超过十分钟。

“多么神速的动作呀！”每每想到这里，孙亮总会发出由衷的感慨……

二

孙亮怀疑卫生间的马桶里有蛇是近两年的事情。

在此之前,他一直有在卫生间里读书看报的恶习,而且这个习惯是随着他不用去单位坐班开始的。刚上班那几年,孙亮是个十分敬业的积极分子。每天早上,他总是早早来到办公室,烧水拖地擦桌子,所有新员工该干的活,他都一样不落地做在了大家的前边,他也因此经常得到单位同事们的称赞。同在一个单位上班,总有一些员工因为各种理由而耽误上班时间。单位领导为此曾在会上针对这种现象予以批评,可是迟到问题并没有得到根本解决,仍然有个别员工无视规章制度照样迟到早退。为刹住这种不良之风,单位开始实行签到制,即每个员工每天早上都要在签到簿上签上自己的名字和到班时间。

迟到是要罚款的,罚款的数额依据迟到的时间长短而定。孙亮家在农村,又是刚刚上班,加上手里工资有限,所以不允许他有必要的日常生活开支之外的任何消费,即使后来和妻子结婚后,他的这一消费理念也从来没有改变过,所以他绝不允许自己迟到。后来单位发现这种签到效果并不理想,于是开始改用打卡,没过多久,又与时俱进地改用指纹签到,等发现指纹签到也不管用时,干脆一步到位,改用人脸识别来约束员工,并且领导下决心对迟到的人进行重罚,结果大家一个个如惊弓之鸟,每天早上只要一到上班时间,单位门口的员工们几乎个个都是一路小跑着往里边冲,而孙亮这时已经早早来到办公室,在做完上班前的一系列准备工作后,开始坐在办公桌前忙碌起来……

多年的媳妇熬成婆。鉴于孙亮在单位里的工作表现,再根据他的工作性质、工作年限和工作能力,单位领导一研究,决定对他实行优待政策,让他不用每天忙着到单位来上班,只需在家里干好自己的工作就可以了。这样一来,孙亮终于不用每天都要踏着时间点去上朝九晚五的班了，而是开始放松心情，在家里尽情享受起这种慢节奏的生活方式。有事需要办时，至多单位办公室给他打个电话通知一声，或者自己往单位打个电话，事情就得到了解决。只有在家里实在解决不了的，他才会跑上一趟。不过这种现象毕竟太少，一年里也难有三五次，其余时间完全由他本人支配。

像孙亮这种坐在家里办公的工作方式哪个不羡慕？班不用上，工资不少拿，待遇又比别人高，这种好事又去哪里找呢？

可是就在单位同事们都在羡慕孙亮的工作方式时，我们的孙亮先生却有了新的烦恼和毫无来由的恐惧。

按说孙亮的生活是恬静的，不用去坐班，当然也就不用考虑单位那些复杂的人事关系，甚至也不用担心同事之间的勾心斗角和尔虞我诈，自己在家里完全过着关上门就是天下的生活，实在是舒服极了，可是他突然就对这种深居简出的“宅男”生活产生了不切实际的担心和恐惧。如果每天躲在家里批批文稿，闲余时间读读书，写点东西的话还没什么，可是只要一进卫生间方便，他的脑子里就会产生马桶里有蛇的想法，而且这种想法越来越严重，以至于他连卫生间都不敢进，更不要说坐在马桶上方便了。

这是一个五六平方米大小的卫生间，面积不算大，但在二十世纪八九十年代那茬旧楼房中，已经算是很不错的了。卫生间里的设施也很简单，然而就是这个小小的角落，孙亮却赋予了它独特的魅力，让卫生间变成了独特的私人空间。为了使自己在卫生间里排泄时不影响阅读，孙亮在卫生间里创造性地进行了一番小小的改造——在靠近窗子的下边，摆上一个鞋柜大小的小书柜，里边放着几本自己平时喜欢的书，哲学方面的、美术方面的、书法方面的、文学方面的，甚至还有一些生活常识方面的小册子……总而言之，都是平时孙亮挑选出来供自己消遣一类的。小书柜就摆在距离马桶半米多远的地方，以便自己方便时伸出胳膊就可以随手抽出来阅读。

孙亮在卫生间里读书有个特点，就像他平时在单位里上班那样，手里拿支铅笔，看到自己认为有价值或精彩的地方时，他就会轻轻画上几下，如果读到让自己产生共鸣或有疑义的章节或文字时，他也会在旁边认真地做些批注，说明自己对此处重视或存疑。孙亮的这一读书方式曾经受到同事们的嘲笑，他们说他是读书成癖，嗜书如狂，连书上的标点符号都不放过，可见是个专家学者型的读者。孙亮对此并不做过多解释，顶多歪过脑袋说一句："做学问就得是这个样子，你们没看那些大学教授都是这样做的吗？不求甚解是不行的，更不要说囫囵吞枣，尤其是像我们这种干文化工作的，就更应该做到一丝不苟，精益求精……"

孙亮在卫生间里摆上小书柜的做法，马上激起了妻子的不满。妻子是那种时间观念特别强的女人，她既不允许自己白白浪费掉大好时光，也不允许别人浪费时间。她经常引用一句名人的话说："浪费别人的时间是谋财害命，而浪费自己的时间就等于是慢性自杀。"

"想读书就到单位去，要么就到书房里，坐在书桌旁端端正正地好好读，干吗跑到这里装模作样？不是神经有毛病是什么？"妻子不满地冲他吼，"你知道这是什么地方吗？卫生间啊！你怎么能躲在这种环境里读书？亏你还是知识分子，难道连这个最基本的道理都不懂？"

"懂，我怎能不懂呢？"孙亮争辩，"不过我觉得无论是单位还是书房，都没有卫生间安静，这里是世界上最安静的地方。你明白吗？读书是需要安静环境的，就像人在理发或按摩的时候容易入睡那样，我只有在这里才能读得安心……"

"哼！世界上安静的地方多了，你怎么不去那里读书？"

"你说除了卫生间，还有哪些安静的地方适合我读书？"

"殡仪馆、太平间、墓地……这些地方都很安静，你为什么不去那里，却偏要在卫生间里读书，你究竟发的哪门子神经？"妻子实在气不过，要不然她是不会冲丈夫说出这一连串难听话的，不过话既然说出来了，一切也就变得无所顾忌起来，还是索性说个痛快的好，所以她就站在卫生间门口，继续着自己的咆哮和喊叫，"孙亮，难道你就不怕这种读书方式感染上疾病？你在马桶上蹲久了，对你的身体没好处，许多痔疮等病症就是这样得来的，你知道吗？”

妻子不读书不看报，不关心生活质量和精神享受，她没有这样的雅兴。她每天的工作就是风风火火地来来去去，按部就班地上下班，过着那种像上紧了发条的时钟的生活，所以在她的观念里，根本不应该浪费时间来做这些附庸风雅的事情，因而当她看到孙亮的这种做法时大为光火，不但不允许丈夫在卫生间里摆放小书柜，更不允许他躲在卫生间的马桶上饶有兴趣地看那些无关紧要的书，她甚至不允许丈夫把书报带进卫生间。

可是孙亮却不管这一套，照样我行我素，每天早上醒来后，睁眼在床上静卧几分钟，然后带上几本书进入卫生间，坐在马桶上有滋有味地一边看书一边排泄，直到感觉肚子里再没有可排的东西时，这才意犹未尽地站起来，慢慢剃胡须、刷牙、洗脸，然后用一把梳子不厌其烦而又一丝不苟地梳起头发……

三

小时候，孙亮是个异秉式的人物。他们家是那个村里的单门独户，而且一直以来人丁不旺，这种状况自然要受到别人的欺负，因此他从小就养成了自我封闭的性格，做起事来谨小慎微的，生怕惹上不必要的麻烦……然而他的异秉不是因为听话，不是因为他早慧的特质，也不是他学习成绩优秀，他的这个异秉说起来有些让人难以置信——他拉出的大便的形状与众不同。

十岁那年的暑假，他和父亲一起在田里劳动，中途突然感到腹部一阵下坠，有种急于排泄的冲动，于是他冲进旁边茂密的庄稼地里结结实实拉了一次，没想到被给他送手纸的父亲看到了。父亲讶异起来，不由惊喜交集地说：“我家亮亮是个人物，看看拉出来的屎都不一般……你看你拉出来的屎像不像一条盘卧在那里的龙，不仅昂首挺胸的，而且还带着蓄势待发的样子，再看那形状，几乎不是圆形的，而更像是六角形或者八角形，就像用生铁倒出来的一样，要知道这可是很少见的啊……”父亲没读过几天书，但是听到的奇闻轶事和上不了台面的野史却多，什么明朝开国皇帝朱元璋小时候就是具有这种异秉的人，结果后来他真就打下天下，当上了明朝的皇帝……

那时孙亮还小，听不懂父亲话里的意思。不过有一点他相信，父亲把他当成光宗耀祖振兴孙家的希望了……当父亲回家给母亲述说自己这一发现时，母亲日渐愁苦的脸上终于露出了一丝难得的笑容。也是从那个时候起，孙亮开始下定决心发愤读书，一定要完成父母交给自己的任务……

孙亮果然不负众望，不仅完成父母的愿望，学有所成，成为他们那个村第一个跳出农门的大学生，而且参加工作后，又成了一个人人羡慕的文化人……

至于孙亮是什么时候开始产生卫生间的马桶里有蛇的想法的，连他自己也说不清楚。他只是恍惚记得，这两年，当自己的身体发生一些变化时，他才开始有了这个念头。

过去孙亮的身体很棒，没有一点毛病。在单位工作一天，骑上半个小时的自行车回到家里根本不感到劳累，相反仍然觉得自己精力充沛，浑身有用不完的劲，就连排泄物也像他小时候那样有棱有角的，有种说不出的独特。那时候，他常常以自己独特的排泄功能自豪。当然，上班那几年，他也像妻子那样，是个时间观念特别强的人，出来进去都带着训练有素的职业习惯。可是这几年不行了，随着自己不用去单位里坐班，工作之余，每天闲下来的大把时间无法打发时，他开始在家里过起了优哉游哉的生活，做什么都是自由散漫的，每天的饮食也比平时有所增加。而且随着每天外出时间和活动量的减少，孙亮的身体也开始变得胖起来。也是在这个时候，他常常感到自己的身体每况愈下，上楼时经常感到腰酸背疼，四肢无力，最明显的标志是自己的肠胃功能出了毛病，他待在卫生间里的时间越来越长……过去三五分钟即可解决的事情，现在不得不拖长到十几分钟、二十多分钟，后来竟然发展到半个小时以上，严重的时候，甚至会超过一个多小时。这可不是一般的小事情！

“我的肚子出了什么毛病？为什么每次总是觉得拉不净呢？”

“我看你是在里边读书读的。”妻子不满地奚落他，“什么书那么吸引人，能叫你在里边一看就是大半天？”

“不是书吸引人，而是我的肚子出了问题，不然我也不会躲在那里看书的……”

“八成是你的时间太多了，不然就那样的环境，别说是看书，不到万不得已，就是打死我我也不会待在那里的。”

“你不要挖苦讽刺我好不好？我真是肚子有问题才这样的，难道我想在里边待那么长时间啊！”

“这么说真是你的肚子出了问题？”看着丈夫痛苦的表情，妻子吃惊地催促说，“那还等什么，赶快去找医生。”

在妻子的劝说下，孙亮去看了一次医生，可是诊断的结果却让他大失所望，自己的肚子里根本没有什么大毛病。针对孙亮描述的情形，医生告诉他：“你是由于脾湿引起的肠胃病，因此我推荐你服用健胃消食片，或者服用一些健脾颗粒调一调，当然如果再辅助性地吃些大枣、山药和莲藕，效果会更好一些……”

孙亮不是一个执拗的人，按照医生的说法，他用药对自己的身体进行了一番调理。过了一段时间，终于把困扰他的肠胃问题给解决了。然而他怎么也没有想到，自己久而久之养成的蹲马桶恶习却没有改变，反而随着时间的推移愈演愈烈，最后竟发展到一日不在卫生间里蹲上一个多小时，就无法完成自己的生理需要的程度……

“哎，我怎么就改不了这个习惯呢？”

现在我们的主人公孙亮手里拿着一本书，一边认真地看，一边坐在马桶上方便，他已经成了一个依赖卫生间的人。

四

妻子一早就上班去了，女儿住在学校平时很少回来。除了晚上妻子下班后家里热闹一些外，一天中他难得和家人见上一面，所以孙亮现在坐在卫生间的马桶上，又开始了他边读书边方便的哲学式思考。

安静有时让人沉醉，当然有时也会让人富于联想。

孙亮是个有艺术质地的人，童年和少年时期的农村经历，加上大学时又读的是中文系，而且毕业后从事的又是文化工作，自然而然的，使他养成了独特的艺术特质。特别是不用去单位里坐班后，孙亮天天躲在家里，像只蚕蛹一样在用时间织着自己的茧，俨然已经成为一个闭门不出的隐士。因此，他的脑子里便会过多地掺入许多浪漫主义的联想。大概正是这个原因，他后来的阅读便跳过其他学科门类，集中在文学艺术方面的书籍上。

孙亮看过一本厚厚的《欧洲美术史》，书里边除了文字讲解外，还附有一些经典的插图，融知识性与趣味性于一体，是一本相当有意思的书。当他翻到《逐出乐园》这一章节时，无意中看到了欧洲文艺复兴时期的经典绘画作品《亚当和夏娃受蛇诱惑》，孙亮突然被画面中那条蛇的形象给震惊了："啊，毒蛇，你这引诱人类堕落的家伙……"

正是由于这幅画，让他产生了种种意外之想。比如有段时间，孙亮的脑子里经常会出现童年时的梦境和记忆，有时还会出现自己在城市上空飞翔的情景……经常弄得他头昏脑涨的没有一点精神，像是一匹被抽去筋骨的小动物似的……

"蛇，你这世间的不祥之物啊——"

孙亮记得小时候，有一次，一个耍把戏的艺术团到村里演出。演到中途的时候，其中一个耍把戏的表演者，忽然从随身携带的笼子里抓出一条擀面杖粗细的蛇表演绝活。他先是把盘在一起的蛇玩于股掌之间，然后又让蛇缠在自己的胳膊和脖子上。出于好奇，当时孙亮和几个小伙伴就站在前边观看。当他看到那条蛇在表演者的脖子和手臂上来回盘绕时，他简直害怕得要死。后来当那个表演者双手举蛇，让它面对着自己的嘴巴进行亲吻，而后又把它转过来，让其对着观众张开大大的嘴巴时，孙亮感到自己身上的汗毛都竖起来了，节目没有演完，他就吓得落荒而逃……从此，他对蛇更加恐惧。

大概正是因为对蛇产生的恐惧心理，后来孙亮一直对蛇怀有敌意。不过，他还是从生物课本上了解到了许多蛇的特性。在老师的讲解下，他了解到这种爬行动物无腿无足，完全是靠着身上的鳞片在附着物上快速爬行，速度快时可以达到时速一百公里以上，简直可以与汽车赛跑，孙亮不由吃了一惊。他没有想到这种看上去蠢笨的家伙，居然有如此大的能量。而更让他惊奇的是，世界上有关蛇的故事与传说非常多，当然所有这些故事和传说都是带着浪漫色彩的，《白蛇传》就是其中之一。孙亮常常痴痴地想，人蛇成婚，这种旷古未有的凄美爱情故事居然就发生了，而且还感染了那么多的读者，这究竟是怎么回事呢？尽管这个故事的结尾是温馨的，但是仍然打消不掉他对蛇的恐惧。特别是后来随着知识的增多和认识的提高，他一想到那些与蛇有关的成语和字眼时，身上就会有一种像蛇爬过似的冰凉感觉……

南方一位作家曾经写过一部《蛇为什么会飞》的小说，名字起得怪怪的，可是当孙亮找来读过之后才明白了作者的意图，蛇当然不会飞，而是从火车站的集装箱里逃出来后，开始在人们的现实生活中成了道具。自己生活在北方，而且又住在高高的五楼，自家的卫生间里怎么会有蛇呢？可如今那条蛇就盘在自己的脑子里，怎么赶也赶不走，已经严重干扰到自己的生活……

孙亮是个联想丰富的人。一旦他想象中的蛇出现在脑子里时，他分明就会看到一条蠕动着的蛇，在城市的地下管道里快速地游动着，长长的身体借助鳞片的作用，顺着楼房的下水管道慢慢地向上爬行着，一直爬到自己身体下边的马桶里，然后煞住身子蜷伏在那里，一旦受到惊扰后，就会突然钻出来，张开血盆大口猛地咬上一口，直到把自己咬得血迹斑斑，遍体鳞伤……

之后，孙亮就这样过起了担惊受怕的日子。他曾经想过自己到外面去，尽量减少在卫生间里的时间。可是多年养成的生活习惯，已经让他患上了严重的依赖症，也就是说，他情愿躲在家里的卫生间，坐在马桶上靠读书和联想来打发时光，也不愿到人多的地方去减少内心的恐惧……

“没有什么大不了的，我就不相信自己家卫生间的马桶里果真会有一条蛇躲藏在那里。更何况我住在这么高的楼房里，它又怎么能够爬得上来呢？”孙亮自我安慰说，“哼，就是马桶里真有蛇我也不怕，只要我不去招惹它，它也未必就真能咬我一口。”他想起了小时候父亲告诉自己的一句话：“虎不乱吃，蛇不乱咬。”因此，孙亮仍然日日继续着自己在卫生间里长时间蹲马桶的习惯……

五

孙亮所住的小区旁边最近一直在搞开发。这里原本是一片宽阔的绿地，现在却要开发成住宅了。由于是市中心，这里成了开发商们垂涎三尺的黄金地段。为了在这片绿地上做文章，据说一家房地产开发商动用一切关系，想把这里开发成一片别墅区。当然也因为这是一片公共绿地，开发起来并不那么顺利，不过后来经过和有关部门多次协商后，开发的事情才有所进展。

一天晚上，妻子吃过晚饭后去邻居家串门儿，剩下孙亮一个人在家里无事可干，这时他突然心血来潮想出去走走。于是他径自下楼，一个人顺着旁边工地上机器轰鸣的声音散起了步。来到刚刚开挖的地基旁边时，他看到明亮的灯光下，随着一台挖掘机的巨型手臂轰鸣着扒开大地的胸膛，一些老鼠、蛇以及其他叫不出名字的小动物们，在重型机械的追捕和围猎下，正一个个惊慌失措地四散奔逃……

“这是一种破坏呀！为了让那些有钱人住得更好一些，难道就要让这些小动物们无家可归吗？”那一刻，孙亮站在旁边看着那些惊慌失措的小动物们，发出了由衷的感叹……

晚上回到家里，孙亮入睡后做了一个奇怪的梦，他梦见那些无家可归的小动物们在城市的大街小巷里四散奔逃着，其中一条蛇为了躲避地面上的车辆和行人，不得不伏下身子，一头钻进下水道里，然后在里边快速地游动着，寻找着可以让自己栖身的地方。最后那条蛇钻来钻去，不知道为什么，竟然钻到自家卫生间的马桶里来了……

第二天早上，妻子为了赶通勤车，早早就起床上班了，只留下孙亮一个人在家里睡觉。十点多的时候孙亮起来了。起床后，孙亮照例拿着一本书进了卫生间，蹲在马桶上，一边方便一边看书。就在他看书过程中，他仍然没有忘记那条盘在脑子里的蛇，孙亮一时不知道自己为什么会做这个奇怪的梦，正当他百思不得其解的时候，他分明听到身子下边的马桶里突然传出“哗啦哗啦”水流响动的声音，与此同时，他感觉到有个什么怪物正在慢慢地爬行着向自己袭来……

莫非那条蛇真的来了？孙亮心里不由一惊，急忙站起来察看，可是就在他站起身子的同时，他突然感到自己的下边被什么东西给狠狠咬了一口，一股钻心的疼痛立刻向全身袭来，于是他急忙转身看去，慌乱中，他眼睛一花，恍惚看见一条盘旋在马桶里的蛇，正高昂着头，瞪着一双凶恶的眼睛向自己袭来……

“啊——”孙亮不由发出一声惊天动地的尖叫，于是整个世界都被他的尖叫声淹没了……

（2012 年 8 月 10 日初稿
2013 年 7 月 2 日夜修改）

漂满时光的河流

一

办完提货手续，赵寻从门口叫过一辆机动三轮车，等把货全部装上后，这才坐上去押着车往西城赶。

物流公司在东城，赵寻要去的地方在西城，从东城到西城要穿过整个平城。平城不小，不算中间要拐的几个弯，就是走直线，怕也要半个多小时，何况现在赵寻要去的地方还在西城三公里外的商贸市场。因此要想把货顺利送到地方，在路上折腾的时间就更长。从物流公司到西城有好几条公交线路，赵寻完全可以坐公交车先走，如果体面些，还可以打车。可是为了省钱，在物流公司提货时，赵寻就没打算雇那些要价高的小客货，而是从门口叫了辆租金便宜的小三轮，连人带货一块拉。反正就这二十多件货，自己没必要花那个冤枉钱。

从物流公司出来，小三轮一加油门，"呼"的一声往马路上蹿去。小三轮是那种敞篷露天式的，从前到后都无遮无拦。司机手握两个羊角把，脚下踩着油门，像骑着一头听话的驴子那样在城市的马路上"突突突"地向前跑去。

这是上午十点多钟，初春的阳光暖洋洋地照着，使路边的行人看上去都单薄了许多。坐在后边车厢里的赵寻穿了身有些破旧的灰西装，看着路边一个个穿戴整齐的行人，心里不由泛起一股酸意，唉，如果不是出了那档子事，自己现在怎么会落到这步田地。

开三轮的是个中年人，他并不知道赵寻的心思，只顾蓬乱着平摊在脑后的头发开着车往前跑。大概两个月没有理了，过长的头发遮住了他的整个脖子和一部分面部，使坐在后边的赵寻一时看不出他的真实年龄。从里边出来后，赵寻就变得不大爱说话了，可是想到自己要在路上折腾这么长时间，如果不和他搭讪两句会显得自己太不近人情。俗话说人不亲路亲，既然有缘走在一起，为什么不和他聊上几句呢？

“师傅今年多大年龄？”

“唉，该咋给你说呢，”听赵寻主动和自己打起招呼，司机把头往旁边偏了偏回道，“我今年正好是‘骂年’，所以都有点不好意思给你说。”

“骂年”是什么？赵寻一时被困住了。在他的印象里，只有谦卑善良的乡下人才会这么对人说自己的年龄。赵寻没好意思问“骂年”的含义，只好换个话题：“老哥是哪里人？听你说话口音像是本地人吧？”

“是哩！”司机挺直身子驾驶着三轮车，两眼紧紧盯住前边的马路，突然变得兴奋起来，“老板猜得真准啊，我是平城乡下的，家就在梅南县沙河镇东边的刘庄。”

“这么说咱们还是老乡呢。”

“哟，你也是梅南县沙河镇的？”

“是，不过我是镇西边的。”

“哎呀，看来咱俩还真是老乡哩！”司机惊喜起来。

老乡见老乡，两眼泪汪汪。攀上老乡后，两人的感情一下子拉近许多，接下来的谈话就变得轻松起来。

“老乡一个月能挣多少钱？”赵寻充满兴趣地用半是普通话的家乡话问道，“有两三千块钱吗？”

“不多，一个月也就挣个三四千块钱，能顾住个吃喝。”听赵寻说话如此随便，司机回答时也跟着变得随意起来，

“啊——一个月能挣那么多？”赵寻惊叫起来，“比那些上班的强多了。”

“强啥，像我这种没本事的农村下力人，平时也就挣个力气钱。”

“跑这行多少年了？”

“两年多点儿，”司机感慨起来，“前几年我一直在外边跑着给人打工，北京、上海、广州、深圳这些地方都去过，啥活都干过。这两年感觉年龄大了，不想往外跑，于是就买辆小三轮出来给人送个货，顾住个吃喝，余下的都供两个孩子上学了。”

“你有两个孩子呀?”赵寻不由羡慕起来，“儿女双全，你这辈子真是太幸福了。”

“幸福个啥，”司机马上叹起气来，“哎呀，可惜两个都是丫头片子。”

“丫头片子咋了?”赵寻愣了一下，马上接口，“还是女孩儿好，女孩儿听话，再说那可是两朵金花啊！这年头，养闺女比养小子好，将来不用发愁给她们买房安家，也不用给她们张罗娶媳妇，以后就等着享福了，老乡你说是不是?”

“唉，谁说不是呢。”司机叹着气打开自己的话匣子，“不瞒你说老乡，我过去总是想不开，觉得没儿子，自己就是绝户头，在农村一辈子都抬不起头，被人看不起，所以那几年我一生气就跑出去打工了。不过在外边跑了几年，见得多了，现在也基本想开了。有时候我就想，啥绝户头不绝户头，人啊，只要能吃好喝好，平平安安过一辈子比啥都强。再说即使有了儿子能咋的? 听话还好，如果不听话，天天在外边给你惹事，你不是天天都得在背后给他擦屁股，操不完他的心? 何况将来还要给他买房子娶媳妇，等到忙完这些我人也老了，将来还能有好日子过? 所以我现在想想也知足了。”

“是啊，想开就好，如果大家都像你这样想得开就好了。”赵寻长叹，“可惜许多人就是不明白这个理，这山望着那山高，结果到头来什么都得不到，反落一肚子气，你说这有啥好处?”

“其实只要自己感觉好就行，要不人家都说‘知足常乐’嘛!”

“可现在这个社会上真正能想得开看得远又知足常乐的人实在太少了。”

“你说得是，就拿我们附近村里的那个人来说吧，”大概坐得久了，司机在座上挪了下屁股，像是拉开了讲话的架势，接着继续说，“那人可是我们那一带的骄傲，小时候在家里上学时很勤奋，学习好，还听话，后来考上北京一个名牌大学，毕业后被分到咱市里一个行政单位工作。他表现积极，工作能力强，所以职务也上得快，没几年就当了他们那个单位的头头，你说风光不风光？可是后来谁也没有想到他竟然会出事……”

“出事？出啥事？”

“听说是贪污受贿。”说到这里司机叹了口气，不无惋惜地说，“就因为这，他后来不但被‘双规’，还坐了几年牢，你说这结果惨不惨？好在听说他在里边表现好，待了几年又出来了，可是出来又能怎样？工作丢了，家庭也没了，你说还有啥意思？也不知道他现在在干啥，只听说他在市里做小生意，具体咋样不知道，唉——”

司机的话让赵寻惊出一身冷汗，半天才虚着声音问：“老乡，你认识那个人吗？”

“不认识。”司机摇摇头，“不过我们那地方过去有不少人都去找他办过事，所以大家都知道他，只有我没找过他，所以一直没见过他，只是私下听说过他的情况。”

“既然他当初那么有权，又有那么多老乡去找他办事，你为啥没去找他？”

“不是不想找，而是我没啥事需要找他办呀！那些年我一直在外边打工，用不着找他办事，后来因为俺闺女上学的事儿想去找他时，他已经被抓起来了……”

“噢，这么说你没找他办事真有些遗憾……”

“有啥可遗憾的？”司机不由感慨起来，“说明咱和他没缘分，唉，只可惜了那个人的才华。”

“听你这么说，那人真有些可惜。”

“谁说不是呢，”司机叹着气说，“多好的一个人，可他咋就出事了呢？结果把自己给毁了，实在不值！”

听着司机的感叹，赵寻垂下头，陷入对往事的回忆之中……

二

四十多年前，赵寻出生在一个偏僻的农村，那里既贫穷又落后。至今赵寻还清楚地记得自己穷苦的少年生活，吃不饱，穿不暖，一家三口住在三间破草房里，一年到头连顿饱饭都吃不上。如果不是母亲平时养着几只鸡和一头猪，加上亲戚邻居们的帮助，真不知道家里的日子会过成什么样。也是从那时起，赵寻小小年纪就发誓一定要努力学习，将来考上大学后好跳出农门。为了实现这个愿望，他勤奋刻苦，努力学习，每次考试成绩都在班里名列前茅。看儿子争气，父母很高兴。为了供儿子上学，他们把家里所有值钱的东西都卖了。等赵寻考上大学时，家里已经穷得叮当响了。大学四年，他一直是靠奖学金和勤工俭学过来的。不过赵寻很有孝心，知道父母为了让自己上学没少吃苦受累，所以大学毕业参加工作后，他什么也没舍得买，把自己第一个月挣到的工资全部交给了父母，后来他还经常把父母接到城里和自己一起生活。他的行为赢得了家乡人的好评，人们纷纷称赞他有出息，是孝顺父母的好榜样，许多家长都把他当成教育孩子的典范。

在单位，赵寻是个爱岗敬业的先进典型。参加工作那些年，他总是早到晚归，恪尽职守，工作上从来没有出现过任何纰漏，加上他为人谦逊随和，很快就得到同事们的好评和领导的赏识，赵寻也因此进步很快，仅仅几年时间，就从一个普通小职员一路上升。等到三十多岁的时候，他就已经是单位的主要领导了。

职位一高，看他手里有权，来找他办事的人开始多起来。特别是老家的乡亲，他们总能拐弯抹角地通过各种关系找到他，不是孩子上学、找工作，就是托关系、揽工程、行方便……这些来找他办事的从来没有空过手，不是一条烟，就是两瓶酒，或者几盒茶叶，还有的带着花生、红薯、小米、小磨香油等一些土特产，说是表心意。刚开始赵寻一直坚辞不收，可是马上有人在背后说他不近人情，是个铁面无私的家伙，赵寻听后哈哈一笑，并不把这些话放在心上。后来看他办事仍然顽固不化公事公办的样子，又有人开始在背后骂他“忘恩负义”“看不起人”，还有人甚至骂他是“养不熟的白眼儿狼”，话说得越来越难听……这时赵寻便在心里想：“难道我这样坚持原则不对吗？不收礼就成了他们攻击的对象？长此以往，别人怎么看？难道自己真成了养不熟的白眼儿狼、忘恩负义的家伙？”想到这里，他有些犹豫。

后来再有人来找他办事时，赵寻开始讲究起分寸。如果是家乡人找他办事，只要不太出格，他是有求必应，而对那些难度大、自己确实办不了的事，他也总会尽力帮忙，给他们一个说法。态度上的转变，很快改变了他在家乡人心目中的形象，自然家乡人对他的评价也就越来越高。后来随着职务不断提升，赵寻成了单位的一把手，这时前来找他办事的人更加多起来。为了表示心意，这些人给赵寻送的礼也变得五花八门起来，除了烟酒和土特产外，他们给他送各种各样的消费卡，甚至有的直接往他的桌子上丢“信封”……

看着这些人手里拿着礼卑躬屈膝的样子，赵寻从心里看不起他们，觉得他们简直就是一群哈巴狗。可是面对他们这种摇尾乞怜的样子自己又该怎么办？水至清则无鱼，自己不可能把他们全都给得罪，何况有些还是领导介绍过来的，自己怎能推托和拒绝？所以他有时感到很为难。

礼还是要收的，不然面子上过不去，只不过要讲究点方式方法才对。赵寻给自己定了个规矩：能推则推，凡是那些推不掉的，自己则只有“笑纳”。这样一来，他收礼的方式就变得微妙复杂起来……

事情出在那年春天——

过完春节不久，市里要对几个重点工程项目进行招投标。作为主管全市招投标工程项目的负责人，赵寻马上成了大家心目中的“财神爷”，于是找他的人突然增多起来。他们托关系找门路，纷纷求到赵寻门下，希望自己能在这次招投标中拿到项目，但是都被赵寻给拒绝了。然而谁也没想到,其中两个包工队老板,居然会通过关系不惜重金在他身上“做工作”,不但跑到家里找他,而且还把礼送到了办公室,常见礼品倒在其次,关键是信封里的银行卡和提包里一沓沓崭新的钞票……拿到项目后,两个包工队老板为了节省资金,偷工减料,违规操作,结果出现“豆腐渣工程”。事情出来后,顺带把赵寻也给“带”了进去。据后来检察机关提供的数字,赵寻不但严重违反党纪国法,而且还构成了刑事犯罪。那天上午十点钟,当办案人员带着手续来到办公室要把他带走时,坐在办公桌后边批阅文件的赵寻这才如梦方醒……

在“里边”那些年,赵寻过得并不好,除了参加正常的劳动改造,大部分时间他都是在反思和忏悔中度过的。他怎么也想不到,从小学到大学,从农村到城市,自己辛辛苦苦付出那么多心血,到头来却沦为了阶下囚。

“我好浑啊,怎么这么糊涂,竟然把自己的大好前程都给毁了……”赵寻捶胸顿足地骂自己是混蛋,不该麻痹大意,收受贿赂,把自己搞得身败名裂。痛恨之余,赵寻经常坐在监狱门口的水泥地上,背靠光滑的墙壁,望着外边的阳光出神。与此同时,他在心里暗暗发誓,这辈子只要能出去,再不会犯这种错误,哪怕将来饿死穷死,也决不会这么做!

然而赵寻怎么也没想到,就在自己出事后不久,家里就连遭不幸,财产被没收,父亲因心脏病突发溘然去世,母亲由于无法承受这一沉重打击,血压升高被送进医院抢救,后来半身不遂卧床不起……面对这种种状况,妻子深感无望,只好带着孩子匆匆忙忙地离家而去。

十年过去了,当又一个春天到来的时候,赵寻被刑满释放。走出监狱那天,看着眼前的一切,他突然觉得那么陌生。想到过去,他抱住门口的一棵槐树,禁不住潸然泪下……

三

小三轮在平城大街上七弯八拐地跑了一段路，来到一个十字路口，这时前边的红灯亮了，路上所有的行人和车辆全都像被堵住的水流一样突然停了下来。司机刹住车，趁等红灯的机会，抬起胳膊擦了把头上的汗，扭头冲赵寻说："老乡，我看你不像做生意的，倒像在哪个单位当领导的。"

"哦——是吗？"司机的话打断了赵寻的回忆，他心里一慌，急忙问道，"你怎么会觉得我像当领导的？"

"我也说不上来，反正就是感觉吧！"司机笑笑，"做生意的和当领导的肯定不一样，生意人大多比较市侩，而且说话没啥水平，就跟大老粗似的，可是当领导的就不一样，那是文化人身上所特有的气质，我看你说话温和有水平，就觉得你不像是做生意的。"

"谢谢老乡对我的高看，"赵寻听司机分析得头头是道，急忙辩解说，"其实我可不是什么领导，更不想做啥生意，完全是被生活所迫。老乡刚才说得很对，我过去在单位上班，不过后来看在单位上班没啥意思，这才辞职做起了生意。"

"可是现在的生意不好做啊，"司机也跟着感叹，"我看你挺不容易的，如果换了别人，早开着自己的车走了，就是没车也要打车或坐公交车先走，提个货哪还用得着你亲自出来跟着押车？"

"哎，老乡，话不能这么说，实话告诉你吧，我并不是怕花那几个钱，而是担心把货给弄丢，所以我才这么做的。"

"咳，看你这老板当的，真是太认真了。"

司机的话让赵寻窘了一下，正不知如何回答，这时前边的绿灯亮了，两边的车流像脱缰的野马一样快速跑起来，看着司机发动起三轮车又开始跟着往前跑去，赵寻才松了口气。

太阳又升高一些，阳光也跟着变得更加温暖起来。司机加起油门欢快地行驶在平坦的马路上，赵寻突然心情舒畅起来，不由问道:“老乡,我刚才听你说出去打过工,在外边打工挣钱多吗?和现在比你觉得哪个好?”

“比起来嘛,当然是现在开三轮挣钱多,”司机头也不回地笑了笑,“不过那几年在外边打工的日子真美呀,啥地方都去过,不管挣钱不挣钱,反正是没少玩。”

“你都去过哪里?”赵寻突然好奇起来。

“嗨!说起来我去过的地方可多了。”司机偏了下头,像是对着前边的空气说,“我初中毕业后就跟着村里人一块出去打工了。那时候小,也不知道哪儿是哪儿,只要跑着能挣钱就中,所以只管跟着他们瞎跑,先是广州、深圳,再是青岛、济南,接着是北京、上海……我去的最远的地方是新疆。”

“外出打工都往大城市跑,你咋跑新疆去了,去新疆能打啥工?”

“哎,老乡你不知道,去新疆打工能干的活可多了,”司机兴奋地炫耀起来,“修铁路,摘棉花,帮助农场种地收庄稼……虽然在外边打工的生活比较苦,不过有时候想想也怪美。新疆那地方可真美呀,天高地阔的,头上的天蓝得像用水洗过一样,再说新疆地方也大,平时在路上走上大半天都见不到一个人影,在那里打工虽然孤独,可是挣钱多,一天百十块钱,一个月下来,只要不旷工,怎么着也能拿个两三千块钱。”

“新疆离家那么远,你经常回来吗?”

“新疆离家恁远,哪能经常回来?”司机不无感叹,“离家太远了,好几千里地呢,所以一年也难得回来一次。”

“不能经常回来,家里农活咋办?两个孩子上学,嫂子一个人能忙得过来吗?”

“我过去在其他地方打工时,一年秋、麦两季还能回来一趟,可是自从到新疆打工后就不行了,跑一趟三四千里,不说别的,光路费就得好几百块钱。再说轻易不回来,回来一趟走走亲戚,再办办事,哪回都得花上一两千块钱,所以在新疆打工时,一般没事根本不想往家里跑……”

“既然去过那么多地方,你能不能说说对哪里印象最深?”

“要说印象深的地方可多了,”司机趁开车的间隙伸出左手挠了下后脑勺想了想,“上海滩天天人潮似海的,还有浦东八十八层高的金茂大厦、一百零一层高的上海环球金融中心,对了,此外还有468米高的上海东方明珠电视塔,看上去可漂亮了……”

“你上去过吗?”

“没有,我一个穷打工的,咋能上去?再说上去是要收费的,怕花钱,所以就没有上去。”

“不上去看看多遗憾,以后想去就没机会了。”

“嗨,有啥可遗憾的,花钱的地方咱不去,咱去就去那些不要钱的地方。外边风景再美也不是自己的,所以我们也不敢在那里多玩。再说出门挣钱不容易,又咋好意思在外边光顾着玩?何况家里还有一大家子人等着从你手里要钱花呢,因此,像咱这种没本事的下力人,能省就省,即使不能省也得精打细算地花钱,谁挣钱都不容易……”

“你这话说得好!”赵寻不由感慨,“可是有些人怎么就悟不出里边的道理呢?”他说着马上又想到了自己……

四

从“里边”出来后,赵寻不再想过去的一切,决心从头开始,重新开启新的人生,即使吃苦受累也要咬着牙扛起来,想以此来磨砺自己。

平城郊外煤矿多,有心避开熟人的赵寻找到一家煤矿,想到窑下当工人。他觉得矿工整天钻进地下的煤窑里干活,过着与世隔绝的日子也挺好。可是接待人员不但不收他,反而不客气地劝他:“大叔,看你这年龄应该快退休了,怎么想到井下去干活,该不会是在开玩笑吧?我看你没事还是回去抱孙子吧,别在这里异想天开了。再说下井这活儿根本不是你这种人干的。看你长得白白净净的像个国家干部，怎么能干这种活儿？走吧走吧快走吧，我们不会收你的！”

煤矿不收，赵寻只好又去了一家保洁公司。他看中了那些吊在建筑物上的“蜘蛛人”。他听说那些“蜘蛛人”劳动强度大，工资拿得高，尽管有风险，但他还是想上去试一试。

“既然不能下窑当矿工，我为啥就不能去干这种悬在半空中的工作呢？”

然而这一次，赵寻又遭到保洁公司的拒绝。一个经理模样的男子打量他一番说：“我说大叔，就你这身板和年龄，还想爬到楼半腰上干活？你要命不要了？快别在这里开玩笑了，我看你还是哪里凉快就去哪里待着吧，别在这里耍我们，不然万一出了事，我们公司可担待不起！”

连续吃了两次闭门羹，赵寻感到很沮丧。他从保洁公司出来，沿着一条大街往前走，不知不觉来到一条河边。

这是流经平城的沙河。算起来，这条河的历史可以追溯到上古时代。因为这条河，平城的历史才丰厚了许多。那些年人们环保意识差，所以当流经这座城市时，沙河就成了平城的垃圾处理场，人们把什么东西都往里边倒，河道里堆满了生活垃圾，天长日久，这里变成了一条臭气熏天的污水沟……

站在沙河岸边，赵寻凝神远望，不觉感慨万端。他知道这条河是平城的界河，就是它把平城一分为二变成了东西两个部分。尽管沙河河面不宽，却是平城人的母亲河，过去人们在这里洗衣淘米、休闲娱乐。特别是后来经过治理后，沙河两边的河堤上垂柳依依，绿草如茵，看上去十分美观。过去脏污不堪的河道经过疏浚后，如今又恢复到以前清澈见底的样子，各种游船往来穿梭，荡起清凌凌的浪花。清风徐来，两岸倒映在水中的垂柳和花草迎风起舞，简直就是一幅迷人的画卷……此情此景，让人心旷神怡。看到这里，赵寻的眼眶不禁湿润了……

过去赵寻是这里的常客。没进去之前，他经常在工作之余来这里散步，观赏河两边的风景。那时候尽管河道里淤泥很深，河水浑浊不堪，两岸野草疯长，一片荒芜，但在他的眼里，沙河就像流经上海的黄浦江，就像流过广州的珠江……

赵寻一直固执地认为，一个城市如果没有河，就像一个人没有眼睛那样，缺少灵气不说，也让人的生活中少了许多情趣。想当初自己发奋努力，大学毕业后，就是看中故乡这座城市有条河，他才放弃留在大城市的机会，执意要求回到平城工作。他冥冥中觉得，人这一生其实就像生死轮回那样在画着一个圆圈，今生今世无论你走多远，最终还是要回到故乡，回到自己的内心。也许只有这样才会让自己的灵魂变得安宁起来，从而在事业上取得更大的成功。可是他怎么也没想到，后来发生的事情改变了自己的一生，这难道不是一种深深的遗憾吗？

嗬，时光真是一架磨人的机器！

十年的时光匆匆而过，没想到十年后，当自己再次站在这条河边时，一切都已经物是人非，看到昔日一派荒凉的沙河，如今不仅河清水晏，而且两边高楼林立，赵寻不禁感到一阵恍惚，如果不是有身旁的路牌作指引，他几乎都快认不出眼前这座自己生活了多年的城市……

赵寻就是这个时候找到一处建筑工地的。

工地位于沙河中段的岸边。一幢三十多层的建筑正在紧张施工中，急需大量建筑工人。所以赵寻几乎没费什么周折，就在这里当了一名建筑工。干建筑是个吃苦活儿，劳动强度大，工作时间长。在工地上，赵寻和其他人一起出大力流大汗，白天吃简单饭菜，夜里睡简陋工棚，有时为了赶工程进度，他们夜里还经常加班到十二点，第二天早上六点钟，便又在包工头的吆喝下早早起床吃饭，接着像猴子似的爬上脚手架开始新一天的工作。

在工地干活那段时间，赵寻真正体会到了什么是劳累。白天干了一天活，到晚上累得连腰都直不起来。他躺在地铺上捶着几乎累断的腰，在心里叹气，唉！难道这就是人生的磨难和生活对自己的惩罚吗？

后来，建造这栋大楼的开发商还是认出了赵寻。那天上午，开发商把赵寻请到自己的办公室，让座泡茶，一番恭维之后，便提出自己的请求，希望赵寻这个当年在平城叱咤风云的人物，能出面利用自己过去的身份和关系，去有关部门找领导"要"几块地皮，再搞几个工程项目干干。开发商拍着胸脯对他承诺："赵局长，你放心，事成之后，我不但给你一大笔报酬，而且一定让你进入公司领导层，享受副总待遇，怎么样？"从开发商的眼神和语气里，赵寻看出了他的目的和企图，明白他是想利用自己去贿赂他人，妄想以此达到目的。想到自己过去所做的一切，他觉得这是开发商对他人格的侮辱，因此恼羞成怒，当即予以拒绝，并痛斥了开发商一番后毅然提出辞职，然后拿着自己几个月来挣得的工钱，愤然离开了建筑工地。

从工地辞职后，赵寻决定不再给人打工，而是拿出手里积攒的钱，在西城的批发市场盘下两间小门面，开始做起批发生意。然而他怎么也没有想到生意会那么难做，加上手里资金不足，做什么都放不开手脚，所以生意一直没有什么起色。有时为了一点蝇头小利，他不得不亲自去跑市场、找客户、搞营销，自己充当业务员。而在进货渠道上，他又不得不货比三家，只拣那些价位低的商品。等货从厂里走物流发到平城后，他再亲自去提。这样做虽然能省下一点钱，可他为此付出的心血和汗水要比常人多得多。比如现在，赵寻提的货就是从外地发回来的。为了节省几个运费，他才不顾司机劝说，毅然跳上三轮车亲自押运。

五

穿过几条大街，三轮车来到沙河大桥。赵寻知道，过了桥就是城西，意味着距离批发市场已经不远了。

沙河桥桥面高，上桥时有个大长坡。为了赶时间，司机一踩油门，小三轮猛往前一蹿，像头小毛驴似的拉着赵寻和一车货往桥上爬去。

上了沙河桥，视野一下子变得开阔起来。由于河水清澈，加上河堤两岸上的绿树红花和沿河两岸建起来的高楼大厦，使整个平城显得更加漂亮。再看沙河两岸游人如织，一时让人疑心这究竟是不是人间天堂……

“一个城市还是有条河好啊，不然那么多人去哪里游玩？”司机趁开车的间隙扫了眼两边的风景，不由从心里感慨。

“是啊，还是有条河好！”坐在后边的赵寻望着两边风景也禁不住感叹起来。

十多年前，平城还是一座毫不起眼的小城，经过这些年的发展，现在已经变成一座颇具规模的地级市。城市一大，行政区域也被重新进行了划分：东城是开发区，西城是行政区，只有中间繁华的老城区才是商业区。过去赵寻家住东城区，他上班的地方在西城区，每天上下班他都要穿过这条沙河。每次路过沙河桥时，他都会望着面前浑浊的河水和荒芜的两岸叹气，多好的一条河怎么会变成这样？难道就没有人来管管吗？一想到自己作为主管市政建设的部门领导，对此应该负有一定责任时，他都会在心里内疚地想，真该为治理沙河出些力了。可是要想把沙河治理好不是件容易事，河面宽不说，河段还长，要想把流经平城数公里长的沙河治理好，需要一大笔资金。这笔钱从哪里来，市财政能拿得出吗？而且牵涉城建、交通、环保等多个部门，方方面面的事情可真不算少。所以要完成这个工程项目，首先要经过市政府办公会研究通过，然后再报请市委市政府主要领导审批，一套程序走下来往往需要几个月甚至半年以上时间。尽管他知道难度很大，但是一想到自己肩上的责任，他还是决定去试一试。然而就在他紧锣密鼓地筹备着这件事情时，没想到自己却出了事，工程就此搁浅。与此同时，赵寻治理沙河的做法也成了授人以柄的证据，有人开始风言风语，说赵寻治理沙河不是为了造福平城人民，而是为了给自己谋取私利……这话传到赵寻的耳朵里，他不禁在心里冷笑：“哼，真是欲加之罪何患无辞？亏得那些人能想得出来，他们怎么能这样看我呢？”唉，人言可畏，没想到自己想为市政建设做点事情，最后却成了自己的“罪证”!

也许是环保意识的提高和众多市民的呼吁,就在赵寻“进去”后第二年,市里专门成立了沙河治理领导小组。经过将近两年时间的治理,如今沙河已经成为平城一道亮丽的风景线,成为平城人休闲游乐的理想去处。经过治理后,沙河两岸的环境也随之得到了明显改善。过去无人问津的荒芜处,现在却成了众多开发商趋之若鹜的黄金宝地,他们开始跑马圈地,沿着沙河两岸开发建设起一栋栋高楼大厦,把沙河当成了自己的摇钱树。这样一来,“河畔美景”“宽府大宅”“沙河明珠”“水岸新居”等楼盘项目纷纷出炉,吸引着人们的目光……

“老乡,我看你提的货也不是太多,你是做啥生意的?”赵寻的沉默让前边的司机纳起闷来,他一边驾车过桥,一边问身后的赵寻。

“哎,我嘛,我是做代理业务的。”司机的话让赵寻从沉思中回过神来,急忙解释,“因为我代理的产品销路不太好,所以每次进货量都不大,只有这样做,才能把生意维持下来。”

“哦,怪不得呢!我经常在物流公司给客户送货,知道你的进货量不大。按说你进货不多,干吗还要这么来来回回地跑?要知道,我们物流公司可以为客户提供送货上门服务,你只要把运费加上即可。因此你平时如果需要提货时,只需给我们物流公司打个电话,我们就会把货给你送到门上,这样就免去了你亲自跑来跑去的麻烦,你说是不是?不然你这样做实在太辛苦。”

“辛苦倒没啥,关键是担心出差错。”赵寻担心司机看出自己的心思,进一步解释,“我们做生意的不容易,不能因为怕辛苦就懒省事。再说我的货比较重要,所以每次到货我都要亲自来提,这样不仅可以保证货物安全,而且办起手续也比较快一些。”

“唉,看来你们做生意的真不容易!”

“谁说不是呢!”赵寻感慨,“现在这社会,挣钱哪有那么容易?什么生意都不好做。”

“真叫你说对了,我现在才明白做生意真不容易。我们村有个在这里做门店生意的，每次他店里进的货只要一到，他就给我打电话，叫我帮他把货从物流公司提出来给他送去。我每次送货上门时，都看见他和他老婆两人在那里忙忙碌碌的，连个歇息时间都没有。于是我经常开他们玩笑说，看他们两口子忙得头不是头脚不是脚的，一定赚了不少钱……谁知听了我的话，他们两口子全都摇着头向我诉起苦来，房租太高，生意难做，除去水电，再加上日常的各种管理费和开支，到头来，一个月还挣不到三千块钱！”

“你说得一点不错，”赵寻长叹一声，“我们这些做小生意的，说起来还不如你们在大街上开三轮呢。你们开个小三轮，一天也能弄个一百多块钱，可是我们呢？从早忙到晚，一天也挣不下几个钱，有时到月底连房租都付不起。不过做生意的好处是让你有种成就感。人活一辈子图的啥？还不就是图个追求？我经常想，过去在单位上班是不错，风吹不着雨淋不着，一辈子安安稳稳的，不用发愁吃喝穿戴，可现在咱既然不上班做起了生意，就只有好好把自己的生意做好，生意好了，什么都会有。再说我这人有点不服气，总想试试自己的能力，于是这才辞职做起了这个。我就是想试试，从过去坐办公室到现在做生意，看自己是不是这块料，即使将来失败了，我也不会为此感到遗憾，毕竟我努力过、付出过，至于回报怎样，对我来说已经不那么重要了。”说到此处，赵寻心里突然升起一种自豪感。

“哎呀，我很佩服你说的这些话，老乡，我真的很佩服你，听你刚才讲的这番话，我觉得你的生意一定能做大。像我们这些没文化又没能力的农村人，这辈子已经没啥指望，要想多挣钱，只有下苦力。”说到这里，他不无羡慕地说，“唉，如果我有你这种能力和精神，我也会好好干的，可惜我没有。不过话又说回来，老乡，如果你的生意做大了，将来发了大财，你可不能忘了我们老乡啊，说不定我们这些老乡还能跟着你沾点光呢！”

“沾光？”赵寻突然一激灵，表情冷峻地回答说，“先谢谢老乡鼓励，不过我现在什么都没想，只想踏踏实实做好自己的生意，至于别的，我没想那么多……”

六

翻过沙河大桥，小三轮像匹脱缰的野马似的一路向前跑去，离开市区后又向前行了一程，这才来到赵寻要去的批发市场。

根据赵寻的指引，司机开着小三轮经过一番左拐右拐，一直把货拉到批发市场的一个小门店前。熄掉火，司机从前边驾驶座上跳下来，还没等赵寻招呼他帮忙，他就绕到车后，手脚麻利地把货从三轮车上卸了下来。

整个卸车过程不过三五分钟的时间，不知是怎么回事，就在这个过程中，赵寻扭着脸一直躲避着司机的目光。付运费时，赵寻扭过去也不看司机的脸，而是侧着身子，把钱包从口袋里摸出来，掏出一张红票子，往他手里一塞，转身跑进自己的店里。

司机擦完汗接过钱发现是张百元大钞，不由一愣，不是说好四十块钱的运费，他怎么给了这么多？于是急忙掏出腰包找好钱准备还给他时，却看不见赵寻的人影。当他抬起头寻找时，却发现赵寻站在自己的店铺里，隔着玻璃窗冲他挥了挥手，然后弯腰干起了手里的活。三轮司机明白了他的意思，但他还是想再认真看看这个老乡的脸，可他只觉得眼前一片模糊，什么也看不清……

雾·塔

一

秋天多雾，水村被笼罩在一片白蒙蒙的雾里。

大头从家里出来，摇着身子，像条胖头鱼似的游在村街小巷里。此刻，谁也不知道他要去往哪里。

整个暑假，小伙伴们都是在水塔上度过的。他们拿副扑克牌，爬上去打得热火朝天的，完全忘了外面的世界。玉米地里的草长高了需要拔掉，圈里的猪也饿得嗷嗷乱叫，却不见儿子帮上一把，家长便循声找来，却怎么也爬不上去，只好在下边叫着儿子的名字。可是小家伙们躲在里面不露头，任凭家长在下面喊破嗓子也不出来。家长气得在下边跺脚，真想爬上去踹上两脚，可是水塔建那么高，自己又怎能爬得上去？即使水塔外面有扶手也不行，只好站在下面骂："为啥把水塔建这么高？害得老子爬都爬不上去！"

可是骂归骂，儿子仍然躲在上面不下来，家长骂了一通，只好跺跺脚悻悻地离开。

水村的水塔的确很高，高过村里最高的房子，高过树梢，高到云彩里……每次从水塔下边走过时，大家总不忘抬头打量一下，心情变得复杂而沉重。

水村缺水，多少年都是如此。这在坦荡如砥的平原上极为罕见。为吃水，村人天天要去几里外的河里肩挑手提，或套上车到邻村去拉，吃水成了村人生活中的一大问题。因为缺水，水村就取了这么一个富有"湿"意的名字。然而不管村名怎么起，地下水就是千呼万唤不出来，挖的井个个张大嘴巴，变成了望着天空的黑窟窿。

“还是打口机井吧！不然这日子何时是个头？”有人提议。

“对，还是打口机井好，一步到位，省得到处找水吃。”有人附和。

水村倾其所有打了口机井。全村人盼着井打成后，自己也能像城里人那样，足不出户就能在家里用上自来水，过神仙般的日子。然而事与愿违，根据水利工程师测量的结果，机井打成后，要在旁边建座水塔，用水泵把地下水抽出来送上去，再按照连通器的原理，把水压进各家各户，这样才能解决问题。

大头父亲是村里有名的工匠，因此成了建水塔的首要人选。开始建水塔了，全村人倾巢出动，在村中央的十字路口旁扎下架子忙碌起来。大头父亲被委任为施工队队长。那段时间，他像个将军一样，领着村里临时组建起来的建筑队，整天钉在工地上加班加点赶进度。

至于水塔要建多高，完全取决于水位高低和工程师的测量结果。根据规划，水塔建筑高度为三十米。为保证其牢固性，整个水塔为钢筋水泥结构，圆柱体造型，分上下两层，上层盛水，下层中空。中空部分除做支撑外，还要走抽水管道。考虑到抽出来的地下水来之不易，为保证其不受污染，同时兼顾美观大方，按照图纸设计要求，水塔顶部要建成穹形圆顶，圆顶外面，按天干地支等八个方位挑起檐角。再结合当地建房习惯，上扣小瓦，起龙脊，取“丹凤朝阳，金龙飞天”之意。为防雷击，还要在水塔顶端装避雷针。

这是水村最大的工程。从深秋开始，水塔整整建了两个月。收尾时看到高耸入云的水塔，却没人敢爬上去装避雷针。大头父亲二话不说，挺身而出，还没等大家明白过来怎么回事，他就像猴子一样攀住脚手架，矫健的身子在空中闪了几闪，转眼间便爬了上去。仅吸根烟的工夫，他就把一根三米多长的避雷针装了上去。做完这些，他还在避雷针根部砌出一个水泥花盆，里边插上几根弯成弧形的铁条，远远望去，就像在塔顶栽了盆吊兰。看到这里，站在下边的人无不鼓掌称赞大头父亲心灵手巧，技艺高超。然而谁也没想到，就在他完成这些，刚要从水塔上下来时，不小心脚下一滑，整个人便像折翅的大鸟一样栽了下来……

从水塔上摔下来那天正好是大头父亲三十五岁生日。那天本是水塔竣工之日，没想到他却成了落成典礼上的祭品……

大头那年只有八岁，看着刚才还生龙活虎的父亲转眼躺在地上成了死人，他一下子傻了。这时他看见母亲像疯子一样从人群中跑出来，披头散发的，跪在父亲身边，一遍又一遍拍打着父亲的身子放声大哭。大头站在那里，变成了一棵不会说话的树……

如果不是村人上来劝解，加上村干部当场拍板做出承诺，真不知道这个年轻女人会跪在那里哭成什么样子。看着站在身边傻掉的儿子，母亲一把把他搂过去，哭成了一团……

二

大头本来就是个傻子，意识模糊，思想单纯，行为幼稚，对什么事情都麻木不仁。尤其是父亲出事那天，当他看见父亲从水塔上一头栽下来的样子，他脑子里突然"嗡"的一声，接着就什么都不知道了。也是从那以后，他整天都痴痴呆呆的，脑袋里像存了洼混沌的水，安静时，他甚至能听见脑袋里的水会发出"呱咚呱咚"的晃动声……

由于傻，大头在学校成了被同学们取笑的对象，他们常常指着他的大脑袋开玩笑。有人把它比喻成大冬瓜，有人把它说成光溜溜的大葫芦，甚至还有人干脆把他的脑袋比喻成不开窍的榆木疙瘩……一来二去，大家就把他喊成了"大头"。每次看见有人指着自己的脑袋喊"大头"时，他都气得躺在地上打滚哭叫。他的表现常常让大家大笑不止，他们不明白呆傻的大头为啥会表现得如此强烈。

这个傻乎乎的家伙，真叫人琢磨不透。

大家开始变着法儿捉弄大头，不是往他脖子里撒土，就是把虫子放进他的书包，要么就往他衣领里丢冰冷的雪疙瘩……看着大头站在那里被逗得哇哇大哭的样子，他们却在旁边捧着肚子大笑。每当此时，年轻的女老师就会过来为他解围。她一边安慰大头，一边生气地批评那些捉弄他的孩子：“你们这些孩子要有良心啊，如果不是李小良他爹，你们现在天天有水吃吗？以后不能再欺负他，要知道，他可是个听话的好孩子……”每次听到这里，大头就会把脑袋埋进女老师的怀里，像走失的孩子终于找到妈妈一样，止住哭声，抬头看着老师的脸，幸福地笑了。

有了女老师的庇护，后来小伙伴们不再取笑他，只是不和他一起玩。他们认为大头智力有问题，连十位数以内的加减都不会，这不是脑子有毛病是啥？因此除了平时把他当成玩物外，其他时间，他们都会撇开他行动，比如下河洗澡，上树掏鸟等等，他们怕呆头呆脑的大头跟不上节拍，同时还担心脑子不灵光的大头万一出了什么事，不好向他母亲交代。

自从男人出事后，这个原本水灵的女人不会笑了，天天瞪着一双大眼睛望着某处出神。大家谁也没想到，失去男人的女人，很快就会从春天的一朵鲜花，变成秋天的一棵枯草、冬天一株落光叶子的树。在家里做饭，不是把饭菜烧糊，就是做好的饭菜里夹草带棒的；即使下田劳动，也让人担心，不是把禾苗当成杂草锄掉，就是盯住一棵庄稼发呆……她成了十足的傻子。这样的女人，你还能指望她做什么？因了男人的死，水村已经把他们孤儿寡母当成优扶对象。年底分粮，不管她出不出工，都有他们一份。因此无事可干的时候，女人经常坐在家里发呆。她现在的全部心思都在儿子身上，平时除了大头去学校，其他时间只要见不到儿子，她就会像疯子一样，披着一头乱发满村子跑着叫儿子名字，仿佛谁把她儿子弄丢了似的。害得家长们只要看见自己的孩子出门，就会急忙追上去，再三叮嘱不许去找大头。

然而大头像尾巴似的跟在大家后面，赶都赶不走。他不知道大家为什么不愿和自己一起玩。不过他想，即使他们不和自己玩，只要能看看他们是怎么玩的也好。看他们在村外河里洗澡，大头也会一个人坐在河边玩水。小伙伴们上树掏鸟时，他就张大嘴巴仰脸向上看着。有一次，小伙伴为了捉弄他，在树上掏鸟时，故意把一摊鸟粪抛进他的嘴巴，可他并不认为大家捉弄自己，还以为是自己不小心让鸟粪掉进了嘴里，所以他边擦边咧着嘴傻笑，弄得大家一个个哭笑不得。但上水塔打牌这种事，大家就不担心大头会跟着他们爬上去了。

“哼，水塔那么高，别说大头，就是村里那些身手利索的正常人，要想爬上去也不容易。”大家边说边抓住焊在水塔外边的钢筋扶手往上爬，动作快得像猴子一样，让下边看到的人个个惊叹不已。

水塔里并没有水。不知哪里出了问题，水塔建成后，断断续续用了不到两年就彻底报废。机井是要用的，根据县水利局的意见，村人又在旁边安了台无塔输水装置。从此，那座高耸入云的水塔就成了废弃物。如果不是作为标志性建筑成为水村一景，它简直就是聋子的耳朵。不过水塔是不是聋子的耳朵并不重要，重要的是它成了孩子们的乐园。平时只要有机会，他们就会爬到水塔上“斗地主”，“争上游”也行，一副扑克被他们玩出了诸多花样。不过无论输赢，大家都在里边玩得大呼小叫，不亦乐乎，把叽叽喳喳的欢闹声传到九霄云外。这让跟踪而至的大头站在水塔下边羡慕不已。他常常歪着脑袋，把食指放进嘴里噙着，仰脸痴痴地望着塔顶出神，嘴里自言自语地说：“我啥时候能爬上去就好了，到那时，我不但能看看里边什么样子，还能和他们一起玩……”

三

关于水塔报废问题，村人一直有诸多疑问：经过科学论证的东西咋会抽不上去水？既然水泵能把地下七八十米深的水抽出来，那么高的水塔又为啥不能把水压到家家户户呢？甚至还有人说，机井打那么深，抽出来的地下水应该很甜的，可是喝起来寡淡得像刷锅水……劳民伤财，得不偿失，费了这么大劲，水塔却不能用，肯定是大头死去的父亲在作怪。这个短命鬼,是不是觉得自己辛辛苦苦建起了水塔,结果连口水都没喝上就死掉了,所以才故意在暗中捣蛋?

水塔成了不祥之物。家长教育孩子时,除了动用拳头,还经常吓唬他们说:“上面有鬼,你们千万不能爬上去,知道吗?”可是孩子哪里肯信?他们把家长的话当成耳旁风,根本不把这些警告放在心里。只要有机会,他们仍然往水塔上爬,照样在上面玩,而且每次从水塔上下来后,他们就像喝醉了酒似的说个没完。有的笑着说,打牌时输了的张三在里边翻跟头,倒贴着水塔墙壁学壁虎“立树”,还有的说李四贴了满脸纸条,盘腿坐在里边的水泥地上,像打坐的小和尚……大家说得眉飞色舞,简直像刚从天堂回来一样兴奋……

大头没上过水塔,不知道里边的情形,每次看见小伙伴们从上边下来后兴高采烈的样子,就羡慕得要死,由此更激起了他对水塔的神往。然而母亲像是看出了他的心思,低沉着声音告诉他:“小良,你爹是建水塔才死的,水塔是你爹的祭台,上边有他的冤魂,所以你不能去,去了他会不高兴的……”

“可是我想上去看看爹,”大头央求娘,“我爹没死,他就在上边等我去找他呢!”

“你个不听话的傻孩子,我不是说了你不能上去,你为啥这么不听话?”

“别人能上,我为啥不能?”

“别人是别人,你是你,我不许你去,记住了吗?”

“是,娘,我记住了。”

然而大头并没有听从母亲的劝告。他什么事都能依着母亲,唯独上水塔这件事,他有自己的主见。

啊,水塔真是太神奇了,建得那么高大,又那么漂亮,里边一定很好玩,不然小伙伴们也不会一有机会就往上边爬。大头心想,如果自己能爬上去就好了,就能看看里边的样子。一想到这里,他浑身奇痒,恨不得立刻上去看个究竟。

但是没人知道大头想爬上水塔的真正原因——他想上去寻找父亲。

大头一直认为父亲是世界上最好的人，过去家里有什么好吃的好喝的，父亲总是最先拿给他，这使父亲看上去永远都是那么和蔼可亲。父亲是工匠，每次从外边做工回来，都要把大头抱进怀里亲了又亲，然后从口袋里掏出自己舍不得吃的零食给大头……自从父亲出事后，他就没有这种感觉了，也是从那时起，他才发觉自己突然变成了傻子。大头心里一直想，好好的父亲为什么会突然消失呢？父亲不该走，他那么勤劳勇敢年轻有为，怎么说没就没了？所以很多时候他都认为父亲没有死，而是在什么地方等着自己。父亲究竟在什么地方呢？大头不知道，不过后来他就想到了水塔。“对，爹就在水塔上，他一直在等着我去找他！”这么一想，大头有了主意，“我一定要把爹找回来，这样自己就不会感到孤独和寂寞了。”

然而要想爬上水塔可不容易。大头脑子有问题，加上身体肥胖，像个大熊猫似的，走起路来摇摇晃晃的，又怎能爬上那么高的水塔？以他的身体状况，别说爬水塔，就是爬自家房顶都难。

可是大头一直想爬上去。他经常对自己说：“爹就在上边等着我，因此我一定要爬上去，只要爬上水塔，我就能把爹找回来！”

无人时，大头来到水塔下边，学着小伙伴们的样子，抓住水塔外边的钢筋扶手，使出吃奶的力气往上爬。可是他刚往上爬了两格就感到气喘吁吁的，浑身累得没有一点力气。

这可怎么办呀？大头望着头顶高耸入云的水塔，感到很沮丧。

夜里，大头躺在被窝里，他听见自己脑袋里的水又那样“呱咚呱咚”响起来。听着脑袋里的水声，他觉得自己迷惘极了……这时父亲来了。父亲影子似的悄悄来到他的床前，坐在那里抽起了烟，他边抽边像从前那样摸着大头的脑袋亲切地说：“儿子，水塔是爹领人建起来的，就是一个普通建筑，里边没啥神秘的，所以你不用天天去想里边的样子。不过如果你真想上去看看，爹会帮助你的。”父亲又续了根烟，边抽边叮嘱他：“记住孩子，爬水塔时，手要抓紧上边的扶手，脚要蹬牢下边的钢筋，心里不要慌。另外往上爬时，千万不能往下看，不然你会感到头晕……”可是大头醒后却没看见父亲，床边空荡荡的，房间里一片昏黑，除了角落传来的老鼠啃噬桌椅的响声，只有母亲梦中的呓语……

想起父亲刚才说的话，大头心里不由一动，悄悄从床上折起身子，看了看旁边熟睡的母亲，然后轻轻下床，蹑手蹑脚地打开房门钻出院子，踏着外边朦胧的夜色，像个幽灵似的向水塔走去。

四

鸡不跳，狗也不叫，鹅鸭都如死去一般，沉睡在深不见底的夜里。只有房子和杨树醒着，只不过它们此时都静立着，像哑巴一样睁大眼睛看着这夜里的世界。

大头来到水塔前，抬头向上望去，看见黑黢黢的水塔勃然耸立着，在蒙蒙的夜色里显得愈发高大起来。也是在此时，他突然觉得自己的头脑异常清醒，就像早晨射出的第一缕阳光，一下照亮了周围的一切……当他抬头再次打量时，他突然意识到，自己此时来看水塔有些滑稽，更不要说往上爬。不过一想起父亲的话，他浑身充满了力量，在心里鼓励自己：“爹，我既然来了，就要趁着这夜深人静试试我的能力，看能不能爬上去……”

大头按照父亲梦里的叮嘱，紧了紧滑到屁股上的腰带，腆着肚子深吸一口气，往上一伸手，抓住水塔外边的钢筋扶手，觉得有种牢牢的坚实感。接着，他开始手脚并用地攀住这些扶手，一级一级往上爬去。也许是父亲的叮嘱起了作用，大头鼓足勇气，居然可以攀到水塔一人多高的地方。

然而，他并没有继续往上爬，大头知道自己的力气还不够大，底气不足，要想顺利爬上去，目前自己还不具备这个能力。何况又是在黑沉沉的夜里，什么都看不真切，如果就这样往上爬，会给自己带来很多麻烦。头脑清醒的大头想，看来要爬水塔，不能在白天，也不能在夜晚。白天如果被小伙伴们看见自己爬水塔时笨手笨脚的样子，他们肯定会笑掉大牙。也不能夜里来，夜里尽管没人，但是到处都黑黑的，如果出现什么闪失怎么办？看来爬水塔的最佳时机是黎明时分，那时人们还没从睡梦中醒来，而且光线也好，加上经过晚上的休息，精力充沛，最适宜做这个。现在自己只有先把身体锻炼好，将来才能顺利爬上去。

此后，大头每天早上起来的第一件事，就是背上书包，趁去学校上早自习之前的时间，独自来到水塔下边锻炼身体。他双手抓住水塔外面的扶手，像体操运动员练单杠一样，把身子吊起来，尽力上提锻炼臂力，与此同时，双脚也在下边像青蛙游泳一样用力蹬着，这样不仅锻炼了脚力，而且也锻炼了自己的腰力……经过一段时间的努力，大头发现自己瘦了下来，身体变利索的同时，力气也慢慢大了起来，有时甚至可以一口气攀到水塔半腰。他心里不由一阵激动，看来照此锻炼下去，要不了多久，自己就能顺利爬上水塔。

夏末秋初的一天上午，村里来了一个卖桃的，看到那些又红又大的鲜桃，村里许多人家都买了，唯独大头家没买。母亲疯疯癫癫的，谁肯把桃子卖给她？何况他家里也没有多余的粮食和钱。看着那些买了桃子的人家都在那里津津有味地品尝，大头只有可怜巴巴地站在旁边咽口水……

终于有人提着桃子到水塔下边清洗了。大头盯着那篮桃子一路跟踪而至。看着那些馒头大的鲜桃，大头的口水都要流出来了，他真想上前抓起桃子咬上一口，好品尝一下桃子的味道。可是没有，他就那么傻傻地站在旁边，嘴里噙着指头，眼巴巴地望着那些桃子出神——那是真正的大白桃啊，个个白里透红，汁水欲滴！大头觉得那一篮桃子像火红的太阳，照得自己的眼睛都快睁不开了……

水塔下边有根常年向外流水的水龙头，水龙头下边是一个水洼，洼里的水积满后，又顺着一条下水道流走了。因为是渗水，它就那样日夜不息地流淌，所以经常有人来这里清洗蔬菜水果……

那天，那个买桃人先把桃子拿到水龙头下清洗，接着又把洗过的桃子放进水洼里洗涮。就在买桃人蹲在那里洗桃的过程中，大头一直远远地站在旁边看着，可是直到那人把一个个大白桃洗得干干净净的，放进篮子里提着走远了，也没有送给他一个。

大头盯着那篮桃子失望至极，他感到自己的心就像被人摘走了一样……

洗桃人走远后，大头来到刚才那人蹲下洗桃的地方，把小手伸进水洼和下水道里摸起来，看样子像是要从里边摸出什么东西，他就趴在那里认真地摸呀摸……可是谁也没想到，奇迹出现了，大头居然从下水道里摸出一个大白桃来。看着手里的大白桃，大头顿时激动得热泪盈眶，他双手捧着这只大白桃，像年画上那个双手捧着大寿桃的胖娃娃一样，高高兴兴地回家了。

"娘，你看我给你拿回来的啥？"

母亲的目光倏地一下亮了，惊喜之情溢于言表，但她马上盯住那只举到面前的大白桃诧异地问："小良，这是你从哪儿偷来的？快说，如果你不说实话，我就打断你的腿！"母亲说着挥起脏兮兮的手。

"娘，你、你别打我好不好？这桃不、不是我偷的，是、是我捡、捡来的……"在母亲威严的审视下，大头结结巴巴地把自己的摸桃经过从头到尾讲了一遍。

听完儿子的讲述，两眼痴呆的女人抬头望着门外高远的天空，突然放声大笑，边笑边喃喃地说："儿呀，莫不是你爹看咱娘俩可怜，给咱送桃子来了？"

看着母亲的神情，大头一时不知道该如何回答，只好顺着母亲的目光在天空中寻找起来，可是头顶的天空蓝蓝的，哪有父亲的影子？父亲为什么要送这个大白桃呢？大头弄不明白，只好像母亲那样站在那里，看着手里的大白桃，陷入无边无际的混沌之中……

五

蒹葭苍苍，白露为霜。

很快就是深秋。一到此时，水村便笼罩在一片白蒙蒙的雾里。

雾成了水村的一层面纱。每天早上只要推开门，白蒙蒙的大雾就像一匹从天而降的白纱，丝丝缕缕地缠绕在一起，挥之不去。那情形又像铺天盖地的牛奶一样，从高处倥偬而下，然后再以水的姿态四处弥漫……在这白茫茫的雾里，别说下田劳动，就是两个人面对面，也看不清对方的面孔。四处弥漫的大雾像在有意遮挡着什么，让水村人的心里不由跟着变得迷蒙起来。

正是农闲时节，只要没有特别紧要的事情要办，水村人一般是不会早起的。大雾弥漫，人人都像遭了霜打似的，干什么都提不起精神，这时不要说外出，就连吃饭睡觉这些事情也都是云里雾里的，大家又怎能从事户外活动？

白茫茫的，整个世界都处在一片混沌之中……

然而就在这个大雾弥漫的早晨，早早起床的大头已经开始爬水塔了。经过一段时间的锻炼，他现在爬水塔的技术越来越高。他曾经试过，只要不出意外，自己完全可以像小伙伴们那样，不费吹灰之力就可以轻轻松松地爬上去再爬下来，完成一整套爬水塔的高难动作。

这天早上，大头的心情好极了。他昨天晚上又梦见了父亲。父亲仍像影子似的坐在床边，笑眯眯地看着他说话，可是父亲究竟说的什么，当时大头只顾昏昏沉沉地睡觉，听得并不真切。不过有一点他清楚，父亲这次来是想告诉自己一些重要事情，可是只怪自己夜里睡得太沉，根本没听清父亲说的什么内容。早上醒来，他坐在床上琢磨了许久，可是脑子像被漫天大雾给糊住了一样，雾茫茫的什么也琢磨不透。不过他想，父亲这次来是对自己的一种暗示，可他要暗示什么？说不清……琢磨不透的大头把头都想疼了，也没什么结果。于是他不再去想，而是开始考虑自己早上爬水塔的事。至于为什么要在这天早上爬，连他自己也说不清，他只是朦胧觉得，自己这天早上的心情特别好，就像有什么激动人心的事情在等着自己，在这种感觉里，他真想站在那里跳一跳，像《西游记》里的孙悟空一样，把自己弄到半空里去……

开始爬水塔了。大头像往常那样站在水塔下边，先抬头看一眼耸立在面前的水塔，紧紧腰带，朝手心啐口唾沫，接着把身子一弓，张开手脚像爬树的老猫一样，抓住水塔外边的钢筋扶手就往上爬。

大概是夜里的雾下得太大，整个世界都湿漉漉的，甚至连钢筋扶手上也是，因此摸上去凉冰冰的，不过大头并不在意这些，而是继续往上爬去。

从开始爬水塔起，大头就觉得自己爬得特别顺，从来没有这么顺，那感觉就像吃了碗娘做的葱花鸡蛋面似的，只一会儿工夫，身子就像壁虎一样爬到了水塔半腰。抬头望去，只见那些一环套一环的钢筋扶手摞在头顶，隐在蒙蒙的雾里，像放在水塔上的天梯那样直入云端，等待着自己去攀登。

让人担心的事情发生了。就在大头爬到一半时，他突然感到自己手脚发麻，腰也有些发酸，劳累像虫子一样爬上了身，是自己刚才往上爬时用力过猛，还是自己的身体出了毛病？欲速则不达，看来自己需要休息一下，不然上边还有那么高，怎么才能爬上去？想到这里，他一挪屁股，坐在扶手的弯角上歇息起来。

就在歇息过程中，大头突然想起小伙伴们爬水塔的样子——

那些顽皮的小伙伴为了显示自己的能力，在攀爬过程中，常常炫耀似的把自己挂在扶手上，样子像吊在那里的蝙蝠，与此同时嘴里还吹起口哨，引得同伴们大声尖叫。这还不算，他们一边在扶手上展示自己，一边冲下边的小伙伴们扮鬼脸、吐舌头，逗得同伴们禁不住哈哈大笑。当然，他们有时也会掏出一根从家里偷来的纸烟，点上后坐在那里像模像样地抽起来。每次看到这里，大头都觉得他们特别了不起。在他混沌的意识里，只有大人才会这样抽烟。

这时他突然又想起父亲，父亲过去就是这么抽烟的，食指和中指夹着烟的后半部分，嘬起嘴巴悠悠抽起来，样子看上去很迷人……从小伙伴们爬水塔的样子，大头又想到了自己。是的，现在自己已经爬到水塔的半腰处，而且也像他们那样坐在钢筋扶手上，虽然没他们爬水塔的高超技术，但是在休息过程中，自己是不是也应该像他们那样做些什么呢？烟是没有的，自从父亲出事后，家里再没有见过纸烟。不过没烟抽不要紧，自己随身带着书包，书包里有自己喜欢的课本。再说抽烟不是好孩子，自己可不能像他们那样做。

一想起课本，大头的脑子里马上浮现出女老师的样子——每天早上，女老师都会穿一件漂亮的连衣裙，把乌黑的头发高高地盘起来，面带微笑看着他……大头一激动，就会在女老师鼓励的目光中，捧着课本大声朗读起来。这时校园里鸟语花香，到处都是清风吟唱的声音，早晨的太阳从东方升起，整个天空都是那么明媚……这种感觉真好，这时的自己就是一只羊，一只温顺的小绵羊，在春天的阳光下，尽情地在草地上撒着欢、吃着草……于是大头从背上摘下书包，掏出课本，翻到《小马过河》这一课，然后学着女老师的样子和口气开始朗读起来："马棚里住着一匹老马和一匹小马。有一天，老马对小马说：'你已经长大了，能帮妈妈做点事吗？'小马连蹦带跳地说：'怎么不能？我很愿意帮您做事。'老马高兴地说：'那好啊，你把这半口袋麦子驮到磨坊去吧。'……"

大头实在太喜欢这个女老师了，如果不是她，自己在学校真不知道要受小伙伴们的多少欺负呢……呵，在半空中读书的感觉真好，世界空旷，四周很静，整个世界上仿佛只有自己一个人在朗读，这感觉简直比在学校里读书还要好。如果不是一篇课文太短，大头真想就这么一直读下去。可是现在不是读书时间，自己有重要的事情要做。他收起课本，稍稍喘了口气，这才感到浑身轻松许多。

再往上爬时，大头感到自己浑身充满了力气。他不由想，人真是奇怪，劳累时歇歇就好了，就像邻居家的小牛犊干活干累了，卧在那里歇一阵，等再站起来拉车时，身上就又有了使不完的力气。

从小牛犊,他又想到自己,这难道不是一样的道理吗？累时停下来休息一会儿,失去的力量马上就会像水一样回到身上。比如现在,自己本来累得筋疲力尽的,如果不是打开课本,借助朗读的机会休息一会儿,自己现在不定累成什么样子呢。这样想着,他不由加快了往上爬的速度。

水塔实在太高了,越往上爬难度越大,力气也越来越不够用,可是大头仍然在咬紧牙关鼓励自己:“李小良,别松劲,今天是你爬得最高的一次,决不能半途而废,你要努力坚持,一定能爬上去。只有爬上去,才能见到爹!”这样一想,大头浑身又充满了力量,他很快张开四肢,像个大蜘蛛那样,贴住水塔的石壁“噌噌噌”地往上爬去……

功夫不负有心人。终于爬到了顶端,眼看马上就可以进入水塔见到爹了,大头心里一阵激动,不由长出一口气,浑身都变得轻松起来。啊,这种感觉真是太好了。大头觉得自己如同踏在云雾之中,像那个刚翻完筋斗按住云头的孙悟空一样,心里有种说不出的惬意。此时他觉得整个世界都是自己的。他向周围望去,发现四周全都是白蒙蒙的云雾,仿佛自己来到了另一个世界,心里不由生出自豪:“哈,小伙伴们,不要以为只有你们能爬上来,只要努力,我照样也能爬上这高高的水塔……”

眼前就是水塔的入口,大头想,只要稍微努力一下,自己就能跨进去。他伸着大脑袋往里边看了看,可是里边也堆积着一大团白蒙蒙的雾气,什么也看不到,他不由疑惑起来:“咦,爹呢？他怎么不来接我？噢,我明白了,他这时一定在里边某个地方等着我,只要我一进去,他就能看见我。原来爹在和我玩捉迷藏呢。”

想到马上就能见到爹,大头心里一激动,用手攀住顶端的水泥围墙,纵起身子就要往水塔里进。可他怎么也没想到,就在自己抬起脚,准备迈出最后一根钢筋扶手爬进去时,忽然忘了父亲的叮嘱……结果一脚踏空,就在这个时候,他突然感到身子一轻,整个人便像小鸟一样飞了起来……

六

云开雾散之后，大头仰面躺在水塔下边的水泥地上，睁着两只空洞的大眼睛，仿佛两面圆鼓鼓的小镜子，里面映着蓝天和白云。这时他看见父亲的身影像大鸟似的从空中一掠而过，在他后边，一只刚学会飞翔的小鸟正扇着翅膀奋力向前追去……

太阳出来了。

就在这个秋天的早晨，有人看见大头躺过的地上，有片殷红的东西，在明媚的阳光下闪烁出一片奇异的光……

（2017 年 2 月 27 日夜修改稿）

大声哭泣

我向谁去诉说我的悲伤？……

——宗教诗《约瑟夫的哭泣和往事》

A

那天上午，我拿着镰刀和绳子从村口走过时，桥头上几个说笑者突然停下话头，一起把矛头对准了我。

只听其中一个说："看哑巴林多知道干活，这么早就去给他的牛割草，可真够勤快的！"然而这话马上遭到旁边一个人的驳斥："他哪里是给牛割草，明明是给他老婆割草嘛！"话音刚落，马上有人跟着起哄："你这人咋说话呢，人家明明是去给牛割草，你凭啥说他是给老婆割草？""他就是给他老婆割草！不信你去他家看看。"说话者歪过脑袋，自作聪明地眨了眨眼睛告诉同伴，"哑巴林白天吃在牛屋，夜里住在牛屋，说不定晚上也是搂着牛睡觉哩，都到这一步了难道你们还不清楚？所以我说他是在给他老婆割草……"

人们哄笑起来。看他们一个个坐在那里捧着肚子大笑不止的样子，我简直把肺都气炸了，真想冲过去抡起手里的镰刀和他们拼命。可我知道自己不能冲动，一冲动就会惹出事。为了发泄心中不满，我立住脚歪着头，拿眼睛狠狠地瞪着他们，并用跺脚的方式表达自己内心的愤怒，同时我嘴里也在呜里哇啦地叫着骂他们。可是见我发怒，他们非但不生气，反而变本加厉地取笑我。看他们表现得如此肆无忌惮，我知道自己实在没办法和他们理论，只好生着气骂骂咧咧地向前走去，不时回过头狠狠用目光剜他们。

此时他们正在兴头上，看我要走，马上有人跑上来拉我，企图阻止我去给牛割草，目的还是想继续捉弄我。我可不上他的当。我太了解他们这些人，一个个游手好闲不说，还尽想着法捉弄人。如果我被他们拉去，难免不继续受辱。所以任凭他怎么拉，我挣着身子就是不配合。看拉不动我，他劈手抓住我手里的绳子往后拽着逼我就范，我哪能让他得逞，手上一用劲儿，和他在那里像拔河似的争夺起来。看看相持不下，他急忙扭头叫来两个同伙帮他。一看他们仗着人多势众合伙欺负我，气极之下，我顺手挥起手里磨得锋利的镰刀朝他们抡去，同时嘴里发出"呀呀"的怪叫要和他们拼命。一看我被惹恼了，他们果然被吓住，一个个呆若木鸡地愣在那里不敢再向前。

这时我听见有人坐在桥头上"呵呵"笑起来："没想到哑巴林会生气，你看他鼻子都歪了，像是要和人拼命一样！"这时他旁边有人附和着起哄说："哈哈，哑巴林生气的样子真好玩，吹胡子瞪眼的，简直像个怒目金刚，不过我可听不懂他嘴里呜里哇啦的说些啥……"

我挣脱他们的包围圈后，急忙快步往村外走。我才不想和他们这些人渣继续纠缠。我要赶着去给我的牛割草，不然它们在家里就要挨饿了。

我家养着三头牛，两大一小。那头牛角尖尖威武雄壮的是公牛，另一头温顺俊秀的是母牛，小的那头调皮可爱，也是母牛，小母牛是那头大母牛所生。有了这三头牛，我们家就显得有生气了许多，可是这样一来我的任务就重了。因为我要伺候它们的吃喝拉撒，负责把它们养得膘肥体壮。这是父亲派给我的活儿。

几年前，父亲把牛从镇上买回来时，指着它们用手一划拉对我说："林，这是给你买的牛，今后你负责喂好它们，不能让它们掉膘，听见了吗？"

当时我刚从田里干活回来，正蹲在院门口歇息，我看看父亲又看看牛，懵懵懂懂地点下了头。也是从那时起我才明白，父亲把我当成了伺候牲口的"牛把式"。

唉，谁叫自己是哑巴呢？既然不会说话，就得伺候这些和自己一样不会说话的牲口。

父亲是家里的“土皇帝”。在我们这个五口之家,他就是说一不二的王,因此家里的一切全由他来安排。母亲的角色是厨师兼保姆,洗衣做饭干家务全是她一个人。我上边有一个哥哥,下边有一个弟弟,他俩不仅聪明伶俐,而且个个都是能说会道的高手,每当看见他俩在人前“”嘚吧嘚”“嘚吧嘚”口吐莲花的样子,我就坐在那里郁闷地想,自己天天窝在肚子里说不出来的话,是不是全让他俩给说出来了?

养牛是个苦差事,一年四季,不论刮风下雨我都要伺候它们,丝毫不能松懈。可是哥哥和弟弟就不一样,只要干完田里的农活,他们就到处跑着玩,甚至还可以天天躺在家里睡大觉。我却不能。牛是张嘴货,而且它们的肚子是个大草包,为了填饱它们被撑大的胃,我每天都得跑着去割草,只有这样它们才不会挨饿。好几年了,我天天都在重复着这种劳动。有时牛们吃饱喝足后,我还要给它们刷毛、洗澡、捉虱子,或者把它们牵出去遛弯。为了喂牛方便,后来我干脆搬到牛屋里住。起初,我闻不惯牛屋里的气味,尿骚味、青草味,混合着牛身上分泌出来的油腻味扑面而来,常常呛得我喘不过来气。

习惯成自然。一个多月后我适应了那里的环境,直到这时我才觉得牛屋其实也是一个另外的世界,至少这里没有勾心斗角,没有尔虞我诈,甚至也没有嘲讽和讥笑,与外面相比,这里简直就是一个充满着温馨和仁义的友爱之家。

应该说这几头牛长得都不丑,即便那头体型高大的公牛长着两只大尖角,斜插在头上像两把利剑一样,也不像其他公牛那样凶相毕露的,而是一副忠厚温和的样子。很多时候我都觉得它更像是一家之主,处处显出担当精神和责任意识。那头母牛长得更加温顺善良,弯弯的牛角,四肢浑圆,体态匀称,披着一身闪闪发光的像缎子一样柔软的金黄色牛毛,看上去像个贤妻良母。至于那头才三岁多一点口龄的小母牛看上去更是可爱,它经常依偎在母亲身边,瞪着一双好奇的眼睛看着周围的一切,仿佛对这个新奇的世界感到很奇怪。当然兴趣来时，它会在那里尥蹶子撒着欢蹦跳起来。看着它们一家三口如此温馨安详的样子，我心里常常涌出一种说不出的羡慕。

和这几头牛处久了，我发现它们不仅重感情，而且还知道感恩，比如我每次去喂草饮水时，它们个个高昂着头，像是在向我致意，等我把草料和水添加到牛槽里，它们则又温顺地低下头开始文雅地吃起来，吃饱喝足后，它们一边伸出巴掌大的牛舌头卷来卷去地擦着嘴巴，一边充满感激地看着我，像是在感谢我让它们吃得这么好。有时看见我给它们割回来又嫩又绿的青草，它们摇头摆尾的，像是遇到了老朋友一样高兴，不时冲我"哞——哞——"地叫起来，仿佛在向我表示感谢。这时我常常想，牛尽管和我一样不会说话，但是它们能做到这一点，简直比人还可爱。

我在牛这里得到的是温情和友爱，可在有些人那里得到的却是屈辱和捉弄。这不禁让我在心里感叹人和牛的差别咋会这么大呢？不过后来一想便有些灰心丧气，谁让我是个不会说话的哑巴呢？

让我苦恼的是，被外人欺负也就罢了，可是在家里，就连哥哥和弟弟也瞧不起我。他们经常背着父母捉弄我，不是拿盐当糖给我沏茶喝，就是偷偷把辣椒裹进馍里让我吃……每次看见我被捉弄得哇哇大叫时，他们躲在一边跳着脚，把腰都笑弯了。更可气的是，在家里，他们居然不允许我和他们同桌吃饭。每次看我端着碗要往饭桌前坐时，他俩就用拿筷子的手往外划拉着驱赶说："赶快走开，你这个哑巴，离我们远点！"看他俩这么看不起我，我难受极了，不由在心里抱怨："要知道，我和你们是一母同胞，你们咋能这样对待我？难道就因为我天生不会说话，你们就可以这样歧视我吗？"

后来每次吃饭时，我都端着饭碗躲得远远的，尽量不往他们跟前凑，免得他们讨厌我。因此无人时，我常常独自躺在牛屋的小床上，眼睛望着简陋的黑屋顶在心里埋怨父母："爹呀娘啊，你们既然嫌弃我，为啥还要把我生下来？既然生下我，又为啥一直养着不让我去死？难道我天生就是受气的命吗？”想着到这里，我的眼泪就会止不住地流下来……

在村口受了辱，我心里堵着一口气，这口气不出，我心里憋得难受。有心让哥哥和弟弟帮我出气，可是看我比画着，刚要把自己的意思表达出来，他俩马上相互挤着眼讥笑我说：“谁叫你是哑巴呢？活该！”看他俩这么讨厌我，我感到很失望，不由有些生气，他们俩怎能这样？非但不帮我，反而落井下石，这不是故意气我，在我的伤口上撒盐吗？说起来还是亲弟兄呢，简直连我喂的牛都不如，真是太让人伤心了！

唉，既然他们这么不待见我，我又何必去找他们自讨苦吃？看着他俩对我不屑一顾的样子，我在心里叹气，算了，我还是去找孙先生帮忙吧！

B

孙先生是我们村的小学教师，瘦瘦高高的，鼻梁上架副老花镜，说起话来文绉绉的，能讲出许多道理来，所以村里人有事都会去找他请教，他也因此赢得了大家的尊重。既然大家都这么尊敬他，我为啥不去求他帮忙？

那天上午，我一边在小河边割草，一边在心里打定主意，不由加快了割草的速度。

到小晌午时，回头看看割的草排成了长长的一大溜，就知道够家里的几头牛吃了，于是我把草一把一把收集起来，码在一起，用绳子拦腰一捆，往身上一背就往村小学赶。

只要不是星期天或节假日，孙先生一般都会待在学校里。我知道他是个很敬业的教书先生，平时不是在教室里给学生上课，就是坐在办公室里备课、批改作业，或是盘腿坐在那里接待村里的来访者，一边抽着烟，一边认真地听着，不时慢悠悠地说着话，表达着自己的看法，样子显得平和而安静。

孙先生的办公室在学校门口，我背着草进去时，他正戴着一副老花镜在改作业。

“哑巴林？”我的出现让他吃了一惊。孙先生忙把目光从镜片上方斜射过来，上上下下打量着我。

我用手拍了拍自己的胸脯，接着又伸出食指指指他的办公室，意思是说：“孙先生，我今天找你有点事儿，能不能让我进去说话？”

孙先生眨着眼睛很快明白了我的意思，急忙放下手里的笔，冲我和蔼地点点头，招着手示意我进去。

“李林，你不去给牛割草，来我这里干什么？”孙先生端坐在办公桌前，目光追着我走进去，直到看我坐在旁边一把硬靠背椅子上时，才上下打量着问我。

我冲他指了指放在门口的草捆，告诉他我已经割好了喂牛的草，不用担心。可是孙先生仍然用审视的目光盯住我，像是要从我的瘦长脸上寻找出他想要的答案。看他这样，我急忙打着手势告诉他：“孙先生，我今天来找你是想让你帮忙的。”说着我把身子往前凑了凑，从口袋里拿出一包事先准备好的烟递过去。

孙先生没有推辞，接过去从里边抽出一支点上火，这才跷起二郎腿，抽着烟问我要他帮什么忙。

“孙先生，他们欺负我！”看孙先生这么平易近人而又表现出一副乐于助人的样子，我鼓足勇气用手势告诉他，“孙先生，你知道我又聋又哑不会说话，可是他们非但不同情我，反而变着法欺负我，所以想让你帮我想想办法，怎样才能不让他们捉弄我……”

看我坐在那里比比画画的，起初孙先生并没有弄懂我的意思，不由瞪大眼睛盯住我问道：“李林，你说清楚，究竟是怎么回事？”

看孙先生不解，我一时急得抓耳挠腮，不知道该怎么给他解释，只好在那里着急地“啊啊”着反复给他打手势。

“李林，你不要着急，慢慢说。”看我脸憋得通红也解释不清自己的意思，孙先生安慰我。

在他的劝导下，我放慢速度，一遍遍打着手势，借助自己口齿不清的哑语“呜呜啦啦”地表达着自己的意思。

“哦——我明白了，”孙先生在我的“讲解”下终于点着头告诉我，“李林，你是想让我帮助你，别再让那些人欺负你对不对？”

看孙先生明白了我的意思，我急忙感激地冲他连连点着头，希望他能想想办法尽快帮我一把。

孙先生取下鼻梁上的老花镜，揉了下眼睛劝我说：“其实那些人是因为无聊才拿你开玩笑的，你别当真就行……”

那怎么行？看孙先生这么劝阻我，我急忙摇着头告诉他：“他们不是拿我开玩笑，而是在捉弄我。他们明明知道我不会说话，非但不同情我，反而还处处变本加厉地捉弄我，常常弄得我想哭，难道这不是在欺负我吗？”为了表达自己的愤怒之情，好让孙先生帮助我，我瞪大眼睛用手势告诉他，他们经常趁我不注意时往我脖子里塞土块，有时还故意在我脚下使绊子，悄悄在背后搞偷袭，害得我防不胜防，因此没少让我吃哑巴亏……末了，我眼巴巴地看着他说：“孙先生，你说他们这样做是不是欺人太甚？”

“唉，他们这帮闲人实在太无聊了，不然怎么能欺负你一个哑巴呢？”孙先生看我瞪着眼睛义愤填膺的样子，就知道我受的委屈不小，不然不会表现得这么愤怒。他抽着烟坐在那里想了一会儿，安慰说：“我明白你的意思，好了李林，你放心回去吧，我会去帮你劝他们的！”

看孙先生答应帮忙，我这才起身告辞，担心孙先生应付我，临出门时，我还扭过头一再向他表达着自己内心的不满，希望能引起他的重视，尽快出面帮我一把。

“你放心，李林，我既然答应帮你就决不会推辞。”孙先生看出了我的意思，“再说我是老师，我不会说话不算数。别说他们，就是他们父母见了我也会给我面子的，毕竟我教过他们的孩子，所以我说的话他们不会不听，你尽管放心好了！”

看孙先生给我做了保证，我这才将信将疑地走出了他的办公室。

C

几天后的一个中午，当我背着一大捆草刚回到村口，没想到又碰上那几个坐在桥头上的闲人。他们一看见我，马上开始捉弄起我来："哑巴林又给他老婆割草了……"

听着这话我的脸都气歪了，真想冲上去抡起手里的镰刀，像剁饺子馅一样把他们剁得稀巴烂！但我知道自己这么做的后果，所以尽量控制住自己的情绪，免得做出什么傻事。可是他们并没有就此罢休，而是继续在那里千方百计地取笑我。看着他们对我越来越肆无忌惮的样子，我把背上的草往地上一放，瞪起眼睛狠狠盯住他们，心想，如果他们再这样下去，休怪我不客气！

"哎哟，哑巴林生气了。你看他生气的样子像不像只乌眼鸡？不，简直跟条疯狗似的。"

"你说他喂的牛是他老婆，他当然会生气。"

"这有什么可生气的，本来就是嘛！"那人一脸坏笑地向同伴挤着眼，"不然他每天那么卖力给牛割草干啥？不就是为了把他老婆伺候好？何况谁都知道他是一个人和牛住，那牛不是他老婆是啥？"

他的话马上引起一阵哄笑，我站在那里气得浑身发抖，正准备拿着镰刀冲上去和他们拼命，孙先生出现了。孙先生就像能掐会算的诸葛亮一样，算好我今天中午会遭到他们捉弄，所以背起手，压着步子从一条胡同里走出来，然后径直走上前去，表现出一副恨铁不成钢的样子指责起他们："你们这些人啊，怎么能欺负一个不会说话的哑巴呢？要知道他也是人，和你们一样有尊严。如果你们不顾及他的感受，再这样继续闹下去是要遭天谴的。看看你们几个能说会道的，其实连个哑巴都不如！人家一个哑巴还知道天天起早贪黑地割草喂牛，你们呢？只会天天坐在这里东拉西扯，无事生非，难道就不能去做点正经事？"

谁知孙先生的话音刚落，其中一个愣头青便跳出来大着嗓门儿顶撞他："孙先生，因为你是老师，所以我们都很尊重你，不过你也不要把话说得这么严重，我们不就是开他几句玩笑嘛，这有啥？再说开玩笑又不伤他身上一根毫毛，怎么就轮到你来为他说话？"

"你这小伙子怎能这么说话？"孙先生有些生气，但他尽量克制着自己的情绪开导他，"话虽这么说，可你们知道这是什么行为吗？按照书上的说法，这叫诽谤和侮辱，你们知道不知道？这在法律上是有规定的，如果超出一定范畴，就要受到法律的制裁！既然你们认为和他开玩笑不算什么，那我现在问一个问题，你们谁愿意自己的生理缺陷被人取笑？如果不愿意，就说明已经超出了开玩笑的底线。就拿现在这个事情来说，你们对哑巴林的行为已经涉及对他人身的攻击和侮辱，说得严重一点，已经上升到了法律的层面，所以这种玩笑不能开，尤其是对残疾人。不然玩笑开过了头，是会给自己种下祸根的，轻则引起打架斗殴，重则闹出人命……"

"啥？开玩笑会闹出人命，真有这么严重吗？"孙先生的话把桥头上的几个人吓了一跳，他们面面相觑，然后一起把目光盯在孙先生身上，有些不相信地看着他。

看几个人被自己的话给震住了，于是孙先生慢悠悠地给他们讲起了一则故事："东汉时期，有个人经常爱开别人玩笑。一次，由于他的玩笑开过了头，结果引起对方不满。那个受辱者一气之下，居然跑回家拿出一把杀猪刀，把开他玩笑的那个人一刀捅死了，后来还觉得不解恨，接着又冲进他家，把他一家老小七八口人全都杀了……想想这是多么惨痛的教训啊！因此我劝你们，有些玩笑开不得，不要说残疾人，就是正常人也不行。要知道凡事都得有个度，如果超出这个度，就会给自己惹来意想不到的杀身之祸！"

那个刚才还振振有词想和孙先生争辩的家伙，听了这番话，不由倒抽一口凉气，有些后怕地缩着脖子低下头去。

看震住了这些人，孙先生又过来拍拍我的肩膀劝道："李林，你对这事也不要太当真。再说他们不就是和你开个玩笑嘛，至于把事情搞得这么紧张？其实他们没别的意思，就是觉得生活无聊才拿你寻开心的，所以你可千万不能往心里去，更不能鲁莽行事，不然做出傻事后悔都来不及。听我一句劝，眼不见心不烦。以后你只要离他们远点就行了。”

听孙先生说得有理，我心里的怒气慢慢平息下去，斜着眼睛再看桥头上那几个人，在孙先生的批评下，此时他们一个个羞愧满面地低着头，再没了刚才神气活现的样子。看到这里，我不由打心底感激孙先生，还是孙先生学问大，有办法，如果不是他，我真不知道事情会走到哪一步……

D

让人烦恼的事情过去后，我感到很快乐，觉得自己的生活也变得阳光明媚起来。

每天早上天不亮我就起床了，起床后的第一件事就是给牛槽里拌上草料，接着把这几头牛牵到槽上吃草。看着它们卷起舌头，美美地吃着我给它们做好的丰盛早餐时，我感到愉快极了。然后我会拿过门后的扫帚和铁锨，把牛屋打扫得干干净净的。等忙完这些我就该去堂屋吃早饭了，等吃过早饭，我又该拿着绳子和镰刀去给牛们割草。

不割草时，我就在牛屋里垫牛铺、出牛粪、打扫卫生，或者用铁刷子给牛梳理身上的毛。如果心情好，我还会把几头牛牵出去遛一遛。这时往往是下午，等牛吃饱喝足后，我把它们赶出牛屋，用缰绳往它们的牛角上绕着一盘，自己则背着手和牛一起漫步在夕阳的余晖里。每当我赶着几头牛，像个将军似的带领着它们从村街上走过时，不少人都会面露羡慕之色，一边赞美我的牛，一边夸我会喂牛：

“别看他不会说话，没想到却是个喂牛的好手！”

“哑巴林真中用，把这几头牛喂得一个个膘肥体壮的，简直稀罕死人了……”

听着这些赞美声，我心里感到很高兴，一种自豪感便会油然而生。

夜里躺在木板床上，望着窗外的月亮，嗅着牛屋里弥漫出的那种混合着各种气味的气息时，我心里常常感叹，哼，谁说住在金碧辉煌的皇宫里，就一定比住在简陋的牛屋里幸福？比如我，尽管住在这简陋的牛屋里，可我并不觉得孤独和寂寞，因为有牛在身边做伴，我觉得自己便是这世界上的皇帝、人间的国王！

大概是性格原因，我这人容易激动，一激动我就会忘乎所以，兴奋得睡不着觉。实在无事可干时，我就会半夜起来喂牛。牛屋里没灯，我披着衣服走到牛槽边，摸黑往里边续上草，算是给它们的“夜宵”。人们都说马不吃夜草不肥，我想牛也一样。所以拌草时，我用马勺有意从料缸里多舀些磨碎的黑豆和黄豆拌进去给它们吃。几头牛本来正安详地卧在那里闭着眼睛睡觉，但是只要一听到我起来给它们喂草的动静，它们马上就会一跃而起，争先恐后地挤过来，一边瞪大眼睛感激地看着我，一边把头扎进牛槽里大口大口吃起来，看着它们在暗夜里津津有味地吃草的样子，我心里的那份快乐简直难以言表。

人们常说牲口是哑巴，不能和人沟通，其实和牛在一起久了，我慢慢发现了一个秘密：牛是会说话的。不过牛说话时不像有些人那样粗声大嗓，大喊大叫，它们有时是喃喃自语，有时是窃窃私语，还有时是悄悄耳语。也许牛的性格过于温和，它们说话时从来都不争吵，而是像绅士和淑女那样，表现出一副很有涵养的样子。只有情绪特别低落或愤怒时，它们才会扬起头“哞——哞——”叫上两声，其他大部分时间都是卧在那里一言不发，安静得像是沉默的哲学家。

别看我在人前不会说话，但只要和牛在一起，我一点也没认为自己是哑巴，反而觉得自己是个很健谈的正常人。

我和牛说话的时候常常是夜里。夜深人静之时，我就坐在窗户下边的小木板床上，和牛一起交流着各自的喜怒哀乐。尽管我和它们交谈时不是用嘴巴说话，而是用目光来交流，但我们的心却是相通的。比如当我说到自己过去受人欺负的事情，它们马上瞪圆眼睛，愤怒地尥着四蹄显得义愤填膺的样子，恨不能冲上去替我报仇雪恨。而当我和它们谈到在孙先生的帮助下，自己已经彻底解除这种烦恼时，几头牛则又晃动着宽大的脖颈，在我面前摇头摆尾地跳起欢快的华尔兹，那样子看上去真是开心极了。

每当此时，我就会激动地搂着它们的脖子默默地说："牛啊，我善良的朋友，我一辈子都不会和你们分开！"

E

哥哥结婚成家后很快搬了出去。转眼间弟弟也大了，开始考虑起结婚成家的事情。然而由于哥哥结婚时花空了家里的积蓄，轮到弟弟时问题马上来了。家里没钱说媳妇，这可咋办？眼看弟弟的年龄越来越大，父母不由着急起来。他们央亲托友，四处奔波，经过一番努力，好不容易给弟弟寻了门亲事，结果由于女方要的彩礼太高，一下把我父亲给吓住了。

"什么？她要一万块钱？她要这么多钱干啥？"看着媒婆坐在那里一脸平静的样子，又听她把女方的要求说得这么强硬，父亲当即跳起来生气地说，"她要这么多钱我去哪里给她弄？就是把我这把老骨头给砸碎也凑不出来！"

"反正我把话已经给你们捎到了，至于下一步该咋办，你们自己决定吧！"

媒人可不管这些，那天上午，她把女方的话往父亲面前一撂，嘴里嗑着瓜子，吊起两瓣大屁股一扭一扭就走了，却把一大堆难题留了下来。

"唉！老大盖房娶媳妇时欠下的一屁股债还没还完，老二是哑巴不去说他，现在轮到老三了，我拿啥给他盖房子娶媳妇？"父亲抱着头蹲在门槛前痛苦地说。

"我们总不能眼看着孩子说不上媳妇打一辈子光棍啊！"已经

生出白发的母亲也在旁边愁苦地劝道,“孩儿他爹,为了将来不落儿子埋怨,咱现在就是砸锅卖铁也得满足女方要求,不然咱咋能把媳妇娶进门?”

“谁说不是?”父亲抬起头看了一眼母亲,没好气地冲她说,“我也知道这个理儿,可咱家现在这情况,你说叫我现在拿啥给他娶媳妇?”

“咱家里不是还有两头牛吗?”母亲提醒他,“老大盖房子娶媳妇时卖了一头,现在又到了这个坎儿,看来咱只有再卖一头牛给老三娶媳妇……”

“老二能同意吗?那可是他辛辛苦苦一把草一把料给喂大的,如果卖牛给老三娶媳妇,你说他会咋想?我觉得他不会同意的。”

“谁叫他是个哑巴呢!如果他不是哑巴,咱早就张罗着先给他娶媳妇办事了。”

“唉,你说得对,谁叫他是哑巴呢?”父亲苦着一张脸重复道,“如果他是个正常人,我们说啥也不会把他隔过去先给老三说媳妇办事。”

男大当婚,女大当嫁。就在父母忙着为弟弟张罗婚事的那段时间,我的心情坏到了极点。哥哥已经结婚成家,眼看弟弟马上也要成家立业,可是我呢?我也是这个家的成员之一,也是他们的孩子,可是父母为啥不为我考虑?因此我的情绪变得很低落。

父亲像是看出了我的心思,过来指指我的嘴巴,摇着头无奈地说:“林啊林,我和你娘也是没办法啊,再说谁叫你是个哑巴呢?如果不是哑巴,我也会给你说媳妇的。我们知道,现在尽管你的年龄也不小了,可谁会要你这个不会说话的哑巴当女婿?又有哪个闺女愿意嫁给一个哑巴?再看你这情况,怕是这辈子没指望了,要不,你还是等到下辈子吧!”

下辈子是什么时候我不知道,我只知道如果这辈子都没戏,即使到了下辈子,谁又能保证我会开口说话,父母会给我娶上一个漂漂亮亮的女人做老婆?

看我情绪低落的样子,母亲也表现出一副爱莫能助的样子,无可奈何地劝导我:“孩子,我知道你的心事,可是我们又有啥办法?你哥和你弟都是正常人,连他们还在为说媳妇的事情发愁,又怎能照顾到你?算了,还是等今后遇到机会再说吧!”

父母的话让我很难受,更让我难受的是哥哥和弟弟两个人对我的态度。当他们听说我也在闹情绪想娶媳妇时,不由在旁边冲我做出个五指并拢的手势,然后撇着嘴讽刺挖苦我说:“就你一个哑巴还想娶媳妇?也不撒泡尿照照自己的脸,真是做梦娶媳妇——想得美!算了,你别在这里瞎搅和,还是赶快上一边凉快去……”

听着这些刺耳的嘲笑,我感到很伤心,加上父母的劝说,我知道自己这辈子是没指望娶媳妇了,于是只好跑进牛屋,把门一拴,躺在自己的小床上生起了闷气。

看我一个人闷闷不乐地躺在那里,这时卧在一边的两头牛像是看出了我的心事,它们相互看了看,然后把嘴一张,摇起尾巴安慰我:“林哥,你别生气,娶不上媳妇怎么了?如果辛辛苦苦娶了媳妇却得不到幸福,还不如打一辈子光棍呢。再说有我们在身边陪着,你还有啥不开心的……”

是啊,有我的两头牛做伴,我还有啥不开心的?听着两头牛的劝说和开导,我不由想起村里那些夫妻失和的事情,一想到他们过着同床异梦貌合神离的生活,我的心情不由变得轻松起来,于是拿起簸箕给槽里添上草喂起牛来。我边喂边在心里想,还是牛说得对,既然村里有那么多夫妻关系不好的例子,我又何必要结婚成家自寻烦恼?与其那样,我还不如一辈子单身的好!

想到这里,我不由开心地笑了,同时也更加喜欢起我的牛来……

F

然而我的心情刚有好转,让人苦恼的事情很快又接踵而至——

为了满足女方提出的彩礼要求，让弟弟早日结婚成家，父亲在母亲的提议下，两人私下一商量，居然做出了卖牛的决定！

父母卖牛那天我没在家，他们是背着我把牛给卖掉的。

那天吃过早饭后，我照例拿上镰刀和绳子离开家去给牛割草。加上自己在家里没地位，所以平时我基本不关心家里的事情，每天只关心我的牛能不能吃饱，全部心思都在牛身上，整天都在绞尽脑汁地给我的牛寻找最嫩的青草。那天上午，我拿着镰刀和绳子跑到离村子很远的地方，给牛割回来一大捆干净又鲜嫩的青草，希望能让我的牛喜欢。快中午时，我兴冲冲地背着青草回来，本打算让我的牛美美地饱餐一顿的，没想到走进牛屋一看，不由大吃一惊——牛槽上没了我的牛！

“咦！我的牛呢？我的牛哪儿去了？”

我放下草，急忙从牛屋出来，慌着四下去找，院子里没有，大门口没有……我找遍了家里平时可能拴牛的地方，可是哪有牛的影子？

找不到心爱的牛，我只好垂头丧气地去堂屋问父母。刚一进屋，我就看见父母两人正在那里轮番数钱。看着他俩每人手里拿着一沓花花绿绿的票子，一边蘸着唾沫，一边笨拙地数钱的样子时，我不免疑惑起来。

“爹，我的牛呢？”我上前比画着问他，“我的牛不见了，你知道它们在哪儿吗？”

见我询问牛的下落，父亲翻起眼皮看了看旁边的母亲，接着又看我一眼，叹着气冲我做了个无奈的动作，接着告诉我：“林，为了给你弟弟凑钱娶媳妇，没办法，我们已经把牛给卖了。不过这样一来，你今后再也不用忙着给牛割草了。”为了证明自己的话，父亲说着还朝我扬了扬手里的钱。

“你们卖牛时为啥不和我说一声？”气急之下，我不由冲父亲“哇哇”大叫起来。可是叫有什么用？他们不经我的允许已经把牛给卖了，我又能怎么办？我边叫边冲父亲发泄着心里的不满：“那是我辛辛苦苦喂的牛，你们怎么说卖就把它们给卖了？为了喂好牛，这些年，你们知道我都干了些啥吗？再说这些年来，在喂牛过程中，我和牛之间已经建立了深厚感情，那是啥都比不了的，现在你们居然连招呼都不打，就把我心爱的牛给卖了，这是让我多么痛心的事情啊！”

可是父母却不顾这些，在我的指责中，仍然低下头在那里数着他们怎么也数不完的钱，仿佛两只数钱的木偶……

家里的牛没了，我知道自己从此失去了唯一的朋友，今后我的生活将会变得暗淡无光，属于我的日子将会更加单调。特别是一想到和我朝夕相处多年的牛突然离我而去，从此再也见不到它们时，我的心像刀绞一样难受，那一刻，我觉得自己被整个世界给愚弄了，不由怒火中烧。

从堂屋出来，我带着强烈不满的情绪冲进牛屋，从门后抄起一根用来顶门的大木棒，像疯子一样，愤怒地对着牛屋一阵乱打。打完后，看着原先干净整洁的牛屋变得一片狼藉，我蹲下身子冲着空荡荡的屋子，抱着头禁不住放声大哭……

（2016 年 10 月 8 日夜修改稿）

建别墅的人

一

“我要盖一座大房子，把它盖得像美国总统住的白宫那样漂亮！”

春节还没过完，王想就在一次酒场上宣布。

乖乖，如果盖栋楼也就算了，可他要盖的是白宫啊！白宫什么样？谁也没见过，所以王想的话很快在村里刮起一阵风。不少人议论说，王想太有钱了，有钱人就是任性，财大气粗，异想天开。不过他既然敢这样宣布，说明已经做好了准备，不然他怎么敢在人前喷大话？

王想是村里首富，家里开着养猪场，一次出栏几十头，每年都有十几万元的收入，何况他的养猪场开了七八年，手里的积蓄一定不会少，对于盖房子还不是老牛吃豆芽——小菜一碟？可他要给自己盖一座白宫，这就有点让人不可思议。

王想的家是五间平房，高门楼、砖院墙、铁大门、大院子，里边还盖着两排配房，这条件别说在十年前，就是放现在也不算落后。由于他是全村第一家盖起平房的，所以当年在村里可是出尽了风头。然而时过境迁，这几年随着村里人外出打工的增多，大家回来后都在忙着盖房子，而且盖的房子一座比一座漂亮，大有后来居上之势，这就把王想的平房给比了下去。看到村里不少人盖了平房盖楼房，王想心里不服气：“不就是盖房子吗？有什么了不起的，你们既然能盖，我为什么不能盖？难道还能输给你们？”

王想家住在村子正中间，本来他的平房盖得并不错，要高度有高度，要气势有气势，不说里边摆设，就是平房外边也装饰得很漂亮。可是仅仅过了几年时间，他的平房就已经风光不再了：经过岁月的风吹雨打，平房外墙的水刷石开始出现斑驳脱落现象，而且许多地方还被雨淋出一条条蚯蚓似的黑道道儿，看上去像风干的泪痕一样。尤其是在周围新盖楼房的对比下，显得更加低矮，黯然无光，破旧不堪，远远望去，低矮而又寒酸，哪里还有往日的光彩？所以每次从村外养猪场回来，进村走在大街上，看见自己的房子被包围在一群楼房的阴影下，王想的心里就发堵。

前几年，王想前后左右的邻居过得都不如他，就连住的房子也是破破烂烂的，可是仅仅过了几年时间，他们就像变戏法似的一个个赶了上来。先是左右两边的邻居在半年的时间里接连盖起两层高的楼房，紧接着，他后边的邻居也不甘示弱地跟着要盖楼房，如今这栋两层高的楼房主体已经封顶，接下来就该进行内外装修了。看着自家平房后边高高耸立起来的楼房，王想的心里像塞了块石头那样难受。如果不赶快改变这种局面，周围邻居们这种“凹”字形的房屋建筑将会严重影响自己的生活。他心想，如果前边邻居也像他们那样把楼房盖起来，情况不是更糟糕吗？那样一来，不仅自己的平房会被包围在正中间，而且还会影响自家的采光和通风，自己今后的日子该怎么过？别人会怎么看？不行，得赶快想个办法来解决这一问题。

王想从外边请来一个风水先生，想让他给自己好好看看。

“能叫青龙高万丈，不叫白虎望一望。”风水先生五十来岁，一身黑衣皂鞋，面相冷峻，捋着下巴上的山羊胡，围着王想的房子前后左右转了一圈，然后摇头晃脑地给王想分析，“你看你家现在的情况，左右两边各有一座两层楼，你再看看你家平房的样子像个啥？不就是一个人的肩膀上挑着两座大山吗？天天挑着这么重的担子你说你累不累？没听人们常说嘛，能叫自己坐轿，不给别人抬轿，你倒好，你现在一肩挑两担，今后的日子会好过吗？‘风生水，土克金，风水不存，岂能安身？’这可是古书上的话，我说这些不是故意吓你，而是说你处在这种环境下，本来很好的风水就被破坏掉了，这对你今后的生活和事业可不利啊！”

“哦，赵先生，听你这么一说，看来问题还挺严重的，难道就没有什么破法吗？”听风水先生把话说得如此严重，王想不由着急起来。

风水先生坐在椅子上用手指弹了下衣服，接着把身子向后靠去，一边捋着山羊胡子，一边跷着二郎腿瞟了下王想，然后把头一歪，不再吱声。

一看他这样子，王想就知道他是在故意卖关子，急忙从兜里摸出钱包，掏出一张百元大钞递过去，嘴里催促道：“赵先生，我既然把您请来，就是想让您好好给我看一下房子的，还请您给我指指道儿，看我下一步究竟该怎么办。”

“至于这个破法嘛也不是没有，”风水先生收好钱装进口袋，左手仍然捋着山羊胡子不紧不慢地端起架子说，“拆掉旧房盖新房，这就是破法。”

“哦，原来你是让我推倒老房建新房呀！”王想听后不禁感到有些失望，不高兴地说，“赵先生，你说的这个破法我也知道，可是你认为我要盖座什么样的新房才好呢，是不是和他们盖的一样就行了？”

“不不不不行，如果你和他们盖一样高，一是没什么意义，二是根本起不到任何作用，所以你要想办法超过他们。”风水先生眯起眼睛，用学究式的语气对王想解释，“俗话说，风水风水，有风才有水，没有风哪来的水？而我这里所说的风水指的就是位置，占住好风水，家业兴旺发达，一生富贵平安，如果占不住好风水，一辈子就会走背时运，轻者破财惹气，重者生病丧命，说得严重点，就会人去财空，家破人亡，我说的这些道理你能听明白吗？”

“竟然这么严重？”王想听他这么说，不由吓出一身冷汗，他抬起手擦了把脸上的汗水，马上接着说，“你说得很对，我如果把房子盖得和他们一样高也没啥意思，再说也不是我王想的做事风格，既然盖就要盖成全村独一无二的大房子，既不是平房，也不是楼房，而是一座比任何房子都要高大漂亮的别墅！”

“嗯，好，这个想法好，盖座大别墅再好不过，”风水先生被王想的想法所鼓舞，不由称赞道，接着便进一步给他解释，“按照风水学上的说法，依你房子的位置，这座别墅正处在上风上水的位置，可以说占尽天时地利人和，建成后将会形成四围合抱之势，让他们为你所用，既能聚财，又保平安，真是一举两得，将来你的日子一定会越过越好，财源滚滚！”

王想被风水先生说得心花怒放，当即从上衣口袋里掏出一个事先准备好的红包恭恭敬敬地递上去。风水先生也不推辞，接过红包，又倾过身子对王想低语一番，直把王想说得笑逐颜开，连连点头。

二

正是在风水先生的指点下，王想心里才有了盖“白宫”的计划。可是盖这座“白宫”要花多少钱，究竟又该怎么盖，他的心里并没有底。

王想先找到给人盖了几十年房子的老匠人周德全，希望他能给自己提供一些参考意见。周德全是村里的建筑队队长，也是方圆几十里盖房资历最老、手艺最高的老匠人。他从十多岁开始跟人学盖房子，至今已有五十多年，可谓盖房无数，经验丰富，因此凡是村里想盖房的人，差不多都会事先去向他请教。而周德全总是来者不拒，热情接待，不管谁向他请教，他都会毫无保留地说出自己的看法和意见，直到把你说得心悦诚服，所以他在这方面是权威，赢得了人们的尊重和好评。

“德全爷，我要盖座房子，想向您请教，听听您的意见，看我该怎么盖，盖成什么样子。”王想恭恭敬敬地递上一包芙蓉王烟，说出了自己的来意。

“盖房子是好事！”周德全接过王想递上来的烟抽出一根叼在嘴上，坐在那里眯起眼睛说，“不过嘛，这盖房子可不是件小事。俗话说，万砖万瓦，这是指过去盖三间瓦房的用料，可是现在不行了，人学得越来越精，砖块越烧越小，每块砖只有两寸宽八寸长，砌上去不长墙不说，还尽耽误工夫，所以现在盖三间瓦房就需要一万两千块砖，盖五间瓦房嘛至少需要两万块砖、一万五千块瓦。如果是盖五间平房，按现在钢筋水泥的价格计算，大约需要七八万块钱。而一般人所说的盖楼房，其实就是在普通平房上再垒起一层，也就是说，在原来的基础上只需再加两三万块钱的建筑材料就行了。不过我这里说的是只建成毛坯房的花销，如果加上后期粉刷和装修，大约需要再加两万五千块钱。你知道，现在盖房不像过去那么简单，现在人们盖房子都很讲究，别的不说，单房子的粉刷和装修就有很大区别，一般人家弄个三级装修就行了，而那些讲究点的人家则会多花些钱弄个二级装修，至于一级装修，只有那些城里人才会做，高档不说，花钱自然也多……”

“德全爷，请你给我讲讲什么是一级装修，标准都是啥？”王想听周德全说得如此专业，不由往前倾了倾身子。

“一级装修当然是很高档的，比如批墙、吊顶、刷漆、装吸顶灯、贴壁纸、铺木地板等等，那是有很多讲究的。”

“德全爷，按照刚才你这种说法，我盖的这座房子需要花多少钱？”王想看周德全把话题扯得有些远，急忙往回拉。

“这个我可说不准。”看王想一副急于求成的样子，周德全皱起眉头为难地说，“你现在要让我给你说具体花多少钱，我还真说不上来。因为我也不知道你要盖的这座房子究竟有多高，面积有多大，什么样式，都用什么样的建筑材料。”

“具体情况我也说不清楚。”王想挠着头回答。

“那你盖这座房子打算投多少钱？”

“这个嘛，我也说不上来，”王想看了看坐在面前的周德全，一脸茫然地说，“不过这要根据你的意见来决定投资多少，反正我又不懂盖房的事情，一切都听从你的建议。”

“你不能这么说，”周德全看着他，“关键是你想建一座什么样的房子？”

王想再次挠起了头：“至于什么样子嘛，我想它应该跟城里人住的那种漂亮的小洋楼差不多，里外都有楼梯，上边带着宽阳台、大窗子，另外还有一个圆穹形的大房顶……”

“你说的究竟是什么房子？”

“具体什么样子我也说不清楚，不过在我的想象中，它应该像我们在电视里看到的那种房子，跟美国总统住的白宫差不多……”

“你说它像美国总统住的白宫？”周德全吃惊地瞪大眼睛盯着他。

“对对对，就是咱们在电视里看到的那种样子，整座楼都是白色的，顶上扣着一个圆形的大帽子……”王想连说带比画地描述起来。

“哦——你说的我明白了，”在王想激动得语无伦次的描述中，周德全终于恍然大悟，不过他马上摇起了头，“这种房子我没有盖过，更没有见过，所以对你刚才问要投多少钱的问题我说不上来，你还是去找别人问问吧！”

“德全爷，你真说不上来？”

“是的，我真说不上来！”

“唉，那我只有先去别处打听一下了。”

还是盖了几十年房子的老师傅呢，居然连这种房子都没见过，真是徒有虚名！从周德全家出来，王想在心里埋怨着，他又去找李建设。他知道李建设在城里打工多年，而且干的又是建大楼的技术活儿，想必应该知道盖这种房子需要花多少钱。

李建设正在家里垒猪圈，看见王想进了大门，急忙停下手里的活儿，就要把他往屋里让，没想到却被王想给摆摆手制止了。

“你别客气，建设老弟，我今天来找你是想请教几个问题。”王想说着递给他一根烟，看着李建设用打火机把烟点上后抽起来，这才把自己要盖房的情况给他讲了出来。

“原来你是想盖座别墅啊，”李建设笑着调侃他，“想哥，我看你是手里太有钱了，想烧包不是？再说你家的房子好好的，干吗还要花那么多钱盖啥别墅？我说你是不是闲着没事干吃饱给撑的？”

“看看，你这就不懂了吧！你没看见现在家家户户都在忙着盖新房？他们图的啥？还不是为了让自己住得宽敞明亮，心里舒服！”说着他用手一指李建设堆放在院子里的一大堆建筑材料，“看你准备的这些东西，不也在计划着盖房嘛！”

“想哥，你别笑话我了，我不过是准备起个平房，哪能和你比？差远了差远了。”

“咦，你可不能这么说，俗话说，爱美之心人皆有之。谁都有自己的理想，说不定什么时候，你‘呼隆’一下也会给自己盖一座大楼房。”说到这里，王想马上接着刚才的话题问，“建设老弟，你在外边见过大世面，你给我好好算算，盖一座这样的房子究竟要花多少钱？”

“你问的这个问题我可说不上来，”李建设面露难色，“你盖的这种房子我见都没见过，又怎好给你说花多少钱的问题？说是别墅又不太像，根据你描述的样子，我觉得有点像白宫，就是我们在电视里看到的美国总统他们住的白宫。”

“对对对，就是你说的这种房子，”听李建设居然一下子说出了自己的想法，王想显得很激动，迫不及待地说，“建设老弟，你到底是在外边见过大世面的，就连说出来的话也和别人不一样。既然你能说出我想要盖的房子像白宫，那你能不能给我说说，盖一座这样的房子要花多少钱？十万元够不够，二十万元呢，不行，三十万元怎样？”

“我说不准，”看王想一脸兴奋的样子，李建设也说不清楚，只好面带歉意地回答，“不好意思，想哥，我真的给你说不上来。再说我也没见过白宫究竟什么样子，又怎能给你说具体？”

“连你这经常在外边跑的人都不知道盖这种房子要花多少钱，我又该怎么盖？”

看王想对自己的话有些失望，李建设想了想急忙给他解释：“不瞒你说想哥，我们在城里盖的都是几十层高的楼房，别墅倒是建过一些，不过没有建过像你说的这种。但是我想，既然你有这个想法，不妨多去找些人打听一下，只要你能画出施工图纸，说不定我们就能给你建。”

“只要能建就好，”听李建设这么说，王想立刻变得兴奋起来，但他很快又发起愁来，“可我现在想知道的是，盖这种房子要花多少钱，不然我的心里没有底。”

看王想一心想知道这个答案，李建设只好挠着头在心里大体估算了一下：“我估计盖一座这样的房子，差不多需要三五十万元。”

“三五十万就三五十万，”李建设的话让王想变得轻松起来，“咳，我以为要花多少钱呢，不就是三五十万块钱嘛！没问题，我就按照你说的办，投进去三五十万块给自己盖座别墅！可是盖这种房子需要施工图纸，我去哪里才能弄来呢？”

“你最好去城里找找，我在梅海市打工时，好像听人说过那里有这种房子，你不妨先去那里找找。”

“好，只要那里有这种房子，就一定会有施工图纸，我明天就去梅海市找找看！”末了他又补充一句，“建设老弟，如果我把图纸带回来，你是不是就可以照着图纸给我盖？”

“那当然，城里建大楼都要有图纸，不仅有图纸，还有效果图，因此大楼还没盖起时，你就大体可以看出将来房子建好后的样子。”

“真的？”

“那当然，”李建设再次肯定，“你还是去看看吧！俗话说，百闻不如一见。你只有去看过以后心里才会明白，不然光听人说可不行！”

“好，我听你的！”

三

王想第二天就坐车去了梅海市。

王想站在梅海市的大街上，望着眼前川流不息的车辆和人流，又看看两边一座高过一座的高楼大厦，一时不知道该去哪里寻找这种房子才好，有心向人打听，可又一时不知道该怎么开口，毕竟他要找的建筑物没有具体名字和位置。他只好掏出手机给李建设打电话。李建设让他到一些建筑工地问一问，因为李建设也说不清这种房子在梅海市的具体位置，可是要去哪里找也让人很犯难，后来李建设只好在电话里告诉他："想哥，实在不行，你就打个的问问出租车司机。的哥是个活地图，什么街道什么路，什么建筑和单位在什么地方，几乎没有他们不知道的。"

挂上电话，王想刚在路边站住，一辆天蓝色的捷达出租车突然来了一个急转弯停在他的身边。

"师傅，你要去哪儿？"一个三十多岁的司机从车窗里探出头问道。

"我也不知道自己要去哪儿，"王想愁眉不展地看了他一眼，"我想找'白宫'，可是却不知道该去哪里找，也不知道这里有没有这个地方。"

"'白宫'？什么'白宫'？"

"就是像美国总统住的地方……"

"哦——你原来说的是这个地方啊！"司机先是愣了一会儿，等弄清王想要找的地方，马上对他招招手说，"上车吧，我带你去！"

"你知道这个地方？"王想边上车边问。

"甭管了，我保证把你拉到地方就是了。"司机说着用脚一踩油门，蓝色的捷达车就像箭一样向前跑去。

坐在出租车上，看着市区两边"唰唰"而过的行人和车辆，以及眼前不时向后退去的高大建筑物，王想心里有种不知该何去何从的感觉。出租车司机好像看出了他的心思，于是拉着他在梅海市的大街上兜了一个多小时，最后才把他拉到西郊，指着面前一座办公大楼说："师傅，你要找的是不是这个地方？"

"嗯，有点像，但还不完全像……"王想瞪大眼睛看着面前的建筑物迟疑地回道。

从出租车里钻出来后，王想这才站在那里开始认真打量起来。

矗立在面前的这座房子建得果然不同凡响，占地面积大不说，还高，大概有八九层楼的样子，而且从外观看上去建得也不错，尽管下边是传统楼房的建筑格局，但是整个建筑都是纯白色，而且楼房上边还有一个立起来的大圆顶，在背后蓝天白云的衬托下，显得更加高大壮观，气度不凡。

这房子盖得真好，王想不由围着这座大建筑观看起来，他边看边在心里感叹，多漂亮的房子啊，简直和自己心中想象的一模一样。

“哎哎哎，你是干什么的?”正在他绕着房子边看边感叹的时候，一个身穿蓝制服戴着大檐帽的保安从旁边门卫室里走出来，上上下下打量着王想，“这是区政府办公楼，你到这儿来干什么?”

看他警惕的样子，王想急忙回答:“我到这儿什么也不干，就是想来参观参观，啊，这房子建得可真漂亮!”

“那当然。”保安看他没有恶意，歪着下巴摆了摆头，高傲地说，“你也不看看这是什么地方。”

“什么地方?”

“我刚才不是已经给你说过了嘛，区政府的办公大楼，这下你总该明白了吧!”

“哦——原来这是区政府的办公大楼啊，我还以为这是谁家盖的私人房子呢!”

“笑话，私人谁能盖得起这样的房子，再说要是自己住，就没必要盖这样的房子，投资太大不说，还显得太奢侈。”

“没啥奢侈不奢侈的，只要自己喜欢就行。”

“嗬——你口气不小啊!”保安吃惊地再次打量起王想，不由脱口问道，“你是做什么生意的?”

“不管做什么生意，只要能挣钱就行。”王想向前挺了挺肚子，仰起头高傲地说，“我虽说没那么多钱盖不了大的，难道还盖不起小一点的? 哼! 我就是要盖一座这样的房子。”说完，不等那个保安有什么反应，王想掉头而去，径直去寻找建房的施工图纸。

施工图纸是一家建筑设计公司做出来的。经过打听，王想找到那家设计公司后，往接待室里一坐，就把自己的想法讲了出来。

“请问你是想建一座这样的房子吗？”听他说话的口气这么大，马上引起了公司经理的注意，他急忙让设计师从电脑里调出公司原先给区政府设计的那幅图。为了验证王想的想法，他还特意让设计师从网上搜索出美国白宫的图片让他看。

“对对对，就是它，就是这个样子！”一看见电脑上的图片，王想当即激动地叫起来，“哎呀，我找了那么长时间，问了那么多人，没想到在这里终于找到了，对，我就是要盖一座这样的房子！”

可是那个理着板寸头的经理并没有激动，而是坐在那里用平静的语气对他解释说：“先生，你要盖的这种房子并不是人人都可以建的，结构复杂不说，实在太花费资金，不要说施工要求有多高，就连建筑材料都是从外地直接进回来的。为了按照客户要求设计这座楼房的建筑风格，我们一连开了多次讨论会，动用了好几个设计师，光设计图纸就做了几个月。等到施工时，我们又结合实际情况，对图纸做了修改，由此你可以想一想，建这样的房子难度有多大！”

“你说的这个情况我明白了，”不过王想并不想改变自己的建房计划，于是坚持自己的意见说，“我不要建得那么复杂，也不要那么高大，简单一点，小一点就行，只要能建一座投资三五十万元的房子就行，最多不超过一百万元！至于后期的装修嘛，我也没必要搞得那么豪华。”

听到这里，经理“哦”了一声，马上接着说：“先生，我明白你的意思，根据你的想法，我们先给你设计一套适合你的建房方案，你看怎么样？”

“行啊！”

看王想答应得如此痛快，板寸头经理这时又告诉他：“先生，不过按照公司规定，在做设计之前，我们要先收你一部分预付金。”

“没问题。”王想爽快地说，“就按照你们公司的规定办！”

四

王想从梅海市带回来的设计效果图确实漂亮，凡是见到的人没有不说好的，大家指着这张效果图议论纷纷——

“你看这房子，高大气派不说，样式也漂亮，该圆的地方圆，该方的地方方，该凸的地方凸，该凹的地方凹，这里有个阳台，那里有道楼梯，再看门窗设计，洋气漂亮，都是我们没有见过的，而且从上到下通身雪白，住在这里边一定幸福死了。”

“看这房子的样式，简直跟电视里的美国白宫一样，真是太漂亮了。”

王想开始实施起自己的建房计划了。他不顾妻子反对和亲友们的劝说，先从城里买来钢筋和水泥，然后又从附近买来沙子、石头等物，甚至还把一些后期才能用上的建房材料也买了回来。接着就把自己的旧平房给推倒了。看着自己住得好好的平房瞬间被夷为平地，妻子站在那里愣了很长时间……

看了日子放了线，一切准备就绪后，王想的房子顺利动工了。

然而王想怎么也没有想到，就在他紧锣密鼓地指挥工人开挖地基时，却遇到了一些麻烦。他的左右邻居找到村主任反映说，王想不该把房子建得那么高，这样对他们不利，他们希望村主任能出面劝说王想。可是村主任却反过来劝他们说：“当初你们盖楼房的时候人家都没有意见，现在你们突然提出这个问题，不是有点说不过去嘛！”这两户人还没有劝走，住在王想后边的邻居也找上门来向村主任反映情况：“主任，你得出面管管，不然王想的房子盖得那么高，会影响我们家的采光和通风。你看能不能让他把房子盖得低一点……”

如果是一两户群众反映情况也就罢了，可是现在一看又有人来找自己说这事，村主任不得不重视起来，不过嘴里仍然劝他们说：“咱农村建房没有那么多讲究，只要不超出自己的规划面积，他想怎么盖就怎么盖,咱们谁又能管得了人家?所以我还是劝你们不要再提这件事了,只要他有钱,想怎么盖就怎么盖,随他的意去吧……”

“那不行,建大楼还有个采光问题,我们不能任由他在那里随便盖房子,如果他要把房子盖成摩天大楼怎么办?不就严重影响我们周围邻居的正常生活吗?”

听这些人说得如此严重,村主任不得不重视起来,于是安慰他们说:“你们先不要着急好不好,等我去劝劝他再说。”村主任也不想因为王想盖房子的事得罪一圈人,不由在心里叹着气,唉——谁让人家有钱呢,真是,这年头连盖座房子也会引出这么多麻烦。不过后来一想大家提的意见也对,如果不劝劝王想,将来引起邻里纠纷,影响安定团结怎么办?容易激化群众矛盾不说,闹起来,自己的脸上也无光,看来还真得出面去劝劝他才对。

村主任是踏着夜色来到王想家的。

王想正在灯下欣赏着面前的效果图。如今这张用木框镶起来的效果图被王想挂在配房的山墙上。无论什么时候只要一看见它,他都会高兴得笑逐颜开,兴奋不已,就会出神地盯住它看上半天,幻想着自己住在里边的情形。他实在太喜欢这张效果图了,不,说得准确点,他太喜欢这种建筑风格的房子了。

王想望着效果图,边欣赏边在那里感叹。正在这时,他突然发现村主任背着手进了自己家的门,慌忙把村主任往里让,同时一边麻利地沏茶递烟,一边扭过脸吩咐妻子:“东哥难得到咱们家里来,你赶快去弄俩菜,俺弟兄俩要喝两杯。”

村主任是王想家的常客,每次来都会受到最高的礼遇,这一次也不例外。看王想对自己如此热情,村主任心里感到一阵欣慰,所以也不推辞,径自坐在那里,一边喝着茶抽着烟,一边跷着二郎腿,煞是惬意。王想的妻子在丈夫的吩咐下,进进出出地忙碌着。过了一会儿,等到油炸花生米、炒鸡蛋、酱牛肉、黑木耳烧腐竹等几个下酒菜摆上来后,村主任又当仁不让地坐在了正座。这时王想从柜子里拿出一瓶一斤半装的宝丰“人民大会堂”,征求村主任的意见说："东哥，我这里条件差，也没啥好招待你的，今天晚上咱们就整这个酒，怎么样？"

"好，这酒好，"村主任马上来了精神，"我爱喝这个，不但酒味正，名字也好听！"

酒倒上后，看了看摆在面前桌子上的下酒菜，村主任和王想也不说那么多客套话，两个人伸开指头，你来我往地行起酒令。推杯换盏间，房间里的气氛马上变得热闹起来。

"俗话说，无事不登三宝殿，想老弟，我今晚来是有事要对你说。"酒喝到一半的时候，村主任把酒杯往桌子上一放，拿起筷子给自己夹了口菜，边吃边把自己的意思讲了出来。为了照顾大家的面子不伤和气，同时也不至于激化矛盾，他故意把话说得比较委婉而又含蓄，希望能让王想在这种轻松愉快的气氛中接受自己的劝说。然而让他没想到的是，自己的话刚一落音，王想马上把手里的酒杯往桌子上一顿，生气地说："盖房子是我自己的事，碍他们什么事了？哼，说我影响他们，他们为什么不说自己先影响我？看看他们的楼房一座一座都盖起来了，把我的平房围在正中间，天天抬不起头，看上去像个啥？我说过他们什么吗？早不找晚不找，偏偏在这个时候，看我准备挖地基盖房子时才给我说这些，这不是有意打击压制我，要办我的难堪吗？真是欺人太甚！"

"想老弟，你别生气好不好？大家都在一起住着，乡里乡亲的，你得顾及影响啊！再说，你把房子建得低一些，不是还省工省料省钱嘛！"

"东哥，你别劝了，我知道你是为我好，可你想过没有，盖房子是我自己的事，又不碍他们啥事，因此我想咋盖就咋盖，怎么能听从他们的摆布？再说事情到了这一步，我也不想因为盖房子省下那俩钱！也就是今天晚上你来找我说这个事，如果换成别人，我早就和他干上了。"

"我知道，我知道，"村主任带着几分酒意点着头继续劝道，"王想，我知道你的脾气，也理解你的心情，不过我还想说的是，难道你就不为自己想一想？说句不该说的话，咱办养猪场做生意图啥？

还不是和气生财，平安无事嘛！”

“你说的没错，东哥，谢谢你的好意。不过我想给你交个底，什么事都可以商量，唯独盖房子这件事丝毫没有商量的余地！”王想点起一支烟抽了一口，“再说，大家都知道我已经为建房的事准备了那么长时间，跑了这么多天，下了这么大功夫，何况我把建房的东西都买回来了，建筑公司都请来了，事情都到这个节骨眼上了，你说我该怎么办？我总不能因为要照顾周围邻居们的情绪，随随便便就把我的盖房计划给推翻吧？事情到了这一步，我今晚给你明确表态，东哥，我不仅要把房子建起来，而且还要把它建成全村、全乡甚至全县最好的房子，我要让别人看看，我王想究竟是个什么人！”

“想老弟，你这话说得好像在和谁赌气一样，我问你一句，你建房是叫谁看的？如果你是为了自己，我没啥好说的，如果是为了咱们村，那就大可不必。因此我劝你还是要好好想一想，凡事适可而止，千万不要把弓拉得太满，免得到时候弄得不好收场……”

“东哥，你甭劝了，我什么都考虑好了，我决定了的事情是不会轻易改变的！”

“这么说，你是一定要把房子盖得那么高大对不对？”

“对！我就是这么想的，而且是早就决定了的事情，丝毫不会改变！”

“哦，看来你是哑巴吃秤砣——铁了心呀！”看一时劝不动王想，又担心把他给惹毛，于是村主任急忙挥着手打起圆场说，“好了好了老弟，咱们不说这件事了好不好？来，喝酒！”

“喝酒！”王想看村主任妥协，于是把手往前一伸，豪气地说，“来，东哥，出招吧！”

两个人在一片烟雾笼罩的酒桌上，马上又大声叫着划起拳来。

五

给王想建房的是从城里请来的专业建筑公司。

为了把自己的“白宫”建成世界上最漂亮的房子，王想没用村里周德全的建筑队。他知道那帮乡村泥腿子建普通平房和一般的楼房可以，但是建不了自己要盖的“白宫”，设备、技术太差不说，他们的思想意识也跟不上。当然他也没用李建设，尽管他知道李建设在城里打工多年，又是建筑工地上的老手，但是他怕李建设一个人孤掌难鸣，耽误自己的建房计划。因此只有去城里请专业的建筑公司来，才能圆自己的“白宫”梦。

经人推荐，王想去城里请了一家比较有名的建筑公司。起初王想去见这家建筑公司的经理时，公司经理坐在自己宽大的办公室里，表现出不以为然的样子：“什么？你想给自己盖一座‘白宫’？不可能嘛！你怎么能有这样的想法？真是异想天开！”在他看来，农村建房大多是平房，顶多也就是建一两层高的普通楼房，当地的农村建筑队就可以解决，根本不用到城里来请专业的建筑公司，这不是闹笑话吗？可是后来听了王想的想法和计划投入的资金情况，又看了看王想拿来的施工图纸，建筑公司经理这才半信半疑地同意接手这个工程。

到底是城里来的专业建筑公司，技术高不说，设备也先进，拱出地基后，王想的房子起来得很快，简直就像一株从地下长出来的竹笋一样，一眨眼的工夫，就蹿出地面三米多高了。看到房子建得如此迅速，王想很高兴。

然而，王想的房子建得并不顺利。就在他梦想着什么时候才能住进自己建起来的“白宫”时，工地上老是丢东西，不是昨天少了两袋水泥，就是今天丢了一捆钢筋，明明头一天砌好的墙体，仅仅过了一夜，第二天早上起来一看，被人给捅了大窟窿，这不是跟自己过不去吗？王想知道有人在背后捣鬼，想在自己建房这件事情上搞破坏，于是他的倔劲又上来了，不由在心里生气：“你们不是不让我建房吗？好，我偏要建，不仅要建好，而且还要建得比你们谁的房子都要高、都要漂亮！”

为了发泄心中的不满，那天早上，王想像个骂街的泼妇一样，爬上高高的脚手架，站在上边双手叉腰，痛痛快快地骂了一通。

可是让他没想到的是，骂过之后，事情非但没有得到解决，反而东西丢得更厉害了。直到此时，王想才知道自己犯了众怒，再这样下去对自己不利。为了平息事态，他只好硬着头皮去找村主任，希望他能出面帮帮忙。

村主任抽着王想递过来的烟，听了他的要求后，许久才吐出一口烟雾说："王想，其实你早就该这样做了！大家在一个村子住着，你又何必因为盖房子闹得四邻不安，结怨生气呢？你呀，就是太犟，你说你这样做是在给谁过不去？看看，现在不是弄出问题来了吗？"看着王想坐在那里低头不语的样子，知道他的心里不好受，村主任这时换了个口气，拍着王想的肩膀安慰说："老弟，你先回去吧，念及咱俩平时的交情，你今天给我说的这个事，我不会袖手旁观的。不过，事情既然弄到了这一步，我相信你也知道下一步该怎么做。"

村主任的提醒使王想突然明白了，他抬起头看了看村主任，发现他正在鼓励自己，马上用力地点了点头说："嗯，东哥，我知道你说的意思了，我这就去办！"

从村主任家出来，王想拿着烟先后去到前后左右的邻居家里赔礼道歉。为了缓和矛盾，他还特意带着两条烟分别到周德全和李建设的家里坐了坐。不过尽管他这样做了，但是他的心里并不服气，而是仍然坚持着自己的计划。

事情平息下去后，接下来的时间里，王想的建房速度又加快起来，不到半个月的时间，他的"白宫"就变得有模有样了。

眼看房子就要封顶了，可是新的问题又接踵而至。按原先王想的投资计划，只要不超出一百万元即可，可是现在一百万元的资金显然已经不够，一连又加了二十万元，结果还差一部分。

"王老板，你看这事接下来该怎么办？"

"这、这、这……"看着站在面前的建筑公司经理一脸焦急的样子，王想擦了把头上淌下来的汗水，一时不知道怎么办才好。

王想的手里没钱了，房子眼看面临着停工，他不由着急起来。

为了盖这座"白宫"，他已经超支了二十万元。二十万不是个小数字，原来自己的手里还有几十万元存款，可是现在把自己的家底全部垫上也不够，这不是一件很急人的事情吗？如果资金跟不上，就有可能造成停工。可是工是停不下来的，建筑公司经理一个劲儿在旁边催促说，如果停工待料，不但拖长工期，而且还会影响到他们的经济效益，都是靠接工程吃饭的，他们不能因为王想手里没钱，就一直无限期地拖延下去，何况他们还急着去赶下一个工程项目。

王想想到了借钱。他最先想到的是村主任。村主任和自己是铁哥儿们，平时两人的关系一直不错，也许他会帮自己一把的。然而当他找到村主任借钱时，没想到事情却出乎自己的意料。

"王想老弟，不是我不帮你这个忙，而是我手里实在没钱啊！"村主任坐在家里的沙发上，抽着烟，表现出一副爱莫能助的样子，"如果你借个三两千元，我努努力还可以给你凑一凑，可是你现在借的是好几万元啊！我去哪里给你弄那么多钱？你还是去想想其他办法吧！"

从村主任家出来，王想又往周德全家里走。他知道周德全经常带着村里的建筑队给人建房，想必手里会有一些资金。可是当他找到周德全时，却遭到了拒绝。

"王想，你开玩笑的吧！我们建筑队的情况你又不是不清楚，盖座房子挣的工钱不过万儿八千的，我哪有多余的钱借给你？"周德全摊着手对他苦笑，"再说我们的建筑队不正规，又接不来大工程，只能捡些别人剩下来不愿干的小活儿，因此有活儿时干一阵儿，没活时就歇工，手里根本存不住钱，怎么能帮得了你？还是请你另找别人想办法吧！"

王想听出了他话里的怨气，可又不便发作，只有忍气吞声。王想没有办法，只好又去找李建设。他知道李建设眼下正在准备着盖房子，手里肯定会有一些钱，考虑到平时两人关系不错，王想决定去试一试。

李建设的猪圈已经建好，他此时正在家里搬运石块和木料，为建房做着前期准备。看到王想进门，他马上放下手里的活儿问道：

“想哥,你不是在家里盖房子吗？今天是哪股风把你给吹来了？该不会是找我有什么事情吧？”

王想还没开口就被他这么问了一句,一时觉得无法开口,但是考虑到自己来找他的目的,只好愁眉苦脸地叹着气说:“唉,老弟,你哥现在遇到难处了,不知道你能不能帮我一把？”接着就把自己的意思给讲了出来。

谁知他话音刚落,就遭到李建设的拒绝,他带着歉意对王想说:“想哥,不好意思,这个忙我帮不了。你没看我也正在准备盖房吗？就是因为手里钱不够才迟迟没有动工。说句实在话,如果不是看你正在盖房子,我早就想找你去借钱了。”

听李建设把话说到这里,王想无奈地低下头,把手里的烟抽得“啪啪”直响。

看到王想为难的样子,李建设叹着气说:“想哥,要知道你盖的是‘白宫’啊！又不是几千块钱能解决的,再说我手里那几个小钱即使全部借给你也不够。说句不好听的,还不够你塞牙缝呢！又怎么好意思借给你？”

唉,事情怎么会弄到这一步呢？

从李建设家出来,王想一时不知道该怎么办才好。他心事重重地回到家,看着自己那座还没有建起的“白宫”,心里感到很难受,特别是房顶那个象征性的大圆顶还没有建起来,所以远远望去,整个房子像个无头的骨架那样站在那里,看了别提让人有多伤心……

王想走上前去,看到那些建筑工人们因为无事可做,不是蹲在那里抽烟闲聊,就是半躺在那里眯着眼睛睡大觉,一个个无精打采的。王想不由叹起气来,唉,如果再弄不来资金,自己的房子就有可能半途而废,如果到了那一步怎么办？别人不是更要嘲笑自己吗？想到这里,他马上在心里说,不行,现在事情已经走到今天这一步,就是砸锅卖铁也得把“白宫”盖起来,不然别人会怎么看自己？看来只有去银行贷款才能解决这一问题！

六

王想是镇信用社的存款大户，全信用社的人都认识他。一看他进了营业厅的门，大家都向他热情地打招呼。

“王老板，你可是个大忙人啊！今天来要办什么业务？是存款还是取款？”

“我今天既不存款也不取款，我是来贷款的。”王想拧起眉头，心情郁闷地说，“请给我办一下贷款手续，我要贷个几十万元急用！”

“贷款？你贷款要干什么呀？”一名工作人员看着他惊讶地说，“贷款可以，不过贷款的手续很麻烦，再说这个事我做不了主，要请示我们的领导后才能答复你。”工作人员说着跑到后边办公室，把信用社主任请了过来。

“听说你要贷款？”信用社主任走进来，笑眯眯地看着王想，“你现在贷款要干什么？是不是准备扩大养猪场的规模？”

“不是，我今天贷款是为了盖房子，”王想如实讲明自己的来意，最后他请求说，“刘主任，咱们是老关系了，我现在急需用钱，你看能不能先给我贷一部分款？”

“王老板，贷款可以，不过我们信用社有规定，你除了要有抵押物品外，还得有人给你担保才能办理贷款手续。你准备贷多少钱？”

“大概需要五十万元吧！”王想考虑到下一步还要对房子进行后期装修，所以故意多说一些，免得不够用。

“你需要这么多？你盖的究竟是什么房子？怎么需要这么多钱？”信用社主任吃惊地问，不过看着王想愁眉不展，一副不愿回答的样子，只好告诉他说，“王老板，你是我们的老客户。可是尽管如此，我们也得按程序办事，毕竟我们社里有规定，必须要有抵押物和担保人才能办理贷款手续。”

“用我的猪场作抵押可以吗？”

“当然可以。”信用社主任公事公办地说，“不过我们得先对你的猪场进行评估，看看到底值多少钱，才能按比例给你贷款，你有担保人吗？”

“没有，”王想挠着头说，“让我们村主任给我担保怎样？”

“可以呀，不过要他本人同意才行！”

“那好，我现在就给他打电话。”王想说着就掏出手机给村主任联系，可是还没等他把自己的意思说完，村主任当即就在电话里一口回绝了：“王想，现在这形势你难道不知道吗？过去有人贷款娶媳妇、盖房子，那是形势所迫，可是现在时代不同了，这年头谁还那样干？如果你是贷款办企业做生意，我支持你，可是如果你是贷款用来盖房子，对不起，我不能给你担保！”说完不等王想回话，村主任就把电话给挂了。

借不来钱，又贷不来款，王想心里窝着一口气，肺都快气炸了。

“势利眼，一群势利眼！”从镇里回来的路上，王想嘴里骂道，“过去我到信用社，他们什么时候不是远接高送的？现在倒好，我想贷几十万元的款他们都不放给我，这不是故意刁难我是什么？不就是看老子现在手里没钱了吗？就开始嫌贫爱富落井下石，他们怎能这样对待我？还有村主任，过去我可没少请他的客，现在居然连这个忙都不帮，不借给我钱不说，连个担保都不做，还经常说和我是哥儿们？屁！什么哥儿们，全都是假的！”骂完这些，王想还不解恨，这时他又想到了周德全和李建设以及全村的人，他觉得这些人都在和自己作对，不由生气地说：“你们一个个非但不帮我，还想看老子的笑话！哼，以后你们谁也别想占老子的便宜！活人能叫尿憋死？难道你们不帮我我就盖不起‘白宫’吗？我偏要盖，不但盖，我还要把它盖得高大漂亮，看不把你们全都气死才怪！”

王想并没有回家，而是直接去了自己建在村外的养猪场。现在他心里又气又乱，最后只好在心里叹着气，唉，为了实现自己的愿望，尽早把“白宫”盖起来，看来只有先处理圈里的猪了。可是他想到自己春节前刚卖过一批，如果现在接着再卖显然不明智，不但价格上不去，而且现在圈里留下来的猪都还不到出栏时候。不过一想到自己又没有其他办法，只好狠着心卖猪。

“你不能打猪的主意！”正在猪场里干活的妻子看出丈夫的用意，马上走过来劝他，“王想，你想干啥？你可不能为了盖房子把猪都给卖掉，要知道，猪场是咱家的命根子，卖完猪以后咱们还指靠啥挣钱发家致富？”

王想也不说话，继续围着猪圈看。他边走边在心里盘算着，这几圈是成猪，那几圈是仔猪，他围着猪圈一个个看过去，就像屠夫在挑选待宰的猎物那样。转着转着，他心里突然变得难受起来：“猪啊，我多好的猪啊！过去每一头都长得膘肥体壮的，看见它们就像看见自己的孩子一样让人高兴。可是现在，圈里的这些猪腰都塌了，屁股也小了，身上瘦得都能看见肉里边的肋巴骨，明显是掉膘了。”说来也怪，那些猪们一看见主人来了，就像看见久别重逢的亲人一样，一个个立起来扒住猪圈的边缘，眼巴巴地望着他冲他叫起来，仿佛在向他诉说着自己肚子饿了，需要王想赶快给些吃的。还有一些猪则被饿得连站起来的力气都没有。看到这情景，王想的心里更加难受起来。他知道，为了盖房子，这段时间，自己已经好久没有来猪场了，加上建房需要占用大量资金，导致自己无钱购买猪饲料，使猪的营养跟不上，已经到了难以为继的地步，他的心不由又软了下来。

正在这时，建筑公司经理打来催促电话，问他什么时候才能弄到钱复工，眼下工人们已经闲了几天，如果再不复工，他们就要考虑撤走的问题了。

挂上电话，王想一下子愣在那里，他知道情况紧急，盖房的事情不能再拖延下去了，如果建筑公司一撤走，要想再把他们请回来可就麻烦了。罢罢罢，为了让自己的“白宫”尽快盖起来，眼下自己已经顾不上那么多了。卖！只有先把猪卖掉一部分，赶快筹到钱再说。想到这里，他急忙给收猪的打电话，要他们赶快到自己的猪场来。

妻子到底没能劝住丈夫，眼睁睁地看着丈夫在那里一意孤行，她心疼得眼泪都掉了下来。

卖掉一批猪后，王想的建房资金也到了位，可是他刚松了一口气，建筑公司经理马上又找到他反映说资金不够，需要再筹。王想听后吓了一跳，瞪大眼睛吃惊地问："刘经理，怎么回事啊？我明明看着房子已经盖起来了，怎么现在资金又不够了？"建筑公司经理不慌不忙地回答说："王老板，不错，你的房子是盖起来了，可是后期的装修呢？难道不需要钱吗？巧妇难为无米之炊，如果你不出钱，我们可是盖不出你想要的那种效果。"

"怎么会这样，怎么会这样呢？"王想抓住自己的头发在那里无奈地说。

没办法，王想只好咬着牙，狠狠心，再次来到猪场里想办法。可是现在猪场里已经没有成猪可以处理，于是他只好把目光又瞄上了那些尚年幼的仔猪身上。

听说丈夫刚刚处理完一批成猪，现在又要打仔猪的主意，妻子急忙赶来劝阻。可是王想根本不理妻子那一套，只管围着一圈仔猪观看。他发现这些仔猪不过几十斤重，一个个看上去像是还没长大的孩子，正在那里无忧无虑地撒着欢，很显然，它们此时出栏还太早，所以他越看越不忍心，可是一想到建筑公司经理向自己告急的神情，又联想到自己盖了一半的"白宫"，他的心肠马上又硬了起来，于是他咬着牙，掏出手机就给收猪的联系。

"王想，我看你简直就是个疯子！"看到丈夫为了盖房子已经到了丧心病狂的地步，妻子非常气愤，上去夺过他的手机生气地骂道，"王想啊王想，你这个败家子，我现在告诉你，这个家只要有我在，我就决不会叫你再卖这里的猪！"

"现在事情都到了这一步，你不叫我卖猪怎么办？"王想无奈地对妻子说，"难道你也想看我的笑话吗？"

"怎么办我不管，反正我不叫你卖猪！"妻子气呼呼地说，"当初劝你你不听，为了满足自己的虚荣心，好好的房子你不住，偏要盖啥破房子，现在事情弄到这一步，难道你的脑子就不能清醒清醒？"

"清醒？哼！我实话告诉你，走到今天这一步，已经没有任何退路了，难道连你也想阻挠我盖房子？”王想看妻子教训自己，不由生气地说，“何况盖的房子又不是我一个人住，要知道还有你的一份呢！”

“我不稀罕你盖的破房子，”妻子看丈夫执迷不悟，只好耐着性子在那里苦口婆心地劝他，“咱是普通老百姓，居家过日子，只要能过得去就行，我才不喜欢过那种一嘴吃个砂锅——光知道脆不知道碜的生活，当面不说，背后被人捣脊梁骨。”

“可是事情到了这一步，你不让卖猪怎么办？你总不能眼睁睁地看着快盖起来的房子被停工吧？”

“王想，别再倔强了好不好？不然等你卖完猪就没啥可卖的了，知道吗？你再这样做，今后就等着去喝西北风吧！”

“喝西北风我也得卖猪，不然眼下这一关我就过不去！”

“如果你要卖就卖我吧！”看劝不醒丈夫，妻子一气之下恼怒地说，“反正你不过了，我也不想过了……”

“哼，卖你也一样，你以为我不敢？”

王想说着劈手就去夺妻子手里的手机。妻子不给，身子一躲就把手机藏在了一边。

看到这里，王想不由恼羞成怒，冲上去硬抢。两个人很快就在猪场里扭打起来。就在两个人在那里打得难解难分的时候，王想的手机突然响了起来，他急忙一把抓过去，原来是收猪人打来的。对方在电话里告诉王想，他们的车马上就到，要他赶快做好卖猪准备。

“好好好，我知道了，你们赶快来吧，我现在马上到猪场大门口去接你们！”王想急忙对着手机回应，紧接着，他顾不上妻子，转身就向猪场大门口跑去，留下妻子一屁股坐在猪圈外边的水泥地上号啕大哭起来……

七

已经是春天。

如今到处都是春天的景象，树绿草青，鸟语花香，阳光明媚，田里的冬小麦经过几个月的冬眠之后，此时也张开眼睛，挺起身子，打起精神，晃着一张张生动的笑脸，一切都是万象更新的样子。

王想的“白宫”终于建成了，远远望去，就像电视里的欧式建筑那样，矗立在村子的正中心，显得无比高大巍峨，雄伟壮观。整个建筑该圆的地方圆，该方的地方方，该凸出的地方凸出来，该凹进去的地方凹进去，这里有一个阳台，那里有一道楼梯，就连楼梯的栏杆上也是好看的铁艺的花形。再看那些门窗设计，也都与众不同，从上到下，雪白雪白的，与周围低矮的平房、楼房相比，鹤立鸡群，成为全村最突出的一个大亮点。

妻子已经离家出走。她是在王想处理完仔猪后，一气之下离开的，她临走前生气地说：“我活了这么多年，从来没见过这么固执的人，一意孤行，简直让我伤透了心，我这辈子再也不愿和王想这种自以为是的人一起生活！”说完这话，她带着孩子头也不回地走了。

听说王想建起了一座高大漂亮的“白宫”，方圆几十里的人都赶来参观。他们站在王想的“白宫”里，手抚着漂亮洁白的罗马柱，脚下踏着光可鉴人的地板，抬头望着宽敞明亮的落地窗、流线型的旋转楼梯、圆穹形的房顶，这里看看，那里瞧瞧，一个个啧啧赞叹：“啊，这房子建得真是太漂亮了，简直和电视里看到的美国白宫一样……”

如今王想成了一个孤家寡人。听着人们的赞叹，蹲在“白宫”门前的台阶上，他怎么也高兴不起来。此刻，他甚至觉得人们的赞叹全都变成了讽刺和嘲笑。在无边的笑声中，他抬起头向远处望去，目光穿过高高低低起起落落的平房和楼房，他好像又看到了自己的养猪场和养猪场昔日的红火场面……然而当他的意识清醒过来后，他真切地知道自己的养猪场里一片静寂，昔日红红火火蒸蒸日上的景象再也看不到了，就连猪们在圈里热闹欢腾的声音也听不到，但是他却清晰地听到有一声嘶哑的猪叫，正从自己的嘴巴里低吼出来……

在地图上旅行

收完秋种罢麦，来不及过渡一下，深秋的天气里便有了冬天的寒意，这时候，闲下来的母亲吩咐我去把外公叫到家里小住。听了母亲的话，我就去院里套上架子车，和母亲一起出发了。母亲五十多岁了，身体还算不错，从我们天堂村到外公的天河镇有二十多里路，只要赶得紧，她基本当天去当天就可以返回来，当然是家里有重要事情时她才会这么做。只要家里没有什么要紧事，她都会在那里多停上几天。外婆去世多年，偌大的院子只有外公一个人在那里守着。外公没有其他亲人在身边的时候，母亲当然要尽到自己做女儿的孝道，她会经常到外公家里小住，给他洗衣做饭、拆洗被褥、缝补衣服，伺候他几天。那天是个星期天，当母亲吩咐我去接外公时，她便换了衣裤，在窗子下简单收拾了一下，坐上我已经套好的架子车，和我一起出发了。

等我们轻车慢步地从天河镇把外公接到我们家，已经是当天傍晚的事情。外公的到来让我们家有了不同凡响的感觉，这感觉很快就体现出来了。

外公是一个清爽得像棵桐树一样的老头，八十多岁了，别看他腰板虽然稍显弯曲，但是精神矍铄，穿着一身黑布衣裤，嘴里噙杆一尺多长的旱烟袋，步履轻松地走出门去，遇到我们村子里的人，他就会主动走上前去，笑呵呵地挥着手里的旱烟袋，指点江山似的打着招呼。

外公来自具有几百年历史的天河镇，厚重的历史积淀了浓厚的文化，因此他知道的东西自然就多，什么过去的故事，现在的奇闻趣事、风土人情等等，他都能讲得活色生香，而且风趣幽默，常常让人禁不住哈哈大笑，于是大家也就乐意听他说话。

由于季节的缘故，白天变得既冷又短，就像天上的太阳，早上八九点钟才从东边的云层里拱出来，还没让人领略到它的温暖之处，晃一下身子，就过午了，就变成了天边的夕阳，再晃一下身子就不见了影子。外边天冷，待不住人，无事可干的时候，人们喜欢到处跑着串门子，扯闲篇，抬抬腿，迈迈步，就从这家走到了那家，言谈举止间，就把无聊的日子给打发了。于是，就有那些上了年纪的人来到我们家，听外公讲天河镇上的事情，讲外公积攒了一肚子的见闻。这时候，外公面南背北地坐在我家那把漆面已经有些斑驳的木制圈椅里，脸上漾着一层金红，他的面前是座用土坯盘成的泥炉子，泥炉子靠西边隔间的墙壁摆放着，墙壁上贴了张母亲专为外公买回来的中华人民共和国地图。那张地图很大，贴在那里，几乎都快把我家的一面墙壁给遮盖住了。坐在距离地图近在咫尺的位置上，外公从后衣领里取出旱烟袋，捉住烟布袋，把黄铜烟锅伸进去挖了一阵子，装好一锅烟，然后用火柴点着后，抽起了那杆用竹竿根做成的旱烟袋。外公一边抽，一边让一缕蓝色的烟雾在脸前弥漫着，然后眯缝起眼睛，倾着身子，趴在那里辨认着地图上的文字，那样子看上去就像一个花眼老太太在那里纫着一根怎么也穿不进去的针线。

见有人来串门，外公一改上午在村街上见到他们时的样子，并不和他们多说什么，只是象征性地让座、递烟，或者吩咐坐在旁边的我给来人倒上一杯白开水，然后他就端坐在那里，一边看着墙上的地图，一边用从嘴巴里拔出来的旱烟袋，指点着地图上的某一个地方问来人说:“你去过青岛没有?”当来人不知所云地说出一句“没有”时，外公故意重重地咳嗽一声说:“该去！青岛是多有名的地方，一个临着大海的城市，干净得就像从来没有落过一粒尘土，这样的地方你说该去不该去?”接着又问:“西安去过吗?”当得知来人连西安也没有去过时，外公于是就又咳嗽着说:“西安该去，那是一个多么古老的地方呀，大雁塔、华清池、秦始皇陵……到处都是老建筑，随便拿起一块砖头都可能是出土文物，应该去那里看看。还有，北京去过吗？哦！北京也没去过？那就更应该去了，北京是什么地方，咱们国家的首都啊，从元朝开始就是国都，经过了明朝、清朝、民国等等，一直到现在，几百年了，别的不说，光清朝的皇帝就在那里坐了多少年？不简单啊！天津去过吗？怎么，天津也没去过？天津过去也叫天津卫，是有名的港口城市，民国时候，那里可是北京的外城墙啊，八国联军就是从那里过来的，还有义和团起义等等，在那里发生的事情可是太多了，那是多有名的地方，真是该去！上海呢？上海也没去过？哎呀，上海那可是个热闹的大城市呀，上海滩多有名，还有黄浦江……都是大上海的标志，能到那里走走看看，这一辈子就算没有白过，可惜你没有去过……看来你什么地方都没去过，这不行，你这没出过门，外边的什么世面也看不到，不是太说不过去了吗？说吧，都去过什么地方？梅海去过吗？”当听来人说去过梅海市时，外公脸上一凛，表现出不屑一顾的样子，马上点评说：“梅海太不值得去了，一个出煤的地方，城市太小不说，还到处都是黑煤灰，脏得连个下脚的地方都没有！一出大门，就是一脸黑……干啥去的？拉煤？哎哟，那可太辛苦了，从你们天堂村到梅海市有一百多里地，要走上两天吧？差不多，我觉得也差不多。别说去梅海市，那时候，我去青岛、西安、北京、天津，都是坐的火车，火车你知道吧，几十节比人还高的车厢连在一起，被火车头牵着，一条长龙似的顺着铁路跑，一个小时能跑六七十里路，够快了吧！比骑马都快，冒着黑烟，一路上疯跑起来，嘿嘿，就这样的速度还要跑上两三天才能赶到那里，怎么样？我去的地方够远了吧！”

外公坐在那里抽着烟，不时发表着自己的见解，把话说得轻轻松松的，这个时候，他脸上的皱纹好像也舒展开来，那神情，就像他从那些地方周游了一圈刚刚回来似的。

看外公说得如此轻描淡写轻松快活，被问到的串门者望着他，脸上僵出一层灰色，不由从心里生出一丝崇敬，无端地觉得自己是那么渺小，那么没有见过世面，更没有出过一次远门，像没有看到过更大天空的井底之蛙，像长在角落里的一棵小草，不觉就有些萎缩下去，身子越发地小了、瘦了。而此时，外公面前的泥炉子里，炭火燃得红红的，门外的天空越发地昏暗下去，天色开始变得像夜色一样浓重起来。

外公就是这样，早上出门，到村外的田野边转上一圈，就相当于他在天河镇上散了一会儿步。到了上午，他就会迎着一轮玉米面饼子似的黄颜色太阳，走到村子的大街上，找个背风的地方坐下去，一边抽着旱烟袋，一边与人们打着招呼扯闲话。一到下午，他便不再出门，头上戴着火车头似的“四严封”帽子，身上披着我母亲给他缝制的黑棉布大氅，守着一个泥炉子，眯缝起眼睛在那里看地图。地图上的线路从一个点上开始，长长短短、粗粗细细地向周围伸展开去，那样子既像一棵老树的根须，又像一张撒在水面上的渔网，把外公的目光罩进去。外公就那么神情专注地把自己沉进去，目光顺着地图上的路线向前爬行。他已经把自己的身体投在了地图上，像只小小的爬行动物那样，每向前一步，都是小心翼翼的。那样子有时候看上去又像一个旅行家似的，每走到一处像样的市镇或景点，他就会不由自主地停下来，好好看一看，以使自己对这个地方观察得更细一点。当然最好是做个标记，写上几笔，留下一些可以回忆的东西，然后再起身上路，目光顺着国道、省道、县道、乡道，继续一条条地走过去，就看到了一路别人看不到的风景。

外公家里开着车马店，年轻的时候，他是一个纨绔子弟，家里的事情根本不操心，有当掌柜的父亲在那里料理，自己落得一身清闲，无事可干的时候，他就会到处走一走，看一看。那时候，天河镇的风景不错，周围有山，镇外有河。镇子里店铺林立，车水马龙，人勤春早，民风淳朴，安乐太平，是方圆百十里有名的古老大镇，真正称得上是一处世外桃源，繁华热闹自不必说。可是外公却不喜欢看那里的风景，他的心在天河镇之外，只想出去看看外面的世界，开一开眼界，丰富一下自己。

从天河镇到梅南县城有六十多里路，坐上一辆马车，半天工夫就可以到达，再从梅南县城去梅海市、省城或其他地方就要坐汽车、火车了，所以外公一出门，差不多需要半个多月的时间，在外边看足看够了，这才打道回了天河镇。在外面开了眼界，回到天河镇的外公便有了讲不完的故事，那些很少走出天河镇的人几乎都成了外公的听众，他们纷纷围在外公的身边，屏息静气地听他讲外面的世界，什么地方发生了新奇的事情，又有了什么新的变化等等，再加上外公的临场发挥，听得全镇人一个个目瞪口呆。

外公来到我们天堂村，巴掌大的天堂村就变成了外公传经布道的道场。那些天，到我们家串门的人也格外多起来，他们怀着一颗好奇心坐在我们家，就像是在听一个云游和尚传经上课一样。外公挥舞着手里的旱烟袋，眉飞色舞地讲着自己的见闻。说得最多的，还是他年轻时去过的那些地方，比如青岛，比如西安，比如北京、天津，还有上海，再比如一些大家只听说过名字但是连在哪个省都不知道的那个城市里的情况。每到这个时候，看着围坐在面前的串门者那一张张困惑苦焦的脸，外公就会一边吞云吐雾地抽烟，一边摇着一颗白花花的头，用他仍然洪亮如钟的声音感叹地说："哎呀，外面的世界那么大，你们真该去看看，不了解一些地理可不行，长了这么大，你们什么地方都没有去过，什么都不懂，这怎么行？太孤陋寡闻了，说出来，会让人笑话的。"尽管他把话说得如此难听，但是大家仍然一脸迷茫地坐在那里，认真听外公讲外面的世界，仿佛一听外公的讲解，自己就也出去旅游了一次那样。他们的目的很简单，既然自己去不了那些地方，看不到外面的世界，就想借助外公的讲述，填充进去一些由于日常只顾繁忙劳作，而一旦闲下来就不知道该干什么的空虚和无聊。

时间就这么一天天地过去了，外公也在我们家度过了整整一个冬天。看看到了年关，家家户户都开始准备过年的东西了，外公也该离开我们家，回到天河镇的家里了。尽管母亲依依不舍，总是感到自己还没有完全尽到做女儿的一片孝心，可是时间和当地的风俗已经不允许了，所以在她无奈的吩咐下，我趁着星期天，又一次套上架子车，顺着那条能腾起一条土龙似的乡间道路，拉着外公从天堂村出来，一路摇摇晃晃往天河镇进发。

那个时候，我常常想，什么时候我才能像外公那样坐着火车，意气风发地到青岛、西安、北京、天津、上海那些城市走一走看一看，把外面的世界装进自己的眼睛里，回来后就可以像外公那样，到处讲经似的告诉给更多的人，那该是一件多么美好的事情啊！甚至有时候我还幻想着，有朝一日，在外公的指点下，顺着他经常在地图上走过的路线，从哪里出发，途经什么地方，到哪里停留，好好地看一看外面美好的世界，可是我却一直没有找到这样的机会。因此，我所能做的，就是像外公那样，没事的时候，盯住面前的地图，顺着地图上蜘蛛网似的路线，把自己的目光无限渴望地向四周尽情地伸展开去，直至到达那些天堂村以外的陌生之处。

为了尽快实现自己的理想，闲暇之余，我常常会把自己正在学习的《中国地理》和《中国历史》课本拿出来看一看，把这两本书当作自己了解世界的窗口，看看外公嘴里所说的海滨城市青岛在什么地方，周围都是些什么，看看西安的建筑有什么特点，是不是像他描述的那样古老，看看坐落在祖国北方的北京和天津这两个历史名城都有什么奇特之处，还有那个被称为东方巴黎和世界威尼斯的大上海如何热闹繁华，又是怎样闻名遐迩、名扬世界的……这个时候，我希望有朝一日能像外公那样，来一次真正的实地考察或者旅行，不是在一张平面地图上，而是在自己的一双腿上，去周游世界各地，亲眼看一看那里的样子，亲身感受一下那里的气息。

春节一天天临近了，鞭炮开始在空中东一下西一下地炸响着，就像一个从暗处偷偷溜出来的贼一样在四处寻找着什么，到处都洋溢着过节的喜庆。可是这个时候，不知道怎么回事，身体一向硬朗的外公因为一场小小的感冒，居然一病不起，而且病情日益严重起来。当这个信儿捎到我们家时，正在准备过年物品的母亲，像被什么蜇了一下，突然一下子僵在了油炸味儿香气很浓的灶房里。

“他平时身体好好的，怎么会这样呢？”母亲像傻掉了一样喃喃着。

舅舅不知身在何处，如今母亲是外公身边唯一的亲人，什么事情都没有外公的身体重要，因此，在这个时候，手里再重要的事情都要停下来，向后推一推。

那天下午，当我和母亲一起匆匆忙忙地赶到天河镇的外公家里时，外公正躺在一张木板床上，身上盖着一床薄被子，那杆早已熄灭的旱烟袋就在他的手边冷着，冷着的还有他那张如同白纸一样的面孔和面孔上像关闭着门窗一样的眼帘，这时他已经说不出话来了。听见我们走到床边的声音，外公打开沉重的眼皮，就像打开了两扇尘封已久的门窗似的，我看到了一双混沌失神的眼睛。

外公知道我们在他的床边，空洞的嘴巴翕动了几下，却没有发出声音。我盯着外公惨白的面孔，急切地等待着，停了好长时间，他才慢慢地抬起干枯的右手，哆哆嗦嗦地指着自己的枕边向我母亲示意。顺着外公的手指看过去，我发现外公的枕头旁边是一张折叠起来的地图。地图已经发黄，周边已经起毛卷边，中间有几道几乎快要被折断的痕迹。我拿过来打开一看，地图上满是圈圈点点的符号，其中最显眼的地方是青岛、西安、北京和天津，还有上海。

我不知道外公为什么要在地图上标出这些城市。我拿过地图看了看，不解地轻声问母亲。母亲望着我手里的地图没有回答，只是站在外公的床边叹着气不住地流泪。过了一会儿，她趁外公不注意，悄悄把我拉到一边，看离外公远了，母亲这才揩了一把脸上的泪水，叹着气告诉我说："孩子，你还小，什么都不懂，你外公的意思是，他走之后，要把这张地图给他带走……""为什么呀？"听了母亲的话，我还是有些不解。于是母亲就抬起手，再一次揩着脸上的泪水哽咽起来了。她一边揩眼泪，一边轻轻地告诉我说："其实你哪里知道，你外公是个既爱面子又爱想象的人……除了梅南县城，他哪里也没有去过，他说的青岛、西安、北京、天津，还有上海那些城市，只不过是他经常想去而没有去成的地方，他年轻时一直在梅南县城的烟花柳巷或者烟馆里，过着虚度年华的生活。唉，你外公这一辈子，只不过是靠着一张地图旅行了一生……"

"既然没有去过那些地方，他为啥还要给我们说他去过呢？"

"你外公还不是为了满足自己的虚荣心,他也把去那些地方当成了自己一生的梦想……"

听了母亲的话,我侧过脸去,昏暗的房间里,我再次看到外公那张布满皱纹的面孔,虽然那样熟悉,可是我却突然间感到有些陌生起来。

(2008 年 7 月 28 日夜)

老人与狗

一

我是狗，我是一只会说话的狗。我的名字叫花妮，因我雪白的身上有几处巴掌大的黑块而得名。我想讲讲我和一位乡村留守老人的故事。

唉，这个故事该怎么说呢？我还是从那天下午说起吧——

那天下午，长贵他娘，就是那个被我称为奶奶的老人，她看天色已晚，大概觉得天气太冷，于是就把我带进了她的房子。这是一幢高大气派的大平房，由于是新盖起的，又加上刚刚装修过，里边到处都显得既干净整洁又漂亮，站在能映出倒影的地板上，我简直都不知道该把脚往哪里放。

“盖恁好的房子不住，你说盖它有啥用？”老人环顾着房间自言自语地说。

房子是他儿子长贵和儿媳妇外出打工多年挣钱盖起来的，现在这种房子在村里到处都是。这两年，村里人外出打工后，都把挣回来的钱盖成了房子，仿佛只有这样才能显示自己的本事和富有。所以他们在外面无论吃了多少苦受了多少累，只要挣了些钱，一回来就像比赛似的都开始盖起房子。他们现在盖的大多是平房，当然也有不少人盖起了两三层高的楼房。看着村里那些高高低低的房子，有人感叹说这社会变化太快，快得自己都赶不上时代的步伐了。当然这些房子盖得也漂亮：外墙刷上白漆，房檐和门口贴上瓷片，安上雕花镂空的大铁门，配上崭新的铝合金门窗……更让人感叹的是与房子连在一起的配套建筑，无论平房还是楼房，家家户户的房子前边都围着篮球场一样大的院子，院里配房、厨房、储藏室、卫生间等样样俱全，中间空地上再垒几个花坛，里边种上花花草草，看上去就有了城里人生活的样子。再看那些新建起来的院门，一律都是高门楼、大铁门，配上门楼上方和两边的红瓷片对联，显得高大威武，十分漂亮。

可是房子盖好后，老人的儿子却没住上几天，就又急急忙忙外出打工了，把这一切留下来让老人看管。

“你说说这是个啥事儿！”我听见老人感叹了一句。

说实话，长贵的房子盖得确实不错，毕竟花了十多万元呢。其实我知道现在农村人的盖房心理，为了防止小偷乘虚而入前来盗窃，当初长贵回来盖房时不但特意深挖了地基，加宽了墙壁厚度，而且还升高了房顶、门楼和院墙，因此房子盖得像碉堡一样结实。

房子盖好后，长贵还学着城里人的样子对新房进行了装修，琉璃瓦镶顶，白瓷片贴墙，地板砖铺地，白石膏吊顶，甚至还在墙上贴了层壁纸，在客厅顶棚上挂了盏比脸盆还大的水晶灯。此外，他还买回来冰箱、彩电、空调等家用电器和布艺沙发、大理石茶几、实木餐桌、柜子、梳妆台等家具，把这些东西往屋里边一摆，整个房子的效果就出来了。为了证明自己在外边见过世面，长贵还在房顶安装了一台太阳能热水器，这样住在家里就可以像城里人那样享受热水淋浴了。面对这种舒适优美的生活环境还有什么可说的？然而家里的幸福生活才刚开个头，长贵就又带着老婆孩子外出打工了。家里房子盖得再好，除了自己一家人住着舒服外，同样也是摆给别人看的。为了挣钱，他不得不继续踏上外出打工的路。

唉，为了挣钱连家都不要了，你说这是何苦呢？

老人知道儿子这么做也是无奈，可这样一来，就把自己这个孤老婆子一个人扔在家里，说是看门，其实就等于把自己像狗一样拴在家里，这不是活活折磨人吗？

天色在慢慢变暗，想到儿子儿媳出门在外，自己独自守着一个大院子，老人心里就会生出一种说不出的悲凉和孤独。

“奶奶，我有些饿了，你什么时候做晚饭呀？”我围着老人不停地转圈，不时像孩子一样抬头望着她。

“你看我这记性！”老人看了看外面黑下来的天，突然醒悟过来。

“可是今黑要吃啥呢？”老人低头看着我像在征求意见又像是自言自语地说，“要是能烧碗热腾腾的面条就好了。可我现在年龄一大，身上连擀面条的力气都没有，又咋能烧面条？看来只有吃馒头和稀饭。”可是一想到那些用麦子换来的机工馍，她马上又没了胃口，不由埋怨起来：“别看这馍又白又暄，可是吃到嘴里像棉花套子一样没滋没味的，连点麦子味都没有。可是如果不吃馍又能吃啥？对，我还是给自己泡包方便面吧，既方便又省事。”于是她从客厅的柜子里翻出一包儿子给孙子买回来没吃完的一袋北京方便面，找来碗和开水给自己泡了一袋，接着又从柜子下边的食品袋里摸出一块面包扔给我，安抚说：“花妮，家里实在没啥能叫你吃的，要不你先吃这些东西垫垫肚子吧！”

可她哪里知道我的胃口，我不想吃这种带着化肥味的膨化食品，所以我低头用鼻子嗅了嗅，就又抬起头继续盯住老人那张布满皱纹的脸，摇摇头，表示自己不想吃。

“花妮，你咋不吃面包？”老人看着我不解地说，“这可是长贵掏钱买回来的好东西，你咋不赶快吃呢？”

“我不想吃面包，里面有股化肥味，吃了肚里不舒服，现在我只想吃你给我的剩饭，你能不能给我弄碗剩饭呀？”我歪着头对老人解释，“奶奶，你平时给我的剩饭里有汤有水的可好吃了！可是你看这面包，看上去黄澄澄油汪汪的，可我就是吃不习惯。”

“哎呀，没想到你的要求还不低哩！”

“不是我要求高，而是我不想吃那些化学食品。奶奶，不就是两碗饭嘛，你去烧一些吧，等你吃完后给我留一点儿就好了。”

“唉！我的花妮呀，”老人慈爱地看着我嗔怪起来，“叫我说你啥好呢？不就是想吃点剩饭吗？算了，为了俺的花妮，我方便面也不吃了，还是去给你烧碗稀饭吧！”

老人从沙发上站起来向外走去。看她要去厨房烧饭，我高兴得像个孩子一样，急忙蹦蹦跳跳地跟着她去了厨房……

二

外边的夜又黑又冷，此时四周很静，静得像掉进了一口井里，只有头顶的水晶灯在电流作用下发出轻微的“滋滋”声。

吃过晚饭，我和老人像母女那样相互依偎着坐在客厅沙发上。她过去爱看戏，特别是电视里只要一放豫剧，她的精神马上就来了，有时看着看着还会跟着哼起来。可是现在她的眼睛和耳朵不好，加上爱清静，所以连电视也没开，打坐似的坐在那里想起了心事。

“唉，如果儿子儿媳和小孙子在家的话，这时电视早被打开了。小孙子喜欢看电视上的动画片，只要《熊出没》里的熊大、熊二和光头强一出来，他就兴奋得跳起来大喊大叫的。所以只要他在家，一天到晚都不叫关电视，手里攥着遥控器，生怕被别人抢走一样，瞪着两只大眼睛紧紧盯住前边的电视屏幕，恨不得钻进去。可现在他们一个个都走得远远的，连个人影都看不到，却把我这孤老婆子留下来守着这座冰冷的大房子，这算个啥事儿啊！长贵，你们啥时候才会回来啊？”

大概觉得屋里太冷，老人像刺猬似的缩着脖子往四周扫了扫，当她看见窗台旁边的冷暖柜式空调时，心里不由动了一下。儿子在家时曾给她介绍过，只要一按遥控器上的开关，空调上边的风口里就会“突突突”地向外吐热气，这样自己就可以取暖了。可是一想到开空调太费电，老人很快又打消了这个念头。她听儿子说，这台空调是个张开大嘴的老虎，喝起电来有股子不要命的架势，一小时要用两度多电，一度电五六毛钱，如果开上一夜，那得花多少钱？想到儿子儿媳在外挣钱不容易，自己怎么能在家里浪费钱？算了，这点冷算啥？还是给孩子们省着点吧！

“花妮，你冷不冷？”老人一把把我搂进怀里，摸着我的头慈爱地说。

“我不冷，奶奶，我刚吃过你给我烧的晚饭，我这会儿感觉身上热乎乎的。”说着我把身子往前拱了拱，紧贴住老人的前胸亲昵地说，“不信，你摸摸我身上暖和不暖和？”

老人的手从我的头上开始，先是眼睛、鼻子、嘴巴，然后再是头顶、耳朵、脖子和脊梁，一路顺着摸下去，很快就到了我的前胸和后背，无论摸到哪里，她都感到我的身上毛茸茸的、热乎乎的，像只燃烧着的小火炉一样，这感觉不由让她想起自己当年抚摸儿子长贵时的样子。

“花妮，你说这世上谁和我最亲？”老人抚摸着我突然感慨地问道。

“谁和你最亲？”我不知道老人这时为什么会突然问这句话，更不知道她话里的意思，只好望着老人眨了眨眼睛，摇摇头猜测说，“当然是我爷爷和你最亲。”

“不对，你爷爷那个死鬼早就躲到地下去了，你咋能说他和我亲？”我的话勾起了老人的伤感，“唉，十几年了，你爷爷那个死鬼两眼一闭两腿一蹬，就到另外的世界里享清福去了，把我一个孤老婆子扔在这世上受罪哩！所以说他和我才不亲！”

“那会是谁呢？”我歪着头想了想又说，“那就是我伯和我姑他们，因为他们都是你的孩子！”

“不对。”老人听了我的话再次摇着头说，“你伯和你姑虽说都是我生的，可他们现在跟你爹长贵一样，都是拖家带口的在外边打工，没一个留在我身边。他们除了逢年过节回来看看外，平时根本没时间回来看我，就连收秋种麦这些大事，都是我拿着他们寄回来的钱去外边找机器给收收打打种上的。”

听她这么一解释，我只好迷惘地问：“奶奶，听你这么一讲，我还真不知道现在谁和你最亲。”

“就是你呀，我的小傻瓜！”老人紧紧地把我搂进她的怀里，然后轻轻拍着我的脊背亲昵地说，“在这个家里，现在只有咱俩是个活物。你看院里那些花草树木，别看它们长得怪高，花开得怪好看，可它们谁像咱俩这么亲？”

“还真是!”听老人这么一说,我认真想了想,不由点起了头,“奶奶,你说得对,现在这个家里还真只剩下咱俩,你做饭,我吃饭;你看家,我护院,咱俩一块看着这房子里的东西多好呀!”

“唉!有啥好的?”老人叹着气仰起脸继续絮叨说,“我这辈子生了仨儿子俩闺女,吃苦受累供养他们,可是等他们长大后,分家的分家嫁人的嫁人,现在一个个跑得远远的连个人影都见不着,你说说我这当老的心里啥感受?常言说,生儿育女防备老,可现在我身边连个说话的人都没有,你说孤单不孤单?平时如果不是有你在身边陪着,我真不知道该咋打发这孤寂的日子哩!”

“奶奶,你别这样说好不好,只要有我在,你就不用担心。只要你感觉心里闷,我就会守在你身边和你说话的。你想说啥呀?奶奶,要不咱俩现在就说说话吧!”

“说啥呢?”看我摆着耳朵一副调皮的样子,老人马上来了兴致,可是她刚要开口,马上又停下来,大概是发觉哪里出现了异常情况,她竖起耳朵认真听了听,接着急忙从沙发上站起来,手里提着矿灯,打开房门到院子里前后左右照了照,回到房里,她又把几个房间认真察看一遍,直到没发现什么情况时这才放下心来。看着老人警惕的样子,我也不敢怠慢,急忙尾随在她身后,像个卫兵那样寸步不离地陪伴着她。

等再次回到客厅时,老人并没有在那里停留,而是直接去了自己的卧室。她想躺到被窝里暖和一番。

看老人进了她的卧室,我也急忙跟了进去。在老人的卧室里,我看见她先是抻开被子,摆好枕头,然后脱鞋上床,接着随手拉过被子,把自己的两条腿伸了进去。盖上被子后,她并没有躺下去,而是拥着被子半坐在床上,然后一把把站在她床前的我抱进怀里,接住刚才的话说:“我的小花妮呀,夜恁长,我现在又不瞌睡,躺下去想睡也睡不着,要不咱俩说会儿话吧!”

“好呀好呀!”一听老人要和我说话,我急忙高兴地连声催促她,“奶奶,咱俩说啥呢?”

“说啥都行,咱俩随便聊聊天吧!”

于是老人和我拥抱着坐在床上开始说起话来。其实那天晚上我俩的谈话内容很简单,无非就是平时的生活琐事,当然老人也说到了我当初被她从外边抱进家里的情景。老人说:“花妮你知道吗?十年前我刚把你抱回来时,你还是个不到一拃长的小狗娃,不过一捧那么大,蜷在那里浑身毛茸茸的,简直像个小刺猬,是我一点一点把你喂大的,没想到一转眼你就长这么大了……”听到这里,我心里涌过一股暖流,感觉奶奶就像妈妈那样慈祥,不由生出一种要为她做些什么的愿望。那时我就想,奶奶对我这么好,我该怎么报答她呢?甚至如果需要的话,我可以奋不顾身地为她献出自己的生命……后来老人还和我聊起了发生在我们之间的那些小趣事等等,就是在这种闲聊中,我们更加明白了自己身上肩负的重任和职责。老人最后感慨地对我说:“花妮,只有咱们在家把门户看好,才能叫你爹长贵他们在外边放心挣钱……”

“我知道了奶奶,”听着老人的话,我认真点着头,“你放心,我一定和你一起把门户看好,决不让家里的东西丢失一件,哪怕一根木头、一颗螺丝钉都不让丢!”

“这才是我的好花妮!”老人抚着我的头欣慰地笑了……

三

腊月里的天阴着一张脸,像是谁欠他几斤黑豆钱似的。眼看大雪的节气已经过了,可是天上却连一片雪花也没落,让人觉得既压抑又无奈。

那天上午,老人头戴一顶灰圆帽,外边裹着黑头巾,身上穿件贴身小棉袄,为了防寒,她还在外边罩了件大棉袄,使她瘦小的身子看上去比平时胖大了许多。尽管天气冷得让人直不起腰,可她还是把身子靠在冰凉的门框上,抬头望着远处阴沉沉的天空发呆。

当时我就站在老人的旁边,看她站在那里发呆,我不知道她在望什么,只好也像她那样望着远处的天空出神,可是我什么也没有望出来，只好低下头去听院子里的动静。

“唉，这老天爷也不知道是咋了，今年连个雪糁都不下！”老人望着远处的天空突然感叹起来，“过去那些年一到冬天就下大雪，雪厚得能埋住膝盖。下雪天出不了门，全家人只好围在屋里的火堆旁边烤火边说笑，那情形多快活呀！可现在这冬天连点雪都不下，还哪像个冬天的样子？真是时代变了，难道连老天爷的脾气也要变了吗？”

老人患有气管炎，天一冷就咳嗽。也许在门口站得过久，加上吸了凉气，她刚发几句感慨，马上便张大嘴巴剧烈地咳嗽起来。咳了一阵，她觉得自己的胸部堵得难受，于是急忙回到客厅里给自己倒了杯开水喝下去压了压，这才感觉好受一些。其实除了气管炎，老人还患有高血压和心脏病，每次犯病都是很要命的，所以老人口袋里经常装着一瓶速效救心丸。医生告诫她说，速效救心丸是常用药和应急药，只要觉得情况紧急，马上倒两粒放进嘴里含化即可。老人一直记着医生的话，时刻都把速效救心丸带在身上。当然如果遇到紧急情况时，除了服用速效救心丸外，还要马上给儿子长贵打手机。

手机是长贵在家时给她买的老年直板机，手机按键上的数字很大，也很醒目。当初给她买手机时老人不让，她阻止儿子说：“我自己一个人在家用不上，花那钱干啥？”可长贵却坚持说：“娘，我常年在外，不给你买个手机怎么能行？万一家里有啥急事儿，你也好给我打电话说一下！”老人看劝不住儿子，只好随他。不过儿子给她买了手机后，她的手机却很少响起。老人的手机铃声是买时商家调好的一段豫剧《穆桂英挂帅》，只要电话一来，手机里就会传来穆桂英出征时的礼炮声，一听就会让人感到很振奋。可惜，除了儿子偶尔打回来个电话问候一下，其他时间，那部银灰色的老年直板手机就像件装饰品那样，一直安静地躺在老人的口袋里默不作声。

老人站在门口正发着感慨，这时突然听见有人在敲自己家的院门。听到大铁门发出“咣咣”的声音，我马上竖起耳朵，冲着院门口大声吼叫起来，紧接着便像箭一样射了过去，然而大门外的敲门声非但没有停止，反而敲得更响了。

“长贵他娘，你在不在家？”门外传来一个老年女人的声音。

老人听出是后院经常来串门的邻居福他娘，急忙紧紧身上的衣服，蹒跚着上前去开门。

七十多岁的福他娘长得高高大大的，加上外面穿了身棉衣，此时看上去像截铁塔那样。我曾经听老人说过，她们两人是一前一后嫁进这个村子的。年轻时，她们经常一起下田干活，即使在家里做针线活时，两个人也经常凑在一起说说笑笑的，处得像亲姐妹一样。那时候她们年轻，看着孩子们一个个在身边活泼可爱地跑来跑去，心里别提有多高兴。可是一转眼，她们都老了，虽然儿孙满堂，却享受不到孩子们带来的快乐。尽管她们两个住在前后院，离得并不算远，可由于这几年都盖了新房，家家户户都是深宅大院的，所以平时连串个门都变得不方便起来。更何况她们留在家里都是有任务的，为了看好自己的门户，谁都不敢轻易外出，更不敢在外边停留，生怕家里有个什么闪失。不过福他娘是个豁达人，只要有机会，她总会隔三差五地跑来看望老人。两个人坐在一起说说笑笑的，仿佛又回到了过去。只有这时，她们才会感到自己是快乐的。

“我想着就是你，走，福他娘，快到屋里坐！”一看福他娘来串门，老人的心情好转起来，上前一把拉住老姐妹的手就往屋里去。

进门后，老人先是慌着去开电视，却被福他娘摆着手给制止了，说是那东西看着心焦。老人又要去开空调，福他娘也不让，说那东西太费电，还是给孩子们省着点吧。接着老人又要去柜子里拿面包、点心和牛奶招待她，没想到也被福他娘给制止了：“别看这些东西外表怪好看，可一咬不是那个味儿，还没过去的红薯好吃。说是牛奶，喝到肚里，还不如一碗稀饭养分大哩！”

“是啊，谁说不是呢！”听了福他娘的话，老人也跟着感叹起来，“也不知道是咱的口味变了，还是现在人做的东西不如以前那么好了？”

“谁知道呢，反正就是不好吃！”

两个老人坐在那里环顾着房间里的一切，不由感叹这社会变化太快，快得都跟不上趟了。就说冰箱、空调、彩电这些东西吧，过去谁见过？没想到现在居然都悄没声儿地来到乡下了。跟过去相比，现在大家的生活是好过了，可孩子们却不愿在家里待，长年累月在外边跑着给人家打工，把走不动的老家伙们扔在家里看门，有时想想，一个人被圈在家里像头牲口一样，怎么会快活？更何况在家里守着连个门都不能出，甚至连个说话的人都找不到，这不是活活要把人给憋死吗？两个老人坐在沙发上你一言我一语地谈论着，语气里满是无奈和伤感。

自从福他娘进门后，我就不再叫了。我安静地卧在老人身边，瞪着两只大眼睛，一会儿看看这个，一会儿又看看那个。

“有只狗就是好，孩子们不在身边时，和狗说说话也算是解个闷。”福他娘看我卧在旁边一副安静的样子，不由夸赞起来。

“是啊，有只狗在身边就是好，多个伴，啥时候都有个照应。”老人欣慰地附和着说，但她很快话题一转就问，“福他娘，你的黑妞呢，不也挺会缠人的嘛，咋不带它出来转转？”

“出来转啥？我叫它在家里看门呢！家里门户要紧，不能我一出来家里就没个看门的。再说一大屋子东西呢！如果丢一件，看儿媳妇回来还不把我给骂死！”

听福他娘这玩笑似的话，老人不由感叹起来：“咱各自生了一大堆孩子，可以说是儿女双全，儿孙满堂，本想到老时该享清福了，没想到他们一个都不在身边。”

“还不是为了多给家里挣几个钱？”福他娘也感叹起来，“现在的人啊，攀比心都太强，你买这我买那，你家有的我家也不能缺，你盖平房，我就盖楼房，这种攀比心到啥时候才是个头呢？”

“这都是被逼出来的啊！”老人说，“想想现在孩子们活得也挺累的，既要挣钱养家糊口，又要修房盖屋置买东西，哪样不花钱？不过话又说回来，他们只顾在外边挣钱，难道把老人放在家里自己能放心？”

“不放心又能咋办？再说他们在外边又不是享福，说白了，吃苦受累的还不是为了多挣几个钱，让家里的日子好过些！”

“唉！为了挣钱，孩子们连家都不要，连娘老子都不要，自己跑到外边，却把我们这些老骨头留在家里当狗一样养着？这样做的目的是啥？不还是为了叫咱在家替他们看好门户吗？”

“长贵他娘，你说得对，孩子们把咱留在家里就是为了看门，就是要把咱当狗一样拴在家里养着，”说着福他娘把眉头皱起来，“你看咱村，现在留在家里的有几个是青壮劳力？说句不该说的话，人死了连找个挖墓坑抬棺材的都没有。”

福他娘的话让老人不觉一怔，许久才喃喃地说：“如果人死了，连自己的孩子都不在身边，福他娘，你说那会有多孤单？”

“可这又有啥办法？”福他娘感慨着安慰老人，“不过你也不用担心，咱不是还有狗嘛！有狗就是伴，要不然咱养它干啥？难道就是光叫它看个门户？”

“那你说还能让它干啥？”

“还不是孤单的时候图它在身边做个伴，烦闷的时候给它说说话解个心焦？”

听福他娘把话说到这里，老人不觉低头看着我，眼睛里闪出一道奇异的光。

听着她们的谈话，我像个受表扬的孩子似的，低着头，摇摇后边的大尾巴，不好意思起来……

四

至今我都记得清清楚楚，所有的事情都发生在那天早晨。

那天一大早，老人起床后要去院里的水缸里舀水做饭。没想到水缸边结了冰，那是头天晚上老人在水缸边取水时洒下来的，寒风吹了一夜，结果给冻成了冰。老人舀完水提着小水桶转过身子刚要离开，没想到一脚踩在滑溜溜的冰上，“咕咚”一声摔了一跤。于是整个天空都跟着倾斜了。

这一摔倒不要紧，老人怎么也爬不起来了。小水桶被甩在旁边，里边的水也洒了一地，把她的衣服都给弄湿了。大概这一跤摔得过重，老人躺在冰凉的水泥地上，像一只被掀翻的甲壳虫那样，挥舞着四肢怎么也站不起来了。望着阴沉沉的天空，她张开嘴巴想喊长贵，但马上意识到儿子远在千里之外，根本听不到自己的呼救，于是她又想喊福他娘来帮忙，可是除了急促的呼吸，她连高声呼救的力气也没有，只能眼睁睁地望着低矮的天空，像盘巨大的磨扇一样直往自己的身上压下来。

我当时正嘴里衔着柴火往厨房里送，准备帮老人做早饭，看到老人在水缸边摔倒了，我大吃一惊，急忙跑过去拱着她的身子，焦急地叫着喊道："奶奶，你怎么摔倒了，赶快站起来呀！"

"我、我站不起来啊！"老人无奈地说，"花妮，你能不能帮帮我？"

"奶奶，你快说，你叫我怎么帮你？"看着老人躺在地上痛苦的样子，我只好张嘴扯住老人的衣服用力往上拉，可我终因力气太小，努力几次都没能把老人从地上拉起来。

"这可怎么办？"我站在老人旁边看看天看看地，接着又看了看四周，不知道自己该怎么办才好，着急得眼泪都快流出来了，"奶奶，我拉不动你，这可怎么办呀？"

"你快叫啊，花妮，你一叫，别人听到声音后就会赶来救我的。"老人躺在地上，有气无力地对围着她急得团团转的我催促说。

在老人的提醒下，我突然明白过来，于是急忙抬头冲着阴沉沉的天空大声呼救起来："快来人呐，快来救救我奶奶，她摔倒了……"

当时我的叫声就像会传染一样，很快引起村里其他狗的呼应，大家的叫声很快连成一片回荡在村子的上空。听着这响成一片的狗叫，那些深宅大院里的老人不由纷纷支起耳朵奇怪地说："这大清早的，长贵家的狗叫啥？难道他家发生了啥事？"于是有人开始打开院门，疑惑地往老人家里赶来。

"长贵他娘，你家花妮叫这么凶，难道家里出啥事了？"最先赶到的是福他娘。此时她正站在门口扒着大铁门的门缝往里看，希望能看到院里的情况，可是长贵家的两扇大铁门关得紧紧的，中间连条缝隙都没有。听着我在院子里一声接一声的叫声，福他娘只好用手捶着大铁门冲院子里着急地喊道："长贵他娘，你快说话呀，你到底怎么了？"

"我、我摔倒了，你、你快来拉我一把……"听到福他娘的声音，老人急忙冲着门口向她求救。可是由于又冷又饿，现在她连说话的力气都没有，所以声音小得只有她自己才能听到。

"长贵他娘，你咋不说话？我是后院福他娘，你快来开门啊！"

"我……我……"老人张了张嘴巴，再也说不出话来。

看门又打不开，福他娘焦急地拍着大铁门冲里边安慰："长贵他娘，要不你再等会儿，我去叫人……"说着她身子一扭转身就跑开了。

十几分钟后，福他娘找来一个身有残疾的年轻哑巴。她先冲老人门口一指，然后又指了指旁边的院墙，想让他跳墙进去把门打开。在福他娘的比画中，哑巴很快明白了她的意思。但他望望高高的院墙，知道自己翻不过去，便急忙跑到邻居家找来一架梯子爬上去，这才翻院墙跳进了院子。

大门打开后，老人得救了。

"长贵他娘，你给长贵打电话叫他回来吧！"安顿好老人后，福他娘提醒她，"看多危险，如果不是你们家花妮叫，谁知道你在院子里摔倒？如果再没人来救你，真不知道会出啥事呢！"

"福他娘，是我不小心啊……"老人忍着浑身的疼痛躺在床上，一脸感激地对老邻居说。

"人算不如天算。再说谁都有失算的时候，何况你这么大岁数，怎么能事事都考虑得那么周到？"福他娘埋怨老人，"你啥也别说，赶快给长贵打电话叫他回来，你身边没个人照顾不中！"

"别打。"老人连连摇头阻止说，"长贵离家几千里，回来一趟不容易，再说我就是摔了一下，不碍啥事，在床上躺两天就会好，还是让他在那里安心挣钱吧。"

“哎呀，都啥时候了你还说这些？”看老人有气无力的样子，福他娘知道她一定饿坏了，便叹着气说，“你在这里好好躺着别动，我先去给你烧碗饭吧！看你到现在连早饭都没吃，怎么能顶得住？”

“福他娘，你别忙活了，我柜子里有牛奶，要不，你给我拿盒牛奶吧！”

在老人的指点下，福他娘从柜子里拿出一盒牛奶，把塑料吸管插进去递到老人手里。

老人躺在那里歪着头开始喝起牛奶。也许是牛奶太凉，或是由于喝得太急被呛住了，刚喝了两口，她就禁不住剧烈地咳嗽起来。

我站在床前一看老人咳嗽，就知道她身体不舒服，马上往前凑了凑，冲老人轻声地叫了两下安慰她。

“看花妮多懂事，跟个孩子一样，一看你咳嗽它就叫。”福他娘伸手在我头上摸了一把，笑着对老人夸赞说。

“是啊，花妮就是个懂事的孩子。”老人咳嗽完后，歪过头看着我感激地说，“我这次摔倒，多亏了花妮，要不是它，我这孤老婆子说不定早就被冻死在院子里了。”

老人的话又勾起福他娘一番感慨：“唉！你说说，咱这过的都是啥日子，咋就成了这个样子呢？”

五

老人摔坏了腰，躺在床上不能动，如果不是福他娘去村诊所给她抓回几包药吃下去，她真不知道自己能不能挺过去。吃完药，尽管身上感觉好了些，可她仍然感到浑身疼痛难忍，疼得她连身都不能翻。没办法，她只好仰面躺在床上，望着头顶的天花板出神。

时间一分一秒过去了。

已经三天没吃东西了，老人躺在床上饿得头晕眼花的，连抬起头来的力气都没有。加上天气寒冷，她觉得自己真的快要死了，眼看难挨的一天又要过去时，老人看着窗外慢慢黑下来的夜色，不禁感到绝望起来："唉，我怎么会这样呢?"

我也是三天没吃东西了，此时饿得头晕眼花的，蹲在老人床头，看着一直躺在那里的老人，不知道该怎么办才好。

"我是不是该给长贵打个电话?"这时我听到老人躺在床上叹着气说，"不然我一直躺在床上不能动，没人照顾不说，万一家里来了小偷怎么办?"直到此时，老人才开始后悔当初没有听从福他娘的劝说，给儿子打电话叫他回来，结果弄得自己一连三天都躺在床上不能动。她本以为自己摔得不重，躺床上休息两天就会没事的，没想到这次摔得这么重，躺了几天，伤情非但没好，反而连床也起不来了。

我知道老人现在担心的不是自己摔坏的腰，而是家里的门户。现在正是非常时期，如果此时家里来了小偷怎么办? 这时我看见老人忍着浑身的疼痛，伸出胳膊在枕头下边摸了一会儿，却什么也没有摸到，不禁有些失望。"手机，我的手机呢? 怎么不在这里?"

听到老人的话，我尽管一连几天都没有吃东西了，此时饿得头晕眼花的，连站起来的力气都没有，但我还是勉强坚持着站起来，跑到客厅里寻找起手机。

沙发上没有，茶几上没有，客厅的角柜上也没有，一切能找的地方我都寻找了一遍，没有，还是没有。当我摇摇晃晃地回到老人身边时，老人一下子绝望起来。

"我的手机，我的手机哪儿去了，难道是丢了吗?"

看着老人一脸无奈的样子，我也一时没了主意，只好低头伏在两只前爪上，像个忠实的奴仆一样，蹲在那里默默地守着老人。

那天晚上，就是在这种昏昏欲睡的守护中，我忽然看见长贵风尘仆仆地从东莞回来了，看他汗流浃背的样子，一定是得到消息后星夜兼程赶回来的。长贵身后跟着他的媳妇和孩子，一家三口拎着大包小包风风火火地进了门。他们一回来就围在老人身边，又是剥香蕉，又是削苹果。看着围在自己面前的儿子儿媳和孙子，老人高兴地张开没牙的嘴巴咀嚼着满嘴的食品。这时长贵又从提包里拿出一件亮光闪闪的大衣披在老人身上，亲热地说："娘，看我在东莞给你买回来的大衣，你快穿上试试，看合不合身。"老人坐在那里，听着儿子的声音，又看看披在身上的新大衣，顿时感到一股暖流涌上心头，不觉激动地掉下泪来。她觉得儿子对自己真孝顺，一接到电话就赶快回来，从此自己再不用发愁身边没人照顾了。而我当时就蹲在他们旁边，看着眼前发生的一切，心里也禁不住感慨起来，多幸福的一家人啊，他们终于团圆了……

我是后半夜时被冻醒的，我醒来后，吃力地睁开眼睛往四周看了看，房子里黑漆漆的，哪儿有长贵的影子？直到这时我才知道原来是自己在做梦。刚才的梦境是那样温馨，我不由对着黑漆漆的夜发出一声长长的呼唤："长贵爹，我奶奶摔伤了，你什么时候才能回来看看她啊——"

外边起风了。起初是小风，听上去像谁走过的脚步声，时不时地在窗外发出"沙沙"的声音。过了一会儿，小风变成了大风，呼呼地在窗外吼叫着，拍打起窗玻璃发出噼噼啪啪的声音，像是随时都要破门而入的怪兽。

"今晚是怎么了，怎么会突然刮起这么大的风？"

老人正这样想着，她忽然听到院子里传来一阵窸窸窣窣的响动，不是刮风的声音，不是下雨的声音，好像是有人蹑手蹑脚地在那里翻着什么东西。老人竖起耳朵认真听了听，不由担心起来，难道院子里来了小偷？难道是小偷趁自己摔伤后卧床不起，悄悄翻进院子在偷东西？老人想起放在院子里的木头，房子里的粮食、家电和家具，她越想越担心，于是急忙叫着我的名字说："花妮，你在哪儿？难道你没听见院子里的动静？你怎么不赶快叫着冲上去呢？"

老人对我发出了命令，可我连站起来的力气都没有，不过我还是勉强抬起头向四周看了看，却什么也没有看到。这时我想，老人可能是出现了幻觉，要不然她不会这样。于是我安慰老人："奶奶，你不用担心，家里没有进小偷，是你多心了。"可是老人哪里肯信，仍然在那里命令着我往前冲："花妮，我们一定要看好门户，你可不能偷懒啊！不然家里东西丢了，你长贵爹回来会怪罪我们的……”由于老人也是一连几天没有吃东西了，加上又冷又饿，所以她说话的声音又低又小，根本引不起我的注意。大概是房间里过于漆黑，既听不到我的动静，又看不到我的影子，老人不由变得焦急起来。

“花妮，你听，你快听啊，小偷进了院子，正在那里偷东西……”在老人近乎呓语的描述中，我仿佛听到院子里的声音并没有停止，而且越来越近，很快来到了房间。紧接着，好像听到有人在拉抽屉的声音、翻箱倒柜的声音，还有搬动什么东西的声音，所有这些感觉都是气喘吁吁、哗哗啦啦的，听上去像有几个人在那里忙碌着，什么东西掉了或是倒了，发出巨大的响声，把老人的神经一下子揪起来。她一遍又一遍叫着说：“完了完了，家里的东西被人偷了，这可是我儿子长贵这些年来在外边辛辛苦苦打工挣回来的血汗啊！”老人急得出了一头汗，她挣扎着抬起头，刚想从床上折起身子去制止他们的偷盗行为，可是她突然感到自己的头一阵眩晕，不由自主地躺了下去。

“难道是我的心脏病犯了？”老人不由紧张起来，于是她急忙去摸身边的速效救心丸，可是那个浑身泛着绿光的扁葫芦药瓶却怎么也找不到。老人徒劳地四处摸了一阵，这才突然想起那瓶药和自己的手机一起被放在自己的棉衣口袋里，现在这件棉衣就搭在门外走廊的绳子上。原来那天早上，自己摔倒后把衣服给弄脏了，是福他娘把那件装有速效救心丸和手机的棉大衣从自己身上脱下后给晾了起来。

“这可怎么办？没有速效救心丸，看来我只有在这里等死。花妮，我的花妮！”老人焦急地叫着我的名字，希望我此时能及时出现在她的眼前，把那瓶速效救心丸送到她的手里。

就在老人躺在床上挣扎的时候，我一直低着头神思恍惚地蹲在老人的床前。听到响动，我吃力地睁开眼睛抬头看了看，当看到老人在床上十分痛苦地扭着身子时，我却不知道自己该怎么办，不由紧张地冲老人叫起来：“奶奶，你怎么了？快告诉我你究竟怎么了？”

“我……我……”老人急得满头大汗的，张了张嘴巴却什么也说不出来。

我吓坏了，可是又饥又饿，连呼叫的力气都没有。尽管这样，我还是站在老人床边，对着黑漆漆的夜大声地哭泣着、呼喊着：“奶奶，奶奶，你怎么了奶奶……”

十多分钟后，经过一番剧烈的挣扎，老人终于安静下来，一动不动地躺在那里，看上去像睡着了似的。

一看老人安静下来，我也少气无力地停止了呼叫，强忍住饥饿和寒冷，俯身卧在老人的床前，重又把昏昏沉沉的头放在两个前爪上，慢慢地合上了眼睛……

六

下了一场大雪。这场铺天盖地的雪整整下了三天三夜，把整个大地都盖住了。

几天后的一个上午，福他娘穿着一身厚棉衣，踏着厚厚的积雪来到长贵家看望老人。这几天，福她娘心里一直惦记着老人的身体，那么大岁数，又摔得那么重，这几天她是怎么吃饭的？长贵回来没有？她摔坏的身体恢复得怎样了？福他娘这几天发高烧，连屋门也不敢出，一直待在家里调理身体，直到今天她才感到身上的病轻了点，于是便急急忙忙地赶来看望老人。

长贵家的大铁门被关得死死的，门前的雪地上连个脚印也没有。

“咦，这是怎么回事？难道长贵没有回来？”想到这里，她急忙上前敲门，可是敲了一阵，里边没有任何反应。福他娘不禁感到有些奇怪，自己敲门声音这么大，即使老人听不到，她的花妮也该听到的，可它怎么就不叫呢？难道连花妮也变成哑巴了？福他娘举起手又一连敲了几下大铁门，里边还是没有任何动静。她有些着急起来，不由扯起嗓子冲院里喊道：“长贵他娘，你在家吗？怎么不来给我开门啊！”可是不管她站在那里怎么叫，里边都是静悄悄的，连个回音都没有。

人不应，狗也不叫，难道老人家里出了什么事？福他娘突然意识到了什么，于是不敢往下想，急忙转身就往街上跑去，她边跑边气喘吁吁地冲着村巷里大声喊道："快来人呐，长贵家里出事了……"

听到福他娘变了腔调的呼救，有人打开院门走出来，揣着手站在那里疑惑地问："怎么了，福他娘？看你着急忙慌的样子，长贵家里到底发生了啥事？"

看看这些脚步蹒跚的老人，福他娘知道指望不上，于是顾不得和他们解释，就又急急忙忙去村西头找那个身手利索的年轻哑巴，希望他能像上次一样帮助自己把老人家的院门给打开。

年轻哑巴来了。在福他娘的指点下，他很快找来邻居家的梯子，像上次那样，利索地爬上去翻墙进了老人的院子。

院门打开后，大家在福他娘的带领下，迫不及待地冲进老人的房间。然而出现在眼前的情景却让他们一个个目瞪口呆。

老人直挺挺地躺在床上，头歪在一边，大张着空洞的嘴巴，脸上是一副挣扎后的疲惫相。

"咋会这样，咋会是这样呢？"确认老人已经去世，福他娘忍住内心的悲痛，边掉眼泪边拉过被子把老人的脸给蒙了起来。当她做完这些扭过头时，突然发现我静静地蹲在老人的床前，就像一座雕像一样，不知何时已经停止了呼吸……

我的故事讲完了，这就是我和那个乡村老人之间的故事。你问我为什么要讲这个故事，我只能说，我想告诉你一个事实真相。不过我要向你说明的是，现在我已经不是一只狗，准确地说，我现在只是一只狗的灵魂。我是在用自己的灵魂讲述这个悲惨的故事。当我向你讲述这个故事的时候，我的魂魄正守着老人的灵魂在空中飞舞……

返 祖 记

一天早晨，哥哥从一串奇特的梦中醒来后，揉着惺忪的睡眼，看了看身边狭小的房间，郑重地宣布："我要在树上建一座房子，我要住到树上去。"

"你又不是鸟儿，在家里住得好好的，为什么要住到树上去呢？"刚刚醒来的弟弟从床上折起身子盯住他，不解地问，"哥哥，你是不是又做什么奇怪的梦了？"

哥哥绷着脸也不说话，翻身起床后，趿拉着鞋子跑出了房间。

弟弟知道，这段时间哥哥经常做怪梦，有时还说梦话，所以对他刚才的话并不感到特别奇怪。可他没想到，哥哥这次真的张罗起在树上建房子的事情。

眼下正是暑假，刀枪入库，马放南山，孩子们几乎不用担心老师布置的功课，也不用操心每天早上爬起来去上学的事情，只需干完家长指派的农活，剩余时间完全可以自由支配。因此哥哥有大把时间去实现在树上盖房子的梦想。

建房子首先要选址。

哥哥选的建房位置在院子东南角的四棵杨树上。这四棵杨树长得高大通直，每棵都有碗口那么粗，而且每一棵都高过房顶，直达云霄，光滑的树干上顶着一头茂密的绿叶，巨伞一样撑在那里。而且更为重要的是，这四棵杨树的间距都在两米左右，它们分别站在四个角上，简直就像事先给哥哥预备好了似的。

"嗯，好，真好，这真是我建房的好地方。"哥哥望着这四棵大杨树在心里说。

选好地址，哥哥走出家门招呼一声，他手下那帮"小喽啰"便一个个屁颠屁颠地跑来。看着一群招之即来的手下，哥哥站在院里的一块大石头上，昂起头，两手叉腰，像个山大王似的挺着身子，发表起自己的即兴演讲："弟兄们，今天我把大家召集在一起，是要告诉你们一件大事……"等他把自己的建房计划讲完之后，把手向下一劈，做出一个坚定的动作，"就这么定了，开始！"

哥哥身先士卒，先从院子角落里拖出几根父亲准备建新房用的檩条，接着又指挥手下蚂蚁搬家似的弄来一些板子、木棍和绳子等材料，紧锣密鼓地筹备起建房的事情。

万丈高楼平地起。哥哥建房时，也是先从"地基"做起的。他叫手下人搭着帮手，用绳子把几根粗大的檩条呈"井"字形捆绑在四棵杨树上。打好"地基"的四条边，他又安排人在"地基"之间搭上木板，当作房子的地板。接下来，他们又采用同样方式，在距离"地基"两米高的地方，用几根檩条搭建起一个房顶。为了遮挡雨水，哥哥还在铺好的房顶上搭了一层塑料薄膜，压上树枝。框架有了，接下来就是解决房子四周的墙壁问题。哥哥对此早已胸有成竹，他发动手下的"小喽啰"到村外的杨树林里采来一些带叶片的树枝，像编席子一样插在房子四周，形成一圈绿色的墙壁，最后在墙壁上留下门和窗户。就这样，不到半天时间，一座漂亮的"空中楼阁"建成了。

在哥哥建房过程中，全家没一个人上前帮忙。大家都不明白这个已经上小学五年级的孩子，脑子里究竟想的什么，更不明白他这样做的原因，是心血来潮，突发奇想，还是受了什么启示……大家站在那里看着哥哥和他手下忙忙碌碌地建着房子，目光里充满了疑惑和不解。倒是从田里干活回来的父亲，放下锄头，蹲在低矮的房檐下，一边抽着手里的劣质烟，一边眯起眼睛看着一直在那里忙碌的哥哥。过了一会儿，他突然像是醒悟过来似的，用手拍着脑袋笑了起来："哈，看来这孩子已经长大了，知道家里房子小才这样做的。嗯，真是个懂事的孩子！"

可是哥哥并没有理会父亲，而是憋着通红的小脸，连头上的汗水都顾不上擦一把，鼓着腮帮子和他的手下干得热火朝天的。

树上的房子建好后，哥哥压着步子在里边走了一圈，直到感觉十分满意后，脸上这才露出一丝欣慰的笑容。

自从有了树上的房子，哥哥就不再回到下面的房子里睡觉，而是把床铺安在他树上的“新家”。他不但把自己的席子和被褥搬上去，而且还把衣服也拿了上去，说白了，他想住到树上去，过另一种全新的生活。

这是全村第一座建在树上的房子，而且全部用木头和绳子搭建而成，加上绿色的墙壁和房顶，远远看去，就像一条漂浮在大海上的绿色小船一样，给人以无限的遐想……

哥哥的房子建好后，很快引起村里不少人前来围观。他们站在我家的院子里，看着哥哥这座建在距离地面三米多高的房子，不由睁大好奇的眼睛，一边认真地打量，一边小声议论着，就像当初弟弟和家人不解那样，他们也不明白这个才十三四岁的孩子，为什么要在树上建这样的房子，他究竟要干什么？仅仅是出于好奇吗？大家纷纷把不解的目光投向父亲，希望能从他身上找到答案，是他们家地方小房子不够住？还是他犯了什么错，要把他赶出房子不让住，他才被逼无奈这样做的？看着大家围过来的一圈目光，父亲一脸无辜地站在那里，不知道自己该怎么回答这些人的疑问，只好拿出平时自己都不怎么舍得抽的纸烟，一一分发给大家，同时打着招呼把他们往屋里让，仿佛只有这样做，才能让他们相信自己家的住房并不小，完全住得下这个还没有长大成人的儿子。可是大家面面相觑，并不往房子里进。抽烟的，接过父亲的烟，点上火站在那里吞云吐雾地抽起来。那些不抽烟的，则抱着胳膊站在那里，继续审视着这座建在树上的房子。他们一边夸奖哥哥，一边在心里琢磨，这孩子小小年纪就这么有心计，说不定是个奇人……

村人的不解丝毫没有影响哥哥对自己新房的喜爱。他在里边像调试机器那样，这里摸一把，那里整一下，并且在众目睽睽之下，居然还躺在里边美美睡了一觉。

接下来的日子里，住在树上的哥哥也没有闲着，他又有了新的想法。只要一有时间，他就躺在里边，把一条腿压在另一条腿上，高高地跷起来，一边晃动一边在心里琢磨，琢磨如何布置自己的新房，让它变得更加舒适美观。那几天，哥哥在房子四周的柱子上钉上挂东西的钉子，而且在两根柱子之间拉起一条绳子，用来搭自己的衣服。他还在床头支起一张用木板搭建的小书桌，上边摆上煤油灯和课本，感觉马上出来了，再把自己的黄帆布书包和木杈弹弓往钉子上一挂，一个漂亮的书房兼卧室就布置完成了。

自从有了这座树上的房子，哥哥的生活发生了巨大变化，就连他的手下也感到无比骄傲，他们像找到自己的乐园一样，只要有空，就会跑到我家院子里找哥哥。他们爬进哥哥的房子，像好奇的猴子那样，在里边扒着这里看看，那里瞧瞧，有人透过窗户看见了伏在树干上的蝉，有人看见了垒在树杈间的鸟窝，有人看见了天上悠悠飘动的白云，还有的扒开树枝透过缝隙，看到了远处的河流、大山……

需要说明的是，这里是平原，没有大山也没有大海，开阔的平地上到处都是一望无际的庄稼。尽管满眼都是高低错落的玉米、高粱、大豆、芝麻和红薯等庄稼，但是看得久了，难免会审美疲劳，所以大家都对这种单调的环境和生活产生了厌倦。可是自从在哥哥的房子里看到这些风景后，他们一个个两眼放光，表情夸张地在那里又是跳又是叫，兴奋得像《西游记》里的猴子到了花果山水帘洞一样，脸上全都透着新奇和兴奋，甚至还有的在那里学着猴子的样子，爬上爬下叽叽喳喳地谈论着。

天渐渐黑了下来，可是这些玩兴正浓的孩子们坐在哥哥的房子里，依然显得很兴奋，根本没有回家的意思，如果不是家里大人找上门来强行把他们叫走，他们简直都不想离开哥哥的房子，因为这座房子建得实在太新奇了。

看到自己的手下这么喜欢这座房子，哥哥也很高兴，为此，他经常把他们召集到自己的房子里说笑玩耍，有时也会扯起喉咙唱一些不着调的歌，声音传得很远很远……

哥哥的房子成了孩子们的天堂。

孩子们竞相效仿，也都想在树上建房子，可是他们的行动却遭到家长的阻挠，他们不允许自己的孩子像哥哥那样突发奇想，而应该老老实实地待着，要么读书学习，要么帮助家人干活，反正不允许他们“瞎胡来”。于是孩子们更加羡慕哥哥的房子，往我家跑得更频繁了。

哥哥的房子不但让村里人好奇，而且也引起了弟弟的好奇。弟弟刚上小学二年级，他经常站在房檐下望着哥哥的房子出神。他不明白哥哥为什么会有这样的突发奇想，小小年纪就引起全村人的关注，更让弟弟惊奇的是，直到现在自己都不知道哥哥的房子里究竟什么样。有几次，他都忍不住想爬进去看一看，可是总没有这样的机会。

“我什么时候才能到哥哥的房子里看看呢?”弟弟望着哥哥的房子想。

哥哥大概看出了弟弟的心思，他没有让弟弟失望。在弟弟的盼望中，几天后的一个下午，哥哥终于同意弟弟到自己的房子里进行参观。在哥哥的帮助下，弟弟攀着梯子爬了进去，但他在里边只匆匆扫了一眼，就立刻被眼前的情景惊呆了。

“哥，你真了不起，给自己建了一座这么漂亮的房子，”弟弟不由脱口而出地称赞，“不，这根本不是什么房子，简直就是一座让人羡慕的绿色‘皇宫’。”

听了弟弟的称赞，哥哥并没有说什么，只是微笑着，继续一一指点着弟弟参观自己的房子。

不错，这的确是一座漂亮无比的房子。弟弟发现，房子四周被绿色的树枝围起来，既遮光又透风，房子里边的四个柱子上，分别挂着哥哥的洋槐木弹弓、帆布书包和他画的两幅钢笔画——苍茫的远山、火红的太阳、茂盛的树林、跑动着的小动物……床头的书桌上摆着文具盒、课本、作业本，两根柱子之间的绳子上则挂着哥哥的衣服……

啊——这里真是太美了!

弟弟站在哥哥的房子里，连连感叹的同时，也不由对这里产生了依恋之情。

那天晚上，经过哥哥允许，弟弟和哥哥的两个“手下”破例睡进了这座房子。夜里，弟弟仰面躺在地板上的床铺里，透过头顶树叶的缝隙，可以看见夜空中的一轮月亮，正在那里踮起脚尖一点一点地移动着，月亮的旁边是一群小星星围在那里调皮地眨着眼睛……

一缕凉爽的风吹了进来，带着“哗哗啦啦”的轻响，穿过绿叶的缝隙走进来，拂在身上，赶走了一天的疲惫和燥热，使身上的每一寸肌肤都感到那么惬意。这种感觉真是太美了……

然而这种幸福的时光并没有持续多久，就被哥哥无情地打断了。他不允许弟弟睡在这里，无论弟弟赖在房子里怎么央求，他都不答应。

“你怎么能住在这里呢？”哥哥虎着脸驱赶弟弟，“还是赶快回到下边的房子里去！”

“哥哥，你就让我在这里再住几天吧！好不好？”弟弟躺在那里央求。

“你是个听话的孩子，不要学我，你还是下去睡吧，不然爹妈会责怪我的。”

“不，他们不会责怪你，”弟弟继续央求，“你不下去我就不下去，要么你让我睡在这里，再说下边的房子又低又矮，而且潮乎乎的，我可不想和他们挤在一起睡觉……”

“下边的房子再差也是房子，住在里边多好……”看弟弟仍然窝在自己的房子里赖着不想下去，哥哥不由生起气来，“我给你说过多少遍了，这不是什么房子，只不过是一个建在树上的鸟窝，一个动物的洞穴，因此它只适合像我这样的人住，你明白吗？”

“我明白。”

“明白你还赖在这里不下去？”

“我不想下去，哥，我只想和你住在一起……”

“不行！”哥哥斩钉截铁地说，“这是我的私人住宅，除了我，这个房子不允许任何人住！”

“那是为什么？”

“什么也不为，我只是不想让别人打乱我的生活，我想让自己过得安静一些，这下你该明白了吧？”

“我不明白……”

“不明白也不行，”哥哥再次下起逐客令，“你赶快给我下去，不然我就把你扔下去！”哥哥说着就要动手去拉弟弟，可是弟弟马上像刺猬那样团起身子，不让哥哥碰。

看着弟弟赖在自己的房子里不走，无奈之下，哥哥只好换个口气劝弟弟：“你还是赶快下去吧，别在这里磨蹭了，再怎么说下边房子里的条件也比这里好。”

“既然下边的房子那么好，你为什么不下去睡觉？”

“我是不想和你们挤在一起，所以才动手建这座房子的，还不是为了让你们在下边住得宽敞舒服一些，这下你该明白我的用心了吧！”哥哥最后向弟弟摊了牌。

“可我还是有些不明白……”

“你不明白也得下去，我可不想让你跟着我这么做！”哥哥说着抱起弟弟的衣服扔了下去。看哥哥的态度如此坚决，弟弟毫无办法，知道自己不能赖在这里，只好嘟起嘴巴钻出了哥哥的房子。

就这样，弟弟在哥哥的房子里只睡了一个晚上，就被赶了下来。

弟弟是后来注意到哥哥的变化的。

整个暑假，哥哥都是在他的房子里度过的。他每天不但吃住在里边，而且看样子越来越离不开这座树上的房子。

房子距离地面那么高，上上下下成了问题。正在弟弟对此充满疑惑之时，哥哥已经开始着手解决这一问题。他从父亲准备建房用的木料里找出两根茶杯粗的木头，学着木匠的样子，拿出锤子和斧头，蹲在那里，在两根木头之间“叮叮当当”地钉上一排木棍，把它做成了一架梯子，放在他那座房子的门口，成了连接房子和地面的道路。

起初哥哥每次去他的房子时，都是两手抓住梯子两边，小心翼翼地爬上去的。看着哥哥爬梯子时手脚并用的样子，弟弟的脑子里想到了一只笨重的狗熊。

可是没过多久，弟弟就吃惊地发现，经过一段时间的攀爬和锻炼，哥哥现在几乎不用手去扶梯子两边，就可以用脚直接踩着梯子上去了，而且他上梯子时手里还提着一些东西，步子走得稳稳当当的，丝毫没有出现什么闪失。更让弟弟惊奇的是，一天中午吃饭时，他看着哥哥左手端着饭碗，右手拿着菜碟和馒头，居然踩着梯子如履平地走了上去，他碗里的饭菜竟然没有洒出来一点，这真是太神奇了！

看着弟弟站在房檐下吃惊的样子，哥哥坐在房门口，晃荡着两条腿，津津有味地吃了起来。

暑假过后，天气开始凉了下来，可是哥哥丝毫没有从树上搬下来的意思，而是像只深藏在洞穴里的动物那样坚守着，大有准备在树上长期生活下去的架势。

开学了，哥哥仍然住在树上的房子里。家里的鸡也在树上栖身，每天早上，只要公鸡伸长脖子一叫，哥哥就准时起床。每天早上，他从树上的房子里探出头，先观察一番外边的天气，接着像只小松鼠那样，伸个长长的懒腰，这才揉着眼睛，背起书包，从房子里跳出来，蹦蹦跳跳地去学校上学。

夜里，哥哥趴在床头处的煤油灯下，读书学习，直到很晚才会睡觉。有时半夜三更，弟弟起来走出房门小解时，仰头还能看见哥哥房子里漏出来的点点灯光，像星星一样在那里亮着。

其实弟弟哪里知道，哥哥除了在他的房子里读书学习，还痴迷地翻看《西游记》连环画，他早被里面的孙悟空给迷住了。孙悟空神通广大，曾经大闹天宫，尽管在跟随唐僧去西天取经的路上降妖伏魔，历尽磨难，但他最终还是成了佛。孙悟空成了哥哥顶礼膜拜的人物，总想着自己什么时候能够像他那样就好了……

哥哥越来越迷恋他树上的房子。他在自己的房子里过起了离群索居的生活，除了每天跳到地面上去学校读书，放学后帮助家人做些力所能及的活，他几乎没有离开过自己的房子，因此大家都把他当成了一个异人。

一个人在树上生活得久了，他会不会做出非常之举，他的生活习性会不会发生变化呢？一直对哥哥充满好奇的弟弟心里想。

经过一段时间的观察，弟弟发现哥哥的身体发生了微妙的变化，比如，由于长时间攀爬，他的腿变细了，脚板变得又窄又长。现在哥哥上下出入他的房子时，已经不用梯子了，而是像只猴子那样，用手攀住树干，两腿夹紧，然后向上一用力，整个身子一荡就爬了上去，直让人看得目瞪口呆。

一次，弟弟站在房檐下，当他发现哥哥又像猴子那样爬进他的房子时，禁不住在下边喊道："哥哥，你在树上这么爬上爬下，是不是真想把自己变成一只猴子呀！"

这时哥哥已经爬上了自己的房子，听到弟弟的话，转过身冲弟弟扮了个鬼脸，无声无息地笑了一下，也不说话，而后径直爬了进去，又开始了他树上的生活。

然而就在这个时候发生了一件事，因为一本连环画，哥哥和他的同学打了一架。事情的起因是哥哥装在书包里的《西游记》连环画被一个同学给毁坏了，这可是哥哥无比珍爱的小人书，谁知那位一直想看却又因借不到而耿耿于怀的同学，趁着哥哥下课去厕所的机会，偷偷把书从哥哥的书包里拿出来，用钢笔在孙悟空的脸上涂了涂，然后又打上了"X"，这让哥哥非常气愤，两个人为此打了一架。事情的结果是，哥哥的那本连环画被老师没收，理由是把课外书带到学校影响学习，这还不算，老师还把状告到了家里，父亲十分恼火，他觉得哥哥不该如此，因此不但撕毁了哥哥所有的课外书，还打了他一顿。这让哥哥内心充满了说不出的仇恨，就是从那一刻起，他变得更加孤独起来，出来进去都不和人说话，仿佛变成了哑巴一样，任凭别人怎么劝都不行，他对这个世界产生了仇恨和厌恶，因此一心想做一个生活在树上的人，以此来逃避这个世界。

秋风一起，天气凉了，大雁排起"人"字形的队伍鸣叫着向南方飞去。这时候落叶纷飞，万木萧索，在悄然来临的凉意中，动物们开始在秋收后的田野里搬运粮草，忙着为过冬做准备。那些夏夜睡在打麦场的庄稼人，此时也开始回到房子里睡觉，担心染上风寒，很显然，此时的天气已经不适宜人们在外过夜。这样一来，哥哥睡在他树上的房子里就显得太不合时宜，于是全家出动，纷纷劝他下来睡觉。可是无论大家怎么劝，哥哥依旧躺在自己的房子里，就是不愿搬下来。

“你听到没有？赶快给老子下来！”几次劝说无效，父亲非常生气，他拿出一把锋利的斧头，冲着躺在树上房子里的哥哥吼道，“如果你再不下来，我就砍断这四棵杨树，让你的房子掉下来，看你还犟不犟！”从他骂骂咧咧的话语中可以听出，因为儿子这座建在树上的房子，已经让自己在村人面前颜面扫地，他再也不想看见这座让自己蒙受耻辱的房子。

可是哥哥并没有被父亲的举动吓倒，而是守在自己的房子里坚定地说：“哼！你砍吧，我不怕，就是你拆掉这座房子，我也不下去，除非你把我一同拆掉！”

看哥哥如此倔强，父亲非常生气，他一斧子劈在门口的一根木头上，然后一屁股坐在门槛上叹起气来，最后实在没办法，只好眼睁睁地看着哥哥在他的房子里住下去。

秋天很快过去，北风裹着一层寒气卷地而来。

天气变得寒冷起来。

下了一场雪，鸟儿们躲在窝里不愿出来，那些栖身树上的鸡们，也紧缩着身子挤靠在一起相互取暖，那些往日在田间搬运粮草的小动物，此时也躲进温暖的洞里，守着一堆早已储藏好的食物，过起了隐士般的生活……这时只有哥哥仍然毫无惧色地住在树上的房子里，似乎要与这寒冷的冬天做最后的抗争。然而他哪里知道，在这寒冷的季节，自己的房子已经变成了一张四下透风的渔网，网住他瘦小的身子，吊在四棵大杨树之间。站在地上，几乎可以看见哥哥成了一只困在里边的小兽，一只作茧自缚的蚕蛹，那么孤独，又那么无助。

母亲心疼儿子，她终于忍不下去，看看劝不下他，只好从房子里抱出一床被褥，来到哥哥的房子下边，高高举起来，要他拿上去御寒，可是无论母亲怎么说，都被他给拒绝了。

“这个傻孩子，他怎么变成了这样？”母亲不解地在下边唠叨。

就在大家的困惑和不解中，哥哥已经变成了一个与世隔绝的异物，他坚持自己的信念，拒绝别人的关心，依然抱紧身子蜷缩在树上的房子里……更让人不可思议的是，哥哥已经不再吃母亲做的饭，而是啃食起不知道从哪里弄来的野果充饥。

一元复始，万象更新。

寒冷的冬天终于过去了，当又一个万紫千红的春天到来的时候，哥哥的房子里又有了生机和活力，那些已经干枯掉的枝叶不知从什么时候开始又抽枝发芽，吐出一片片新绿。这时再看哥哥的房子，又有了去年刚建起时的样子，生机盎然，一片安详，闪耀着一片蓝幽幽的光。

不过这个时候，弟弟发现哥哥身上发生了明显变化，他的额头和下巴变得上宽下窄，脸紧缩在一起，两只眼睛成了凹陷下去的圆，眼眶周围向外无限扩张，而且他的嘴巴变得不再那么生动好看，而是成了突起在鼻子之外的扁圆。与此同时，弟弟还发现，哥哥的两只肩膀向前收缩着成了一个窝，紧接着背部也开始向后弓起来。更让人惊奇的是，哥哥的两只手臂居然变得又细又长，已经超过了自己的膝盖，两只过去还很鲜活厚实的手掌也变得单薄起来，此外还有他的两条腿，也不像过去那样粗壮，而是变得细长起来……看到这里，弟弟不知道是怎么回事，当他把这一发现悄悄告诉给家里人时，大家的反应却很平淡，一个个无动于衷地说：“你不要大惊小怪好不好，他就是这种人，天天都在那里爬上爬下的，我们怎么就没发现他身上有啥变化？你为什么总是疑神疑鬼的，是不是眼睛出了毛病？”

家里人的反应让弟弟不禁感到疑惑，难道是自己看花了眼？他揉揉眼睛，再次抬头向哥哥看去，他分明看见哥哥已经变成了一个怪物，再不是过去那个机灵乖巧俊美漂亮的少年……可是家里人为什么不相信自己的话呢？

暑假在孩子们的期盼中姗姗来了。

这是孩子们的季节。

天气又变得炎热起来，天地间闷得像只大蒸笼，鸡抖着毛去了阴凉处；狗张大嘴巴，吐出长长的舌头，趴在那里喘息；蛇和老鼠纷纷找了阴凉的去处蛰伏下去，再也懒得动上一动……此时，人们巴不得天天把身子泡进水塘，一边喘着气，一边心里想："哪怕做只青蛙或者一条鱼也很好，其实随便做只什么都行，只要不在炎热的太阳下熔化自己……"

孩子们聚在一起，闹哄哄地要去河里洗澡了。

那天午饭后，弟兄两个一起去村北的河里洗澡，当哥哥脱去衣服的瞬间，弟弟突然发现哥哥身上披着一层黄色的毛，在明亮的阳光下熠熠地闪着一片油光，他不由再次在心里发出疑问，难道哥哥真的要变成一只猴子了吗？

弟弟没有把这个发现告诉给家人，而是站在那里什么也没说，惊奇地盯住哥哥身上的那层黄毛，看了很久很久……

哥哥终于变成了一只猴子。

暑假快过完的时候，有一天，哥哥带着自己的一帮手下，就像一个带兵远征的将军那样，迎着一片明亮的阳光，摆起灵巧的四肢，一纵一纵地攀附着村边大路上的树干离开后，再没有回来。

（2011 年 7 月 1 日夜初稿
2012 年 7 月 16 日夜改定）

月光下的村庄

我来科马拉是因为有人对我说，我父亲住在这儿，他好像名叫佩德罗·巴拉莫。

——胡安·鲁尔福《佩德罗·巴拉莫》

父亲离开我们一个月后，我决定去把他找回来。

父亲是村里最优秀的工匠。自从他一个月前离开我们去了遥远的地方后，就再没有回来，甚至连个口信都没有，更没有给我们托过什么梦，因此，我疑心他已经把我们彻底给忘了，要么就是他永远回不来了。这让我们有些受不了，我们不能没有父亲，他是家里的顶梁柱。不但我们家等着他盖房，就连村里许多人家也在等着他盖房。没有他，大家现在都不知道该怎么来实现自己盖房的愿望。更重要的是，他曾在许多场合向大家做出过承诺，要用自己高超的手艺，把全村的房子都盖好，让大家都能住上高大宽敞、明亮舒适的房子。他怎么能说话不算数呢？

不行，我一定要把他找回来！

我就是在这种情况下决定去寻找父亲的。

临出发前，母亲拉住我的手，泪眼婆娑地告诉我说："孩子，你爸去的地方在西方，要找他你只有往西走。再说他走了那么久都没有音信，说什么你也得把他给找回来！你找到他时就告诉他，我想他，我们全家人，不，我们全村人都在想他，无论如何都得让他赶快回来。不管他找出什么理由和借口，你都务必把他给我找回来！"我知道母亲的意思。他俩是村里出了名的恩爱夫妻，现在父亲怎么能扔下她不管，一个人单独远行呢？

可是要去哪里找回父亲的确是个问题。因为我不知道父亲走的是哪条路，这让我怎么去找？不过现在母亲既然已经为我指明了方向，我只有沿着向西这条路一直往前走，把离开我们已经一个多月的父亲给找回来。

父亲生前喜欢到距离村子西边一里多地的那片树林里去。在我的印象中，那是一个杂树丛生而又生长得十分繁茂的树林，除了杏树、桃树、梨树和苹果树等果树外，里边还生长着杨树、槐树、榆树以及其他许多我叫不出名字的树，它们棵棵都长得有碗口那么粗，最粗的已经长到水桶那么粗了，而且每一棵都长得枝繁叶茂的，郁郁葱葱地连在一起，很像原始森林的样子。

父亲是那天早上走的。

我记得清清楚楚。那天早上，我在塔城的家里吃过早饭正要去单位上班，突然接到母亲的电话，她在电话里哽咽着说："你爸走了，振明，你赶快回来送送他吧……"

我立时愣住，继而便像疯了一样，不顾一切地开着车就往老家赶，一百多里的路程，我用了不到一个小时就赶到了。进门的第一眼，我就看见父亲静静地躺在那里，身上盖着一床花团锦簇的大红花被子，脸上看不出任何表情。我俯下身去，看到父亲双目紧闭，一脸安详地躺在地上，我不由恍惚起来，如果不是旁边有人来来往往地为他忙碌后事，你真会以为这个七十多岁的老人此时正躺在那里睡着觉呢！

母亲泪流满面，目光呆滞地看着父亲，像是突然间傻掉了一样，我是在她后来断断续续的叙述中知道了事情的原委——

"他不该去爬那么高的架子……"母亲喃喃着像是自言自语，又似在向谁诉说着什么，"眼看金祥家的房子就要盖好了，他为什么还要爬那么高去逞强？难道就不知道自己已是七十多岁的人了，怎么还像年轻人那样去爬高上低的？真是不该呀……"

金祥是我们村的住户，这两年在外边做生意赚了不少钱，回来就叫嚷着要盖一栋别墅，而且指名要我父亲给他盖。这本没有什么，因为他太相信我父亲的盖房技术和手艺了，谁让父亲许多年前就已经声名在外呢？问题是我父亲没盖过别墅，这样做有点赶鸭子上架的意思。可是金祥却不管这些："不会盖咱就跟着学嘛！再说谁也不是一生下来就什么都会干，都是学习和借鉴的结果。"金祥为了打消父亲的顾虑，开着车把父亲拉到城里看了别墅的样子，然后回来便让他着手盖起来。

为帮助金祥盖好这栋全村第一座标志性的别墅，把自己高超的手艺展示得淋漓尽致，父亲绞尽脑汁没少下功夫，又是琢磨建筑风格，又是思考建筑方式，等所有这些问题都考虑成熟后，这才着手盖起来。可是谁也没想到，金祥要盖的这栋别墅难度这么大，高不说，根据施工图纸的要求，许多地方都需要有一定的创意，还要精雕细琢才能达到他的要求。经过一个多月的努力，眼看别墅就要建成了，这时金祥又要求父亲在别墅顶端竖上一块大牌子——"王村第一家"。父亲嫌他这样做有些过于张扬，就劝了他几句，没想到金祥却大着嗓门说："这有啥？我盖的别墅本来就是全村第一嘛，怎么不能竖这块牌子？得成叔，你什么都不用考虑，就按照我的要求做就行了！"

父亲拗不过金祥，只好不顾自己年老体弱，极不情愿地爬了上去。结果牌子还没竖好，父亲身子一歪，就从十米多高的别墅上掉了下来……

忙完父亲的后事，母亲变得像个傻子一样，整天坐在那里自言自语地说："你爸不会离开我们，他不会走远，他只是出了趟远门，所以无论如何你都要把他找回来，不然我夜里会睡不着觉……"

看着母亲神情呆滞的样子，我只好点头同意去把父亲找回来。

我是那天吃过早饭后出发的，从家里出来，我按照母亲指引的方向，沿着村外的一条田间小路一直向西行进。我边走边打量着四周环境。小路的两边是庄稼地，现在是农历十月，秋收过了，种下去的冬小麦刚刚钻出地面，远远望去天地间一片苍茫，给人一种"无边落木萧萧下"的感觉。

向前大约走了有一里多地的样子，我来到了记忆中的树林。现在来看，这片树林与往日不同，尽管是秋天，早到了枝枯叶落的季节，可这里仍然蓊蓊郁郁的，看上去十分阔大茂盛。一走进树林，我就看到一个惊人的景象：枝繁叶茂的树林不见了，出现在眼前的竟然是一个完全陌生而又建设一新的村庄。这是怎么回事？我不由瞪大眼睛仔细打量着，经过认真观察我才发现，原来这是一个既陌生又熟悉的村子，就像我老家的村子一样，这里房屋成排，树木成行，一座座白墙灰瓦的房屋连在一起，组成一道独特的风景。这时我突然明白过来，原来这就是父亲现在住的村庄。自从离开我们后，他又在这里开辟战场另择新址，用自己勤劳的双手在这么一个人迹罕至而又十分隐蔽的地方，建起了一个新村。

这又是一个与众不同的新村。尽管从外观上看，它有着和其他村子相似的规模，但它在建筑方式上还是有所不同。其他地方的村庄房屋大都是坐北朝南，房门一律向阳，而且都是红砖绿瓦，给人一种温馨感，可是这里的房屋都是坐南朝北，阴森森的，给人一种冷冰冰的感觉。而且建筑风格也是清一色的白墙灰瓦，家家户户的门窗上都罩着一层灰蒙蒙的白雾，看上去就像影视剧中的阴曹地府。更让我觉得不可思议的是，这里光线不好，既像阴天，又像夜晚，这是我从进村那一刻就发现的奇怪现象。这是怎么回事？我记得自己来时是阳光很好的上午，怎么现在看上去灰蒙蒙的？我不由抬头往天上望去，奇怪的是，我并没有看到蓝天白云和太阳，而是看到一轮正斜挂在天边的灰白月亮，看上去像贴在那里的一张剪纸。这是怎么回事？

“你愣在那里干什么？还不赶快去找你爸！”这是母亲的声音，虽然我不知道她隐身何处，但我分明听到她就在不远的地方催促我。

“你放心吧妈，我现在已经来到父亲的村庄，我相信很快就会找到他的。”我对着周围的虚空许诺道。

是的，寻找父亲要紧，现在还顾不上考虑这些时间问题。管它白天黑夜，只要能找到父亲就好。

从进村开始，我逢人就打听父亲的下落。“请问你看见我父亲了吗？一个七十多岁的老人，高高的个子，走起路来速度很快，说话粗声大嗓的。”可是没有人回答我，他们个个身穿黑色衣裤，用一块白纱遮住脸，因此我看不太清他们的面目。而且我还惊奇地发现，他们一律冷着脸，走动的样子像影子似的，轻快飘逸，简直让人怀疑他们不是在用脚走路，而更是像武打电影中的轻功高手，在那里展示着他们的凌波微步。

又往前走了一会儿，看还是没人理我，我只好上前拦住一个脚步匆匆的人问道："你好，我向你打听个人，你见到我父亲了吗？"

那个人扭过脸突然冷冷地盯我一眼，低声问道："你是谁？谁是你父亲？你为什么要找你父亲？"

"咦，你不是后院的嫂子吗？"听她说话的声音这么耳熟，我不由定睛一看，原来她真是我后院的邻居，一个我熟悉得不能再熟悉的中年女人。我不由大吃一惊："发德嫂，你怎么会在这里？"

"我怎么不能在这里？"蒙面女人翻起眼睛，用撑满眼眶的眼白瞪了我一下，"我都来这里十多年了，怎么，难道你不知道啊？"

"你不是得癌症死了吗？怎么会在这里？"

"谁说我得癌症死了？啊——原来是你想咒我死啊！"发德嫂马上生气地冲我吼起来，"你怎么能这么说话？我到这里是来安家的，知道吗？看到那所房子了没有？那就是俺家，要不我带你进去坐会儿喝口茶？"

"不了，我还要赶着去找我父亲呢！"

"找你父亲？"发德嫂盯着我有些茫然地说，在我的提示下，她才突然明白过来，"哦，我想起来了，原来你是前院的振明啊！找你父亲有什么事情？"

"他离开家一个多月了，我们全家人都在想他，所以我要把他找回去。"

"哦，原来你是为了这个呀。你不用找了，你父亲和我们一样已经在这里安下家，现在已经回不去了，你找他还有什么用？"

"不，我一定要把他带回去，不然我母亲会想他想得发疯的。"

"唉，你母亲也真是个老糊涂，难道她就不明白你父亲只要一来到这里，就再也回不去的道理？看来人年龄一大都变成了糊涂虫！"

“糊涂虫，你问她谁是糊涂虫？”我分明听见母亲在旁边说，“她就是一个爱胡乱编排人的碎嘴子，不要听她瞎说，你还是赶快去找你父亲吧！”

“发德嫂，你知道我父亲在哪里吗？请你告诉我好不好？”在母亲的提醒下，我马上醒悟过来，知道她是个爱唠叨的女人，不想听她在那里絮絮叨叨的，我想赶快见到父亲，好让他和我一起回家。

“呵，看来你真要找他回家啊！”她顺手向前边一指对我说，“你去那里找他吧，他在给周强家盖房子呢！”

听她这么一说，我急忙就往前走。

跨过一条胡同，又转过两排房子，我来到周强家的大门前。可是周强家并没有父亲的影子，非但没有，就连建房的人影都没有一个。原来周强家的房子已经盖好了，此时，周强那死去多年的爷爷正弯腰撅着屁股，吃力地挥着手里的铁锨清理院子里的建筑垃圾。我不由生起发德嫂的气，明明我父亲不在这里，她为什么要说他在这里给人盖房子？这不是胡说八道吗？不过我既然已经来了，就不能不问一下情况就走。于是我上前递了根烟过去，然后向周强的爷爷打起招呼：“你好福爷，新房盖好了？”

“啊，盖起了，”老人直起腰看着我，接过烟点上，站在那里边抽边掩饰不住内心的兴奋回答说，“多亏了你父亲，你看我家的新房盖得多漂亮！”

我抬头看了看眼前刚刚盖好的新房，高脊大瓦，粉白墙面，庄重肃穆中透出一种说不出的壮观，我不觉称赞起来：“不错不错，福爷的房子盖得真好！”

“是啊，这都是你父亲的功劳。”说着周强的爷爷拄着铁锨柄站在那里感叹，“你父亲的手艺就是高，你看我这新房盖得多漂亮，有模有样不说，还是时下流行的新样式，这是我来这里后住到的最最漂亮的房子……”

“福爷，你知道我父亲在哪里吗？”我不想继续听这个白胡子老头站在那里夸耀自己的房子，我现在急需见到父亲，便急切地问道，“你能不能告诉我，我父亲在什么地方？”

“他啊，给我盖完房子就回自己的家了……”

“他回自己的家了？”

“对啊！”

“他回哪个家？”听周强他爷这么一说，我不禁疑惑起来，急忙盯住这个瘦小低矮的老头问道，“他的家在哪里？”

“嘿，你看你这孩子说的什么话？你既然是他的儿子，怎么会不知道他的家在哪里？真是奇怪！”小老头儿盯住我疑惑地说，“难道你真的不知道？他的家就在村子的南头啊！”

“不知道，我没去过，”我摇着头说，“不过我现在就赶过去看看他究竟在不在那里，福爷，你能告诉我去我父亲家的路怎么走吗？”

“好啊好啊，既然你不知道，那我就告诉你吧！”老人带着我从胡同里出来，然后热情地指点着告诉我，“你从这里出去向右拐，靠村子最南头路西那座院子，就是你父亲的家。”

按照周强他爷的指点，我急忙来到村子最南端，找到路西一户人家，可是这里哪有什么房子？院子四周刚刚放上石灰线，边上种着几棵碗口粗的白杨树，根本没有什么房子。如果说有，也仅仅是有一个房屋的雏形，砖瓦木料、钢筋水泥堆了一地，原来父亲的房子还没有建起来呢。

站在这个尚未建好的院门前，我一时不知道该怎么办才好。

一个路过此地的蒙面老者，看我站在一座没建起房子的院子前发呆，便主动上前和我搭讪：“你从哪里来？为什么站在这里？”听他声音这么熟悉，我马上向他看去，原来是西院死去多年的邻居李长岭，我惊骇得一下子说不出话来。

李长岭大概看出了我的恐惧，马上走过来安慰我：“振明，你不要害怕，咱两家是多年的老邻居，你有啥可害怕的？尽管我来到这里好多年了，但是有那么多年的邻居情义在，你根本不用担心我会害你！”听他这么一说，我才大着胆子向他讲明了自己来到这里的目的，希望他能告诉我父亲的去向。

李长岭驼着背站在那里，一边抽着旱烟袋一边告诉我：“你父亲是个大忙人，刚到这里还没有顾上给自己安家，就被村里那些人给请走盖房子去了。可能你还不知道，最近来这里的人比较多，他们来后又大多没有房子住，便只好等着找人盖房。现在他们终于把你父亲盼来了，所以便一个个跑来央求你父亲先给他们盖。再说大家都知道你父亲手艺好，人又善良，遇到这种情况，哪怕自己的事情不做也要先给别人干，所以他顾不上盖自己的房子，就忙着先给别人盖去了。”

“哦，原来是这么回事，长岭伯，你知道我父亲正在给谁家盖房吗？我想赶快找到他！”

“你先别着急，听我慢慢给你说嘛！”看我急三火四的样子，李长岭边说边幽幽地抽着旱烟袋打量着我，“你大老远地跑来找他也很不容易，我还是告诉你吧！我听说你父亲去村西北角给广平家盖房子去了。广平他爹刚来这里不久没房住，就把你父亲给抢先请去了，我建议你还是去那里找找看。”

听李长岭如此说，又看他不像骗我的样子，我谢过他后就急忙上路了。

按照他指引的路线，我顺着村中一条大街向村子西北角走去。就在我去寻找父亲的路上，我看到一个奇怪的现象，许多家好像都是刚刚盖过新房的样子，有的是瓦房，有的是平房，更让人惊讶的是，居然还有几家盖的是两层高的楼房！我不由感叹起来，原来这个村子建得这么好，简直比我现在老家的村子都要漂亮。看着这些焕然一新的房子，我不禁在心里想，怪不得父亲没时间回家，原来大家都在赶着请他盖房。我知道过去父亲都是经常被人请被人央的，天天没有休息的时间，没想到他刚来到这里，仍然这么忙碌。

从村南到村北，我一路都走得惊心动魄的，因为我看到了一个我从来没有见过的世界。除了房子外，在行走过程中，我发现在村子里来回走着的，都是亡故者，他们有的早在十多年前就去世了，而有的则是近几年才去世的，他们从那个世界来到这个世界，又聚在一起，过起了另一种生活。不过在这里看到他们时，我觉得他们一个个还是生前的样子，有的年轻有的年老，都和我记忆中的样子没有区别，这让我简直有种恍如隔世的感觉。

路过村中心的十字路口时，我看到一群人正在那里起劲地打着扑克牌。我知道这帮闲人的业余爱好，平时除了吃饭睡觉，干完地里的农活后就会围在一起“斗地主”赌钱。他们每次打牌时的赌资都不是太大，也就是三两块钱的样子，毕竟都是农村人，他们更知道珍惜自己口袋里的钱，可他们乐此不疲，经常为了一把牌争得面红耳赤的，有时甚至还会发生口角。不过争吵过后，他们依然聚在一起继续“斗”下去。

正因为知道他们的老习惯，又加上寻父心切，我不想和他们多说什么话，所以从那里路过时，我故意放轻脚步，尽量不发出声音惊动他们。然而就在我蹑手蹑脚从旁边快要绕过去时，其中一个人还是看见了我，突然抬起头叫着我的名字说：“王振明，你怎么来了？你来这里干什么？”

我认出冲我说话的是前年出车祸死去的郑晓阳，没想到他居然也会在这里出现。这时郑晓阳坐在旁边的桥头处，如他生前一样，手里握着刚起好的扑克牌，一副嬉皮笑脸洋洋得意的样子，看来他这把是起到了好牌。他听了我的回答后，催促我说：“既然这样，你还是赶快去找找吧，你父亲应该在那里正忙着呢，有时间过来玩啊！”

想到当初郑晓阳出车祸时满脸血污的样子，我不由惊出一身冷汗，可是现在看到的他却是一副白净面孔，高高兴兴的，哪里能看出他出车祸时的骇人模样？告别郑晓阳后，我匆匆忙忙地往村子西北角的广平家赶去。

可是广平家没有父亲，非但没有，而且连一个建房者都见不到。这是怎么回事？正在我疑惑不解时，旁边一个我不太熟悉的同村人告诉我，广平他爹尽管来得早，但手里没有多少钱，虽有心盖新房却一直没能如愿，好不容易积攒多年把建房的用料备好了，本要马上请我父亲给他盖房的，没想到我父亲却被村东头的王昌举给强行拉走了。

“你可能不知道吧，”这时广平他爹身上披件大棉袄佝偻着身子，不知道从哪里钻了出来，一边抽着手里的旱烟袋，一边不满地告诉我，“王昌举他爹真不是东西，虽说一时没有房住，但是他初来乍到就那么心急？我来了这么多年都没地方住，他一来就嚷嚷着需要赶快盖所房子住进去，所以他才不顾我已经准备好的建房材料，强行把你父亲给拉走了。”

“你在这里这么长时间都没房住，难道就不能按照先来后到的顺序，让我父亲先给你盖吗？”

“王昌举家太强势了，本来说好让你父亲先给我盖的，可他硬要先盖，结果在你父亲来我家盖房的半路上，就被他给拉走了。”广平他爹站在自己备好建房用料的木材旁，一脸无奈地说，“要说你父亲也是，明明说好先给我盖的，可还是禁不住王昌举家死缠硬磨，这不是很气人吗？我本想和他争一争，可后来又想到大家都在一起住着，抬头不见低头见的，何必为了这种事把关系闹僵？想想算了，还是先由着他去吧。唉，我什么时候才能住上你父亲给我盖的新房子呢？”

“你别着急，等王昌举家的房子盖好后就会给你盖的，等我见到我父亲时给他好好说说这件事。”

“你又不是你父亲，怎么能当得了他的家？”

“可我是我父亲的儿子啊！既然是他儿子，我的话他就不可能不听，你说是不是？”

“也是。”广平他爹点着头把脑袋埋在旱烟袋的烟雾里，给人一副很无奈的样子，“我也希望自己能早日住上新房，好安安稳稳地过舒服日子。”

“你放心吧，我见到我父亲时一定把你的意思说给他，让他把王昌举家的房子盖完后，马上就给你盖好不好？”

“好、好，那当然好，我也希望自己这把老骨头能早日住上你父亲盖的新房，这样我就安心了。”

“你怎能这样做？”这时我听见母亲在空中说，“我是让你来找你父亲的，你怎么还要帮助广平他爹劝你父亲给他盖房？”

“你没见广平他爹那么可怜，来到这里多年都没房住，为什么就不能让父亲给他盖房？”

“你呀——”母亲在空中叹气，“叫我说你啥好呢，和你爹一样，专爱为别人着想，从来不知道为自己着想，要不然我们为什么直到现在都没有住上新房？”

“好了妈，你不要再说了，我现在就去找父亲，等找到他后再说！”

母亲不吱声了，像是听从了我的劝说。

从广平他爹家绕到王昌举家有一段距离。为了赶快找到父亲，我没有再从村子里穿过，而是选择了抄近路，从村边的另一条小道上直穿过去。

路左边是新盖起的房子，而右边则种着一些乱七八糟的树木，树木外边是庄稼地。也许这里少有人走，所以这条村边小道崎岖不平不说，还窄小难行，此外路边还长了许多低矮的紫穗槐和叫不出名字的灌木丛。这里的路面终年阴暗潮湿不见阳光，从那里走过时，我总是担心那些被茂盛的紫穗槐和灌木丛遮盖的路边，会突然蹿出一条蛇。

我这人天生胆小如鼠，这辈子最怕的就是蛇。我怕蛇那恐怖的花纹，怕蛇那阴森的凶相，怕蛇那阴暗寒冷的目光，所以每次单独外出，只要一走到阴暗潮湿的地方，我就会被吓得头皮发麻。然而父亲却不怕蛇，他高大的身躯往那里一站，就是一座最安全的屏障和靠山，他的身影出现在哪里，哪里就是安全的港湾，因此只要我们两个在一起走路，他总是走在前边，像个打头阵的开路先锋那样，为我扫除前进的障碍，处处都保护着我，每次都让我感到既温暖又安全，他成了我这辈子最大的保护神。可是现在父亲却不在我的身边，看来要想顺利找到他，我只有一个人小心翼翼地穿过去，哪怕前边是刀山火海、油锅陷阱，我都得咬紧牙关闯过去，所以我那天的行走就显得有点滑稽，又有点谨小慎微，步步惊心，如履薄冰。

十多分钟后，我好不容易才从那条村边小路走到王昌举的家。这里果然正在盖房，他们有的砌砖，有的拌水泥，还有的推着混凝土车在那里来往穿梭着，一副热火朝天的样子。站在王昌举家的院子前，我看到他家的房子已经盖了一半，墙头差不多都快砌起来了。这时王昌举的爷爷正袖着手站在旁边观看着，脸上一副喜滋滋的样子。我伸长脖子在一群工匠中间寻找着，可是前后左右看了一圈，却没看到父亲的身影。父亲是建房高手，这里怎么会没有他的身影呢，这是怎么回事？

我急忙上前一打听才知道，原来父亲是被人给临时叫走了。

“本来你父亲在这里正指挥着大家盖房子，突然有人来找他，说是有什么重要事情，结果就把他给拉走了。你父亲临走之前不放心，可又没有办法，所以只好简单给我们交代一下就匆匆离开了。”说这话的人叫长河，和我父亲是一个建筑队的，也是我父亲的老搭档，两人经常在一起商量事情。五年前长河给人盖房时，不小心从快要盖起的新房上掉下来摔破了脑袋，没等拉到医院就因失血过多没了命。没想到他却出现在这里，而且还和以前那样，弯着一双发蓝的眼睛笑眯眯地看着我，说话的口气中透出一种爽朗和大方，让我有种说不出的亲近感。

“那他会去哪里呢？”

“是啊，我也很纳闷，他刚来就被人给叫走了，你父亲究竟会去哪里呢？”看我站在那里一副茫然的样子，长河歪着脑袋猜测着，“他会不会是被你们家的什么亲戚给叫走了？”

“我们家的亲戚不可能会找他盖房啊。”在长河的提醒下，我在脑子里把我们家有可能盖房的亲戚过了一遍，也没有找到这种迹象。我们家的亲戚离得都比较远，他们盖房时从来没有麻烦过我父亲，所以不可能会把我父亲随随便便给叫走，当然我父亲也不可能跟他们走。关于这一点，我过去心里就清楚，所以基本上否定了长河的这一说法。

“既然你们家的亲戚不找他盖房，那会不会是他的什么熟人或朋友把他叫走的？”

“这可就说不准了，因为我也不知道会有哪些熟人或朋友会把我父亲给叫走。”我挠着后脑勺思考着说，“毕竟他是个匠人，找他的熟人那么多，我又怎么可能知道他是被哪个熟人或朋友给叫走的呢？”

“哈，如果连你都不知道，那我们就更不知道了。”长河说这话时笑了一下，接着继续指挥大家在那里热火朝天地干起来。

家里没有，这里又找不到，父亲究竟会去哪里呢？

“找人不如等人。要不你再回去看看，说不定他现在已经回家了呢！”这时脚手架上一个叫肖的人提醒我，“你父亲说不定有什么急事已经回去了，你与其在这里瞎找，还不如回家去等！”

听他说得有理，我只好向他们告辞。可是我马上又面临着一个问题，自己究竟该去哪个家里等他呢？是那边的家还是他这里的家，那边的家里肯定不会有，不然我母亲也不会叫我跑到这里来找他，从一路上母亲的声音不断提醒我的情况来看，父亲没有回去，不然她也不会这么关心地跟着我，一再催促我赶快把父亲找回去。可是一想到父亲那个还没有建起来的家，我又突然疑惑起来。是啊，父亲在这里没有家，那么我该去哪里找他呢？

我在村里边走边想，是我误入了一个陌生的世界，还是我的脑子出了什么问题？

看我站在那里一副迷惘的样子，这时母亲的声音又出现了：“振明，你怎么又停下来了，赶快去找你父亲啊！”

“可是妈，我不知道我爸在哪里，我怎么去找啊？”我循着声音去找母亲，却怎么也看不到母亲的身影。我知道这是母亲太心急了，她一直在那边关注着我，就像警察办案那样，坐在电子大屏幕前，注视着我的一举一动。

“那你也得赶快想办法把他找回来啊！”

“好的妈，你不要再催我了，我会努力去找的，等一有消息我就告诉你，只要能见到他，我一定想办法把他带回去！”

“好的振明，我知道你找你爸很辛苦，不再催你了，你自己根据情况办吧，希望你尽快把他找回来。”

母亲叹息着说完这话，声音很快消失在茫茫的空中……

就在我独自在村里行走的过程中，不时遇到一些蒙面人前来和我搭讪。看得出来，他们都对我的到来感到奇怪。

"这个王振明,年纪轻轻的,他怎么跑到这里来了?"

"是啊,他怎么跑到咱们这里了?难道他也在那边出了什么事?"

"不清楚,谁知道呢!车祸、癌症……反正谁也不知道自己究竟什么时候什么原因就会离开那里来到这个世界。唉,人生无常,谁又能知道自己的命呢?现在这个时代,发生在世界上的各种各样的奇怪事情实在太多了,多得超出了我们的想象……"

听着这些人的议论,我不禁感到奇怪。自己好好的一个人,怎么就一头闯进这个世界里来了?这么一想,我不由反问起自己,我究竟是在走着一条什么样的道路?想到这里,我的脑海里突然冒出一个奇怪的念头:既然他们都认为我不该来到这里,那么这究竟是个什么地方?村子叫什么名字?为什么他们总用疑惑的目光打量我,并且还会发出这么多奇怪的疑问?

在我的追问下,我很快弄清了这个村子的名字叫"月庄"。

就在我听到这个带有阴性和诗意的村庄名字时,我的脑海里马上出现了一个月光下的村庄,正沐浴在清辉洒照的世界里,朦朦胧胧的,给人一种说不出的神秘感。想到这里,我不由再次抬头往天上看去,阴冷的月亮像张单薄的纸片那样悬挂在半空,它的下边是高低起伏的房子,还有一些高大的树木,全都静默在那里。呵,果然是一个月光洒照的村庄,看上去那么神秘、幽远、深邃,这一切都如在雾里,又好像在梦中,让人琢磨不透,又难以一探究竟。想到这里,一种说不出的恐惧使我的身上立即起了一层鸡皮疙瘩,浑身上下不由感到一阵阵发冷……

父亲果然不在他的院子里。当我再次来到位于月庄南头路西的一处院子前时,发现还和我先前离开时那样,空地上一片落寞,了无生机,根本没有父亲的身影。父亲不在这里,也不知道他离开建筑队后被什么人给叫走了,这可怎么办?我马上陷入一片迷惘之中。

这时李长岭抽着旱烟袋又像影子似的飘到我的面前,清了下嗓子问道:"你不是去找你父亲了吗?怎么又转回来了?"

"我没有找到他。"我沮丧地如实相告。

"哦——听你这么一说,连我也不知道该怎么办了。"李长岭叹了口气凑过来说，“振明，你不是外人，所以我劝你不要再找了，还是赶快离开这里吧！”

“为什么？”我疑惑地看着他问道。

“因为这是另一个世界，不是你长待的地方。”李长岭冲我神秘地笑了笑，“不是我要赶你走，你是个聪明的识字人，难道就没看出来这里阴气很重吗？待的时间越久对你的身体就越有害，等到你身上的阳气散尽，阴气上了身就不好办了，因此我劝你还是赶快离开这里！”

“你让我去哪里？”经他这么一说，我不由看了看周围，果然发现身边雾气重重，阵阵寒冷的阴气向我的身上袭来，但我仍然坚持着说，“何况我还没找到父亲呢，我总不能就这么空手而归吧！”

“你从哪里来还回到哪里去，至于找不找到你父亲我觉得已经无关紧要，你父亲既然已经来到这个世界，就意味着他永远都不可能回去了。”说到这里，李长岭吐出嘴里的烟雾咳嗽一下，“再说这里都是他过去的老熟人，你们根本不用担心他在这里会感到孤独，至于吃喝拉撒和穿戴方面的生活问题，你们就更不用为他考虑，因为这是另一个世界，和那边的世界一样，没有本质上的区别，该有的这里一应俱全。”

“可我既然来了，总要见我爸一面才行，不然我回去怎么向我母亲交代？”

“这有什么可为难的？你回去告诉你妈，就说你父亲在这里吃得好穿得好，生活过得也好，再加上又是和一帮同村的老邻居们在一起，有什么可担心的？你们只要记住他的周年，每年清明节和寒衣节时给他多送点祭品和纸钱就行了，平时完全用不着为他的生活操心，因为我们在这里也和你们那边一样，大家平时都会互相照顾相互帮助的。”

“可我还是想见父亲一面……”

“不是我说你，振明，你怎么这么固执？”李长岭看劝不动我，马上唬着一张蓝幽幽的脸生气地说，“我刚才说过你不能在这里待得太久，不然真的会对你不利的，难道你没有听明白我的意思？身上没有什么感觉吗？”

“我明白您的意思，身上也感觉到了，可……”

“你不要再固执了，还是赶快离开这里吧！”李长岭说着上前推了我一把，“振明，你也不看看都什么时候了，还不快走！”

正在这时，村口突然一阵喧哗，紧接着传来一片杂乱之声，原来有一大队人举着旗打着幡，头戴白布，扶着一架灵车，拉着一口漆黑的棺材，吹吹打打哭哭啼啼地从外边迈着沉重的步子缓缓地走了过来，看样子又有亡灵要来这里了。突然有人跌跌撞撞地从村口飞奔过来，气喘吁吁地冲李长岭说：“长岭爷，你站在这里干啥？杨庄田方他爹昨天夜里咽了气，现在被他的家人一路哭叫着送到我们月庄来了，你还不赶快组织人去上前迎接一下，不然过一会儿田方他爹来时会怪罪你的。”

“好，我知道了，富海，你赶快去通知其他人，我在这里和他说两句话马上就去安排。”

“他是谁？”来人用眼白打量着我奇怪地问，“他和我们不是同一世界的人，为什么会站在这里？一会儿田方他爹过来时万一冲撞到他怎么办？长岭爷，你还是赶快让他离开吧，免得遇上不必要的麻烦！”

“是啊，你没看我正在劝他吗？”说到这里，李长岭奇怪地白了他一眼，“难道你不认识他吗？他就是王得成的儿子王振明！”

“哦，原来是他啊！我知道了，”来人恍然大悟地说，“他不是正在塔城上班吗？怎么跑到咱这里来了？”

“他来这里是找他父亲的，结果没找到，所以就站在这里等。”

“咳，有什么好等的，”那人扭过头急忙冲我劝道，“振明，你还是赶快回去吧，既然你父亲已经在我们月庄安了家，就不可能再回去了，不然那成什么事了？不可能嘛！”

“说得是啊，要不我正在劝他回家呢！”

“你还是赶快离开这里吧！”那个人回身朝村口越来越近的人群看了一眼，慌张地对我说，“田方他爹马上就要过来了，你还愣着干啥？再说这里根本不是你长待的地方，难道你还要和田方他爹遇到一起不成？”

“是啊振明，听我们的劝，你还是赶快回去吧，不然一会儿再走就来不及了。”

“可我是来找父亲的，我到现在都还没见到我的父亲呢！”

“我刚才已经给你说得很清楚了，你不用再等你父亲，再等也没什么意义。”看我站在那里犹豫不决的样子，李长岭不由着急地劝我，“要不这样好不好，你现在马上就走，等你父亲回来时我告诉他一声，就说你已经来找过他，如果还有什么事情要办的话，我让他托梦或者再想其他办法告诉你们好不好？”

“这样做行吗……”

“行不行你先离开这里再说，不要再犹豫了好不好，如果再不离开就会遇到大麻烦的，到那时你想走也走不了。”李长岭说着推着我快走。我扭过脸往前面看了看，发现这时村口已经聚集了不少人，他们一个个神情肃穆地站在一片朦朦胧胧的阴雾之中，手里拿着茶水、纸烟和凳子，已经做好了迎接田方他爹到来的准备工作。看到这里，我不由感慨万端，看来一个人告别一个世界时，需要一个隆重的仪式，而要来到另一个世界时，同样也会受到隆重的礼遇。

“你赶快走吧振明，不要在这里磨蹭了。”李长岭在后边催促着，同时手上一用劲，猛然一把把我给推了出来……

离开月庄后，一走出树林，我就感到眼前突然变得豁然开朗起来。四周明晃晃的，天是蓝的，云是白的，风是轻的，有小鸟在空中叫着一飞而过……此时太阳正红，如同我来时那样。现在仍然是上午，只不过经过两个小时的长途跋涉，已经快到中午了。

我回身向后望去，意外发现一个郁郁葱葱的树林依然站在那里，丝毫看不出有什么异常。我不由感到十分奇怪，想起刚才自己的经历，就如同做了一个奇怪的梦似的，我借着寻找父亲的机会，不过是在梦里去到另一个世界走了一遭……

（2014 年 5 月 7 日初稿

2018 年 4 月 11 日夜修改）

后　记

终于要出自己的短篇小说集了，于我来说是写作生涯中的一件大事。由于是第一次出版小说集，我内心既充满了期待，又带着几分忐忑。

关于短篇小说，我有话要说，可又一时不知该从何说起。

记得第一次读汪曾祺先生的《受戒》就把我惊得目瞪口呆，那语言、意境和韵味简直绝了，是我从来没有感受过的；沈从文先生的《丈夫》语言讲究，人物形象丰盈饱满，呼之欲出，让我惊叹；老舍先生的《断魂枪》结尾时，通过对主人公月光下练习枪法的描写，把沙子龙的人物形象和性格刻画得淋漓尽致；鲁迅先生的《铸剑》写得亦真亦幻，带有魔幻色彩，让我着迷；海明威《白象似的群山》语言之简洁，人物对话之精妙，令人叹为观止；福克纳《献给艾米丽的一朵玫瑰花》，层层剥茧，娓娓道来，用哥特式结构写出了艾米丽小姐长达四十年孤独的内心世界，整篇弥漫出一种阴郁、怪诞之气；卡夫卡《乡村医生》中象征手法的运用、充满悲悯情怀的书写又是那么惊艳；马尔克斯《巨翅老人》里的隐喻和象征令我沉思，他的《礼拜二午睡时刻》节制与隐忍的叙述，展示出短篇小说的独特魅力；博尔赫斯《玫瑰角的汉子》、辛格《傻瓜吉姆佩尔》、卡佛《大教堂》、罗萨《河的第三条岸》、克莱尔·吉根《南极》、奈保尔《米格尔街》、莫言《枯河》等都是短篇小说杰作。这些小说在给我带来强烈震撼的同时，极大地激发了我创作短篇小说的热情。近年来，我在创作中长篇小说之余，断断续续写了四五十个短篇小说，这些作品中，有的关注社会底层小人物的命运，有的刻画乡村人物的形象和性格，有的带有一定的想象力，而有的则是完全的传统写实，还有一些是我力求在写法上有所创新，它们都展示着我在短篇小说写作方面的追求。

短篇小说是精致艺术，讲究叙事、结构、人物、语言、内涵等各方面的高度统一，是检验一个作家是否优秀的标准之一。王安忆在《短篇小说的物理》中说："好的短篇小说就是精灵，它们极具弹性，就像物理范畴中的软物质。它们的活力并不决定于量的多少，而在于内部的结构。作为叙事艺术，跑不了是要结构一个故事，在短篇小说这样的逼仄空间里，就更是无处可逃避讲故事的职责。"寥寥数语便道出了短篇小说的实质，因此不少作家都是先从短篇小说开始，而后才进行中篇和长篇小说的创作，由此也可以说短篇小说是作家进行小说创作的基础。世界上不少杰出作家都曾致力于此，如海明威、福克纳、马尔克斯等都留下了许多经典名篇，更有契诃夫、博尔赫斯、鲁迅、卡佛、门罗等名家一生都在从事短篇小说创作，并在此领域留下了许多脍炙人口的优秀作品。就国内来讲，余华、苏童、格非、毕飞宇等诸多短篇名家，都在这一领域拓展出了新的艺术空间。

短篇小说可以让读者在一个小时内阅读完毕，让人感受到文学艺术的独特魅力，因此拥有一定数量的读者。而一直喜欢读书的我，也在无形中喜欢上了短篇小说这一文体。可惜我天生愚笨，才气不足，笔下所写总不尽人意，至今也没有写出真正让自己满意的作品，这是一种遗憾！

收在这本集子中的短篇小说，几乎全都在文学杂志上发表过，有的还被收入一些选集和年度选本，但我并不满意，总觉得自己的下一篇会更好，所以我一直在努力。

感谢省委宣传部、省作协和省文学院多年来对我的关爱和栽培，才使此书能够顺利出版；感谢文学博士后、专攻中国现当代文学研究的著名青年评论家郑润良先生，在百忙中通读书稿，并写出精彩的评论，这既是对我的综合评价，也是一种鞭策和鼓励；感谢所有一直关心、支持、帮助和鼓励我的亲朋好友和家人，正是因为你们的支持和鼓励,我才有了继续写下去的理由和信心,从而使我的人生变得更加丰富多彩。

今后我将继续努力,争取早日写出让自己满意的短篇小说!

2018年4月10日